未発選書26

太宰治ブームの系譜

滝口明祥

ひつじ書房

目次

はじめに

一九三六年六月、太宰治の初めての著書である『晩年』が砂子屋書房から刊行された。初版の発行部数はわずか五〇〇部だったと言われている。現在から見るとその少なさに驚かされるが、その後の売れ行きはどうだったのだろうか。五年後、太宰は「「晩年」と「女生徒」」（「文筆」一九四一・六）で、次のように述べている。

「晩年」も品切になったようだし「女生徒」も同様、売り切れたようである。「晩年」は初版が五百部くらいで、それからまた千部くらい刷った筈である。「女生徒」は初版が二千で、それが二箇年経って、やっと売切れて、ことしの初夏には更に千部、増刷される事になった。「晩年」は、昭和十一年の六月に出たのであるから、それから五箇年間に、千五百冊売れたわけである。一年に、三百冊ずつ売れた事になるようだが、すると、まず一日に一冊ずつ売れたといってもいいわけになる。五箇年間に千五百部といえば、一箇月間に十万部も売れる評判小説にくらべて、いかにも見すぼらしく貧寒の感じがするけれど、一日に一冊ずつ売れたというと、まんざらでもない。「晩年」は、こんど砂子屋書房で四六判に改版して出すそうだが、早く出してもらいたいと思っている。売切れのままで、二年三年経過すると、一日に一冊ずつ売れたという私の自慢も崩壊する事になる。

ちなみに『女生徒』は一九三九年にやはり砂子屋書房から刊行された短編集だ。「女生徒」の他に、「富嶽百景」や「満願」などが収録されている。

この太宰の言を信じれば、『晩年』は一九四一年までに一五〇〇部、『女生徒』は二〇〇〇部が売れたということになる。『女生徒』は増刷されて計三〇〇〇部となり、『晩年』新装版の発行部数は不明だが、旧版と合わせても一万部を超すことはなかっただろう。同じ文章のなかで太宰は「文学書は、一万部以上売れると、あぶない気がする。作家にとって、危険である」などとも言っており、いまだに一万部以上売れた著作はなかったのだと思われる。現在、太宰治といえば、いまだに人気作家の一人と言っていいだろう。だが、太宰が初めから人気作家であったわけではないことがおわかりいただけただろうか。

ここで一九二〇年代から三〇年代にかけての出版事情を見ておこう。そうすることで、当時の太宰がどの程度の作家だったのかということが具体的に見えてくるはずだ。

まず、雑誌が一九一〇年代後半に販売システムが確立したことによって——具体的に言えば、買い切り制から返品可能な委託販売制に変わったり定価販売が定着したりしたことによって――売り上げが伸び、新しい雑誌も続々と創刊された。それに伴い、原稿料も上昇し、作家の経済的な生活も楽になった（以下の記述は基本的に山本2013を参照している）。

書籍のほうも雑誌に比べると緩やかではあったが、定価販売がしだいに定着していった。そのように販売システムが確立することによって、出版界が活性化していき、新規参入する業者も多くなった。

だが、一九二三年の関東大震災による不況からは出版界も無縁ではいられなかった。一九二七年に改造社から刊行が開始された『現代日本文学全集』は、倒産寸前だった刊行元の窮余の一策だったとされる。どの巻も定価一円で、毎月一冊刊行、完全予約販売という、いわゆる「円本」の嚆矢となったこの叢書は二五万人の予約者を獲得し、他の出版社も同じような叢書を続々と刊行していった。そのようにして円本ブームと呼ばれる状況が出現したのである。

円本ブームは、それらに収録された作品の書き手や出版社には多くの利益をもたらしたが、円本以外の雑誌や書籍が売れなくなるという副作用もあった。その影響を最も受けたのは、いまだ円本に収録されるような作品を書いていなかった新進作家に他ならない。特に、いわゆる「純文学」の作家たちを取り巻く経済的な状況は、実に厳しいものがあった。ちなみに「純文学」という言葉が頻りに言われるようになるのは一九三〇年代になってからのことだ。一九二〇年代から三〇年代にかけて、大衆文学やプロレタリア文学が華々しく注目されるなかで、既成文壇の側はそれらとは違う「純文学」の特質を主張する必要に迫られていたのである。

一九三三年には、政府の弾圧が厳しくなるなかでプロレタリア文学が急速に退潮するとともに、「文芸復興」という言葉がさかんに言われるようになった。「文學界」および「文藝」が創刊され（どちらも発行元を変えつつ現在も存続している）、すでにあった「新潮」とあわせて、文芸誌は計三誌となり、「純文学」作家たちの作品発表の舞台もそれなりの数となった。太宰治が作家としてデビューしたのは、そのような時代だったのである。太宰の「道化の華」（一九三五）には「市場の芸術家」という言葉が見えるが、「純文学」もまた市場のなかに組み込まれ、大衆文学に奪われた読者をいかに奪還するかということが問題となり、その商品性が厳しく問われた時代でもあった。

だが、一九三七年に日中戦争が開戦して以降、雑誌や単行本の売り上げは急激に増加することとなる。文芸書もその例外ではなかったことは、たとえば『新潮社一〇〇年図書総目録』を見れば明らかだ。石川達三『結婚の生態』（一九三八）が二四万二〇〇〇部、阿部知二『街』（一九三九）が七万六〇〇〇部、尾崎士郎『新篇坊っちゃん』（同）が六万四〇〇〇部、林芙美子『決定版　放浪記』（同）が一〇万四〇〇〇部などとなっている。総発行部数が二五〇万部とも言われる火野葦平の「兵隊三部作」（『土と兵隊』改造社、一九三八など）は例外であるとしても、他の出版社においても概して文芸書の売れ行きは好調だった。

そのような事態が起きた要因としては、まずは円本ブームによる読者層の拡大が挙げられる。先述したように、短期的には他の書籍や雑誌が売れなくなるという副作用があったものの、長期的には、何十巻とある文学全集が家庭にあるという環境は、日常的に読書をする習慣を持つ人々を多く生んだのである。円本ブームが終息した後も、各種の円本は廉価な古本として流通し、「純文学」の読者層の拡大に一役買っていた（永嶺 2001）。また、「純文学」の作家たちも物語性を取り入れた作品を多く書くようになっていったことや、それらの作品を原作とする映画の増加などという要因も小さくないだろうし、一九三五年に制定された芥川賞・直木賞のようなメディア・イベントも多少の寄与はしているかもしれない（右で名前が挙がっている石川達三や火野葦平は芥川賞受賞者である）。

つまり、一九三七年以降の出版界は空前の好況を享受していたのだが、そのような同時代の状況を眺めてみた時、著書の発行部数が一万部もいかない太宰治のような作家は、人気作家とはとうてい言いがたいだろう。もちろん作家としての収入だけで妻子を養っていくことは、容易ではなかったはずだ。太宰が作家となってからも毎月九〇円の仕送りを生家から受けていたのは有名な話である。

ただし、一九四二、三年になってくると、ようやく太宰の著書の発行部数も一万部を超すようになっていたようだ。太宰の妻である津島美知子は、『右大臣実朝』（錦城出版社、一九四三）の初版の部数が一万五〇〇〇部だったことを明かし、太宰の著作の初版は「それ迄千部台にとどまっていたのに、この数字は著者にとっては嬉しい驚きであった」と述べている(津島1978)。錦城出版社は、立川文明堂、崇文館、増進堂という大阪の出版社三社が共同して起こした社で、一九四三年には経営不振に陥り、増進堂に吸収されたようなのだが、この発行部数の多さは他の出版社と比べた場合、やや目を引くものがある。

太宰の著書には、奥付に発行部数が記されているものがあるので、それで初版の部数を確認しておこう。『正義と微笑』(錦城出版社、一九四二)が一万部、『女性』(博文館、一九四二)が五〇〇〇部、『信天翁』(昭南書房、一九四二)が五〇〇〇部、『富嶽百景』(新潮社、一九四三)が一万二〇〇〇部、『右大臣実朝』が一万五〇〇〇部、『佳日』(肇書房、一九四四)が五〇〇〇部、『津軽』(小山書店、一九四四)が三〇〇〇部、『新釈諸国噺』(生活社、一九四五)が一万部、『惜別』(朝日新聞社、一九四五)が一万部、『お伽草紙』(筑摩書房、一九四五)が七五〇〇部である。

新潮社から刊行された『富嶽百景』は「昭和名作選集」という、各作家の代表作が集められた叢書の一冊なので発行部数が多くなっているのは当然として、他に初版の発行部数が一万部を超えているのは、金城出版社から刊行された『正義と微笑』および『右大臣実朝』の二冊、それから戦争末期の『新釈諸国噺』と終戦後の刊行となった『惜別』である。

では、それらはどの程度売れていたのだろうか。やはり津島美知子によれば、「太宰の生前にあっては最も広く読まれた著作」は『新釈諸国噺』であると言う(津島1953b)。初版の発行部数が一万部で、四版まで出たということなので、かなり多く見積もっても計四万部というところだろう。ちなみにベストセラーと言われている『斜陽』（新潮社、一九四七）の太宰の生前における発行部数は計三万部とされているが、それと同じくらいの数字だったのではないかと推測される。

つまり、太宰は生前にあっては最も売れた著書でさえ、発行部数は三、四万部にとどまっていたのである。人気作家のものというには、いささか侘しい数字ではないだろうか。では、太宰が人気作家となったのは、いつなのか。

一つの画期は、太宰の死後に起きたブームに他ならない。戦争未亡人との情死というスキャンダラスな事件は、遺体がなかなか見つからなかったという事情ともあいまって、メディアに恰好の話題を振りまいた。太宰の名前は「文学」に疎い人たちの間にまで広く浸透し、それまでろくに売れていなかった太宰の著書も次々に売れていった。

だが、それで太宰が人気作家として不動の地位を築いたのかといえば、そう簡単な話でもない。たとえば太宰の愛読者として知られる小林信彦は、太宰の死後に刊行された福田恒存『太宰と芥川』（新潮社、一九四八）と福田恆存編『太宰治研究』（津人書房、一九四八）の二冊を挙げたうえで、次のように言っている。

大ざっぱに言ってしまえば、昭和二十年代前半には、太宰治についての評論のたぐいはほぼこれだけである。太宰治論や研究が輩出するのは昭和三十一年以降であるから、ぼくの記憶にある太宰は〈黙殺された天才〉——ということになる。この点で、教科書で太宰治の名を知った二十代、三十代の人とは、話が噛み合わないのが当然である。（小林 1989）

太宰の死後に起きたブームは一年も経たないうちに下火となり、太宰についての言及も急激に少なくなっていったのである。太宰を「黙殺された天才」と感じることは、一九五〇年頃においては、そう不思議なことではなかったと思われる。

では、太宰はその後、どのようにして人気作家となったのだろうか。ヒントは右の文章の中にある。なぜ「太宰治論や研究が輩出するのは昭和三十一年以降」なのか？　それを考えれば、「昭和三十一年」（一九五六年）の前年に筑摩書房から刊行開始された『太宰治全集』に注目しないわけにはいかなくなるだろう。それまで鳴りを潜めていた「黙殺された天才」に関する言説は、その全集が刊行されたことによって一挙に噴出することとなったのだ。

もちろん、太宰ブームはそれで終わったわけではない。特に一九六〇年代後半には、それまでの二度のブームを上回る大きな盛り上がりを見せている。太宰が本当の意味で人気作家となるのは、この三度目のブームにおいてであると言うことさえできるだろう。

だが、このような理解は現在ほとんどの人が持っていないはずだ。太宰治といえば、生前から人気作家だったのではないか。そのような漠然としたイメージを持っている人は少なくないだろう。しばしば人は現在における作家イメージでもって過去の作家をも眼差してしまう。しかしそれは倒錯に他ならない。たとえば、夏目漱石の代表作はある時期までは「吾輩は猫である」や「坊っちゃん」であって「こころ」ではなかったし、川端康成も一九四〇年代までは親友の横光利一のほうがずっと有名だった。作家イメージというのは歴史的につくられるものなのであって、その起源（歴史的な形成過程）を見失ったとき、ずいぶんと歪んだ文学史理解が現れてしまうに違いない。

本書は、〈太宰治〉という作家イメージの形成過程を追った書物である。〈太宰治〉はいかにして人気作家になったのか？　死後の受容を辿ることで、その様相を明らかにしたい。とともに、太宰を軸にして、この国の戦後のあり方を照射することをも目論んでいる。

本書を読み進めれば、幾度かにわたる太宰ブームによって、〈太宰治〉が人気作家として着実に定着していったことがわかるだろう。太宰が人気作家であるということは、その作品が優れているという理由だけでは説明することができない。それは歴史的に形成されたものなのであり、作品の優劣以外のさまざまな要因が絡んでいるのである。優れた作品を書く作家が必ずしも読み継がれていくとは限らないし、有名な作家の作品が常に優れているわけでもない。太宰が急激に読者の数を増やしていったのは、日本経済が右肩上がりで成長を続けていた時代とちょうど重なっている。それは偶然なのか、それとも――？　ともあれ、〈太宰治〉が日本社会においてどのように受容されていったのか、その具体的な様相をこれから検討してみることとしよう。

なお、作品や資料の引用に際しては、基本的に新字・新仮名遣いに改めた。（ただし、個有名詞は旧字を使用している場合がある。）本書が少しでも多くの読者に届くことを心から願っている。

第一部　〈太宰治〉と戦後の十五年

第一部は、二つの太宰ブームを経て、〈太宰治〉が人気作家として定着していく時期を対象としている。その時期を、一九五五年を境として二つに分けることが可能だろう。五五年には政治の世界ではいわゆる「五十五年体制」が始まり、また「神武景気」によって高度経済成長への道を歩み出していた。さまざまな意味で「戦後」の終わりが意識された時期だったと言えるだろう。一九四五年から五五年までの十年間の日本は、まだ混沌としており、今後どのようになっていくか予測できないような社会であった。それに対して、その後の五五年から六〇年までの日本社会はもはや相対的な安定期へと入っていくことになる。そして六〇年の安保闘争の挫折によって、いわゆる「五十五年体制」がその後長きにわたって続いていくことが確定されたのである。

そのような日本社会の動向と、〈太宰治〉の受容の変遷とは、ゆるやかに対応しているようにも思われる。第一次太宰ブームの時点では、それは一過性のものに終わるのではないかと思っていた人がほとんどだっただろう。混沌としていた日本社会と同じように、一九五五年になるまでの時点では〈太宰治〉もまた人気作家となるかどうかは未知数であったのだ。しかし、第二次太宰ブームが起こったことによって、〈太宰治〉はその後の数十年間にわたる人気作家としての道を歩み始めることになる。

第一章では、一九四八年に起きた第一次ブームを中心に取り上げる。戦時中の〈太宰治〉は少数のきわめて熱烈な愛読者を持っていたマイナー作家だったのであり、戦後になって注目されるようになったとは言っても、基本的にはそれほど愛読者が増えたわけではない。

とりたてて文学に関心があるわけでもない層にまで太宰の名が知られるようになるのは、戦争未亡人との情死というスキャンダラスな事件が連日報道されたからなのだ。

第二章では、戦後の太宰と関わりのあった編集者たちを取り上げる。彼らの多くは、戦時中からの太宰の愛読者でもあった。そんな彼らの存在が、戦後の太宰への注目を押し上げていくことになる。また、筑摩書房社主の古田晁の存在も見逃せない。彼が太宰に感じていた好意がなければ、第二次太宰ブームもなかったかもしれないのである。

第三章では、終戦の頃に二十代だった若者たちを取り上げる。そのなかには、三島由紀夫のように表面的には反発を見せる者もいれば、奥野健男、吉本隆明といった第二次太宰ブームにおいて重要な役割を見せることになる者もいた。後に「戦中派」と呼ばれることになるこの世代の若者たちの人生については、後の章においてもたびたび振り返ることになるだろう。

第四章では、一九五五年に始まる第二次太宰ブームを中心に取り上げる。筑摩書房から『太宰治全集』が刊行されたことに始まるこのブームは、「戦中派」と呼ばれる世代への注目とほぼ時期を同じくしていた。まさしく「戦中派」である「第三の新人」が注目されるのも、この時期からである。また、さらに下の世代の若者たちもまた、大きな存在感を見せていくことになる。高度経済成長が始まることによって、日本社会は大きく変わろうとしていた。そして、そのなかで〈太宰治〉は着実に愛読者の数を増やしていったのである。

第一章　第一次太宰ブーム——一九四八年——

倉庫に山積みになっていた『ヴィヨンの妻』

和田芳恵が書いた『筑摩書房の三十年』という本がある。筑摩書房の社史として書かれたものだが、社史にしては異例なほどに面白い。そこに、次のような記述がある。

中村光夫の『作家と作品』、太宰治の『ヴィヨンの妻』などが売れなくて、倉庫に山積みになっていた。

その頃、中村光夫が社に来ていたとき、例の河田老人は、雑談のついでに、

「中村光夫という人の本は、ちっとも売れなくてね、返品ばっかしで困っちゃうんですよ。だめですな、あの人の本は」

と、言った。

筑摩書房では、みんなが中村光夫のことを、本名で「木庭さん」と呼んでいたから、河田老人は、中村光夫が木庭一郎と同じ人だとは知らなかったのだ。

「中村光夫というのは私です」

憮然としたおももちで、中村光夫は言った。

太宰治が玉川上水へ飛び込んだ途端に、新聞でも、ラジオでも、連日太宰を話題に取り上げ、『ヴィヨンの妻』が、たちまち売り切れてしまった。

七月二十五日付発行の奥付で出た『人間失格』は、ベストセラーになり、二十万部売れた。この頃、旧円の封鎖で、どこも新円不足であったから、この売行は効果的であった。（和田 1970）

中村光夫のくだりにも思わず笑ってしまうものの、ここでは太宰の本があまり売れていなかったという記述に注目したい。「倉庫に山積み」になっていたものが、太宰が死んだ後に「たちまち売り切れてしまった」のだ。しばしば太宰は戦後、流行作家になったと言われる。実際、同時代の資料を見ていてもそのように書いているものが散見されるが、多くの原稿依頼があるということは、太宰の愛読者が増えたということを直接的に意味するわけではない。たとえば、新潮社から刊行された『斜陽』の発行部数を確認してみると、一九四七年一二月に刊行された旧版が三万部、太宰の死を受けて四八年七月に刊行された新版が四九年三月までで九万部である。『斜陽』がベストセラーとなったと言えるのも、太宰の死後のことなのだ。

そして、そのような太宰ブームが起きたのは、「太宰治が玉川上水へ飛び込んだ途端に、新聞でも、ラジオでも、連日太宰を話題に取り上げ」たことを抜きにしては考えられない。

それでは、どのような報道がなされたのか、具体的に見てみよう。

入水から発見までの数日間

一九四八年六月一三日の深夜、太宰は愛人の山崎富栄と玉川上水に入水した。翌一四日、富栄が部屋を借りていた家主が異変に気づき、太宰の妻である津島美知子宛の遺書などが発見される。同日夜、津島美知子によって三鷹署に捜索願が出され、一五日から玉川上水の捜索が開始された。当時の玉川上水は水道用水として使用されており、水量は豊富で流れは激しく、いったん落ちたらまず助からない「人食い川」だった。しかも梅雨時でいつもより水量が増えていたうえ、一五日の昼過ぎから雨が降り続いた。水道局が異例の減水措置を取ったものの、捜索は難航した。二人の遺体が発見されたのは、ようやく一九日になってからのことだった。入水から遺体発見までのこのタイムラグが、報道の過熱を誘う原因の一つとなったと言えるだろう。

一五日付「朝日新聞」の紙面には、「太宰治氏家出か」という見出しの小さな記事が早くも出ている。

北多摩郡三鷹町下連雀一一三作家太宰治氏（本名津島修治氏）（四〇）は十三日夜同町内の山崎

晴子さん（三〇）方に美知子夫人と友人にあてた遺書らしいものを残して晴子さんと行方をくらませていることが十四日わかり、同日夫人が三鷹署へ捜索願を出した
夫人あての遺書には「小説も書けなくなった、人に知られぬところに行ってしまいたい」という意味のことが書いてあると夫人は語った、晴子さんの部屋には二人の写真をならべ線香をたき荷物は片づけてあった

富栄の名前が間違っているものの、他紙に先駆けて「朝日」がこのような記事を掲載することができたのには理由がある。実は太宰は六月下旬から「朝日新聞」に「グッド・バイ」を連載する予定になっていた。その打ち合わせのために朝日新聞社社員の末常卓郎が挿絵画家とともに一四日、太宰の仕事部屋があった千草という小料理屋を訪ねたとき、ちょうど千草の主人夫婦と山崎富栄の部屋の家主が相談しているところに遭遇したのである。千草は山崎富栄の部屋がある家の筋向いにあり、異変に気付いた家主はまずどこよりも千草に駆けつけたのだった。そこで末常は、千草の主人とともに太宰の遺書を美知子夫人に届ける役割をも務めることとなったのである。

「朝日」は十六日付の紙面で、「太宰治氏情死／玉川上水に投身、相手は戦争未亡人／〝書けなくなった〟と遺書」という見出しの大きな記事を掲げ、詳細を伝えている。リードには「特異な作風をもって終戦後メキメキと売出した人気作家太宰治氏は昨報のごとく愛人と家

出、所轄三鷹署では行方を探していたが前後の模様から付近の玉川上水に入水情死したものと認定、玉川上水を中心に二人の死体を捜索している」とあり、太宰と富栄の顔写真、および富栄の部屋の写真、それから遺書の写真までが掲載されている。

同日付の紙面では、「朝日」以外の各紙も太宰の「情死」を大きく報道した。たとえば「読売新聞」は「虚無を慕いて…」と大きな文字を横に入れ、その下に「太宰治氏情死行／愛人と玉川上水へ投身か」と見出しがあり、次のようなリードが続いている。

虚無を慕いて…
太宰治氏情死行
愛人と玉川上水へ投身か
二人の下駄漂着
『左派』が圧倒的
一泊千円、フロ十円

「読売新聞」1948年6月16日朝刊

戦後『ヴィヨンの妻』『斜陽』近くは『人間失格』などの力作を発表、本人の表現を借りれば〝心には悩みわずらう〟事の多いゆえに〝おもてには快楽〟をよそおう自虐的作風をもって文壇にユニークな存在を示していた作家太宰治（四〇）氏（本名津島修治）はさる十三日夜都下北多摩郡三鷹町下連雀一一三の自宅から五町ばかり離れた同町二一五に住む愛人山崎富栄（三〇）さんの部屋に遺書を残したまま愛人とともに消息を絶った、遺書の文面や家出直前の状況から富栄さんと一緒に服毒したのち自宅付近の人恋川に入水心中を図つたものと見られるが、彼と親しい井伏鱒二氏、亀井勝一郎氏らは口をそろえて〝死を選ぶ理由はなかったはずだ、どうしても信じられぬ〟と言っており、坂口安吾、田村泰次郎氏らとともに流行作家の一人にかぞえられる氏の今回の行動は良心的作家であるだけに芥川龍之介自殺以来の事件として大きな波紋を投じている

おそらくこのような新聞報道によって、それまで太宰治のことを知らなかった、あるいは名前だけは知っていたけれども作品を読んだことがなかった読者たちは、〈太宰治〉という作家イメージを形づくっていったのだろう。この時期は紙不足のため、新聞は表裏の二面しかない。そのような中で、多くの新聞において二面の四分の一前後を占めるスペースが太宰の記事に割かれ、彼の略歴や代表作、作風といった情報が語られているのだ。そして、その後も太宰の遺体捜索についての記事が掲載されていく。あるいは、作家や評論家たちの事件や太宰文学についての見解が掲載されていく。新聞の読者たちの頭には、いやでも太宰の名前が刷り込まれていったに違いない。

愛人の日記を掲載した「週刊朝日」

もちろん、太宰については新聞だけでなく、雑誌においてもさかんに記事が掲載された。太宰の情死報道について、カストリ雑誌や地方誌に至るまで種々なメディアを調査した川崎賢子は、次のように述べている。

情死報道は、文学者の枠を越え、太宰治の愛読者という枠をも越えるひろがりを持ち、その論調はたいへん素朴に情死事件を太宰文学の価値評価と結びつけたり、テキストのなかに死の動機を探ったり、情死を根拠としてテキストを分析・解読したりしがちであった。それどころか読みもせずあるいは文学者としての業績は棚上げにして、生活者としての太宰治を毀誉褒貶の対象とするもの、複数の異性関係、情死といった事象の是非を一般論としてあげつらうものもすくなくはなかった。活字メディアだけではなく、ラジオ番組でも、旧友の座談会を組んだり、街頭録音番組で一般聴取者の意見を求めたりするということがあった。（川崎 2005）

太宰治の死は、「複数の異性関係、情死といった事象の是非」が論議されるという形で一般的な話題として、文学に関心がない者たちにまで消費されていった。それは一つには、情死の相手である山崎富栄が「戦争未亡人」であったということも大きいだろう。この時期、戦争によって夫に先立たれた女性は非常に多かった。そのような女性の一人が作家と不倫の末、心中するということは、現在想像される以上にスキャンダラスなことだったのだ。

「週刊朝日」一九四八年七月一四日号は、誌面のほとんどを使い、「愛慕としのびよる死――太宰治に捧げる富栄の日記」と題して山崎富栄の日記を掲載した。当時、同誌の実質的な編集長だった扇谷正造は、草柳大蔵との対談のなかで、次のように証言している。

太宰を取り上げたのは部数で十七万ぐらいのときで、それを二時間で売り切った。〔…〕驚いたね。一日中ジャンジャン電話がかかりっぱなしだもん。変なもんで、雑誌というのはいったんツキが始まると、次の週も完全に売り切れるんですよ。あれが『週刊朝日』の飛躍のスタートだ。しかし電報や電話がずいぶんきたね。「週刊朝日の編集長、やめろ」とか「けしからん」とジャンジャカ抗議もきたんですよ。〔…〕

僕は前から何かいい記事があったらハーシーの「ヒロシマ」みたいに、全ページ使ってつくろうと思っていたからね。全ページでつくったんだ。大学ノートの日記を書き移して出したら、ゴウゴウたる非難の声。編集局の社会部だけは応援してくれたね。「よく抜いた」「ニュースじゃないか」とはげましてくれた。(扇谷・草柳 1989)

ジョン・ハーシーの「ヒロシマ」は、原爆によって被害を受けた広島の惨状を伝え、大きな反響を呼んだルポルタージュであり、「ニューヨーカー」一九四六年八月三一日号のほぼ全誌面を割いて掲載されたことでもインパクトがあった。ジャーナリストによるルポルタージュと、作家と情死した愛人の日記とではずいぶんちがう気もするが、「週刊朝日」編集部の狙いは大成功し、この特集号は大きな反響を呼んだのである。

編集部の前書きには、このようにある。

編集部はここに太宰治氏の愛人山崎富栄さんの手記をかかげる。私たちは太宰氏の情死行に必ずしも共感するものではない。然しここにいろいろな意味で人の胸をうつもの、考えさせるものをたたえている。

第一に彼女はいま何万という数知れぬ戦争未亡人である。そういう一人のたどったこの恋はたとえ主観的には幸福であるとしても社会的には何らの解決をも示すものではない。

第二に、太宰文学に流れるニヒルは主として文学上の問題としてのみ理解されるけれども、このような理解の仕方はもう一度検討を要しはしないだろうか。特に若い世代のために。

第三に情死の原因は日記によれば、太宰―山崎―太田静子（斜陽のモデル）という複雑

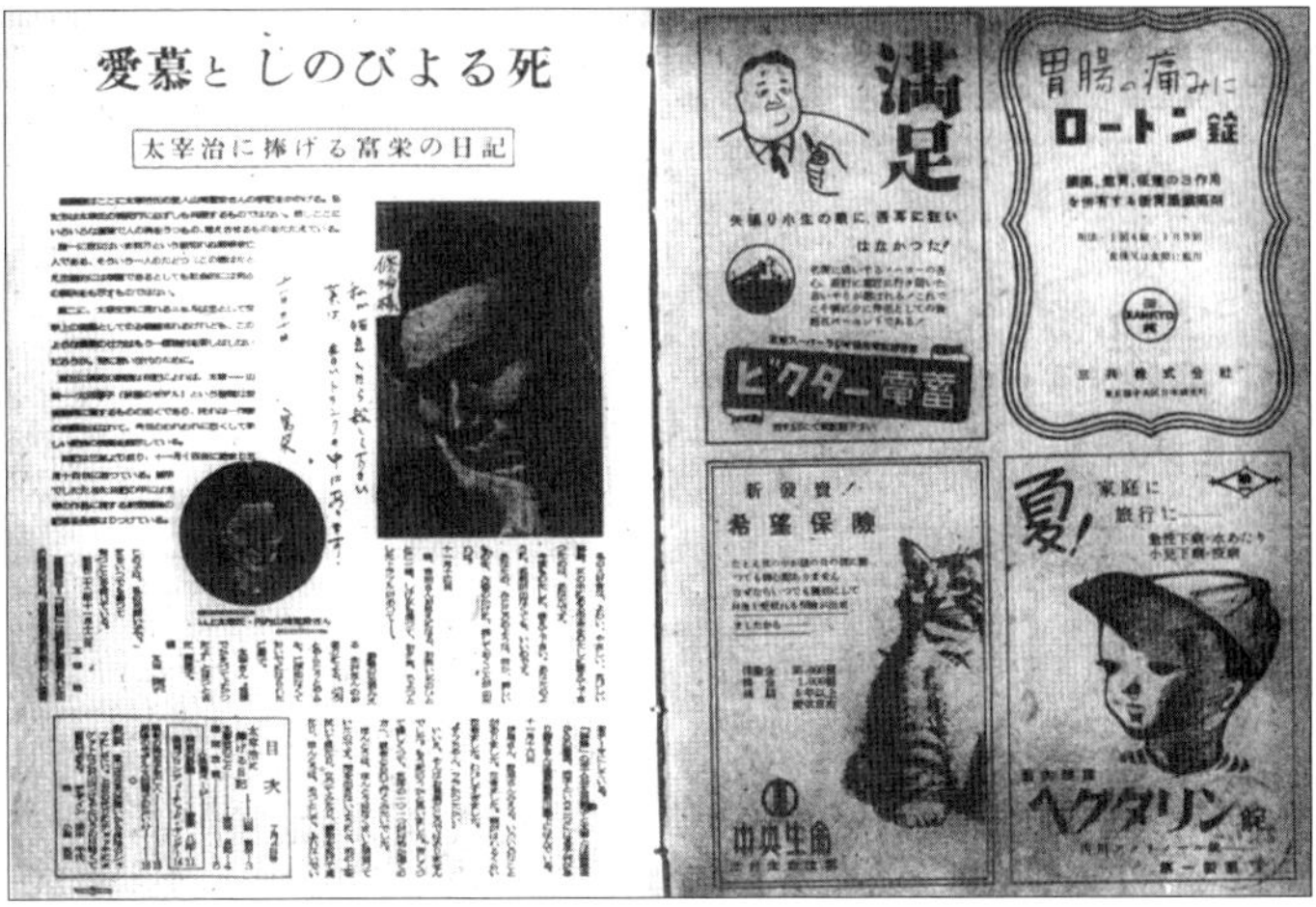

「週刊朝日」1948年7月14日号

な愛情関係に帰するものの如くであり、それは一作家の問題をはなれて、今日のわれわれに古くして新しい愛情の問題を提示している。

　日記は三部より成り、十一月十四日に始まり、五月十四日に終っている。細字でしたためた日記の中には太宰の作品に関する新聞雑誌の記事を全部はりつけている。

　ただし全誌面とは言っても、当時の「週刊朝日」は表紙から裏表紙までわずか二十四頁しかない。当然、山崎富栄の日記も全てが掲載されているわけではない。富栄の日記は一九四七年三月二七日から翌年六月一三日までであるのだが、そのうちの四七年一一月一四日から翌年五月一四日までの部分だけが「週刊朝日」に掲載された。一一月一四日というのは太田静子の兄が太宰を訪ねてきて、太宰が「治子」という名前を付けたという記述がある日であり、以後、日記には太宰、太田との三角関係に悩む記述が多く現れてくる。また、誌面には山崎富栄の日記の他に、「嘆きの美知子未亡人」や「斜陽のモデル太田静子の云い分」と題されたコラムも配置されており、まさに太宰をめぐる「複雑な愛情関係」をフィーチャーした誌面となっていた。

また、当初は「週刊朝日」に掲載されなかった部分も含めて朝日新聞社から単行本として刊行される予定だったようだが、社内で刊行への反対意見が多く、取り止めになった。そして、代わりに石狩書房から同年九月に『愛は死とともに――山崎富栄の手記』として出版された。ちなみに、石狩書房はほぼ同時期に太宰『斜陽』のもとになった太田静子『斜陽日記』も刊行している出版社である。太宰の情死が引き起こしたスキャンダラスなブームに便乗した本だったことは間違いないが、山崎富栄の遺族が日記の公開を決めたのは、当時のジャーナリズムにおいて流通していた〈山崎富栄〉というイメージに抵抗する意味もあったようだ。まるで富栄が加害者――才能のある作家にまとわりつき、死へと引きずり込んだ悪女――であるかのような書かれ方をされることも多く、少しでも富栄の実像を知ってほしいということからの苦渋の決断だった。

山崎富栄は、戦前には一九三八年に父親が銀座に開設したオリンピア美容院で働いていた。富栄の父親は一九一三年に日本初の美容と洋裁の専門学校である東京婦人美髪美容学校を開設した人物であり、富栄も錦秋高等実業女学校で洋裁と美容を習った。また、日本大学第一外国語学院でロシア語を、ＹＷＣＡで英語を、アテネ・フランセでフランス語を学んでいる。外国語の習得に熱心だったのは父親の勧めによるものだが、富栄には世界周航の客船で美容師として働きたいという夢もあったようだ（梶原 2002）。その後、一九四四年に三井物産社員の奥名修一と見合い結婚したが、富栄が夫と一緒に暮らしたのは、結婚式の後の二週間にも満たない期間でしかない。修一は結婚式の約二週間後には単身マニラ支店へと出発し、現地で召集を受け、翌年一月に戦死した。

戦争でオリンピア美容院は焼失し、戦後は鎌倉で義姉がやっていた美容院を手伝ったのち、一九四六年一一月からは三鷹にあるミタカ美容院で働くようになった。そのうち、富栄は近所に弘前高校出身の作家が住んでいるという話を聞く。実は富栄の亡くなった兄が同校の出身で、年齢もその作家と同じくらいであったので、兄の話が聞けるかもしれないと思った。富栄が知人の紹介でその作家と初めて会ったのは、一九四七年三月のことだ。太宰治というペンネームをもつその作家は、学年が違ったために富栄の兄のことはよく知らなかったものの、その後二人は急速に距離を縮めていく。

会って約二ヶ月後、富栄は日記に次のように書いた。

先生は、ずるい
接吻はつよい花の香りのよう
唇は唇を求め　呼吸は呼吸を吸う
蜂は蜜を求めて花を射す
つよい抱擁のあとに残る、泪
女だけしか、知らない
おどろきと、歓びと
愛しさと、恥かしさと
先生はずるい
先生はずるい

忘れられない五月三日

一九四七年五月三日は日本国憲法が発布された日でもあった。富栄は結婚の経験があるとは言え、相手が好きで一緒になったわけではない。「死ぬ気で恋愛をしてみないか」と囁く太宰との恋愛は、生まれて初めての経験を富栄にもたらしたのだろう。富栄は周囲の者が驚くくらい献身的に太宰に尽くした。ちなみに、右に引いた箇所は同年一一月一四日からしか掲載されていない「週刊朝日」にはなく、単行本において初めて活字化されたものだ。

だが、山崎富栄にまとわりつく悪女のイメージは、日記の刊行後にもなかなか消えなかった。特に文壇関係者の中には、太宰の死を悼む余り、山崎富栄に悪感情を抱く者が相当いたようである。早稲田出身の作家・評論家で『晩年』の出版にも関わった浅見淵の証言を引いておこう。

ところで、ぼくの周りの友人たちには太宰治の親近者が多く、従って、彼が入水自殺した当座、いろいろと取り沙汰していた。太宰治は果たして自主的に入水したのか、どうか。〔…〕山崎富栄は太宰治を独占して彼女の名前を後世に残そうという虚栄心から、厭がる彼を無理やりしごきで彼女の体にくくりつけて、上水に飛び込んだのではないか。〝スタコラさっちゃん〟と、太宰治のところへ出入りしていたジャーナリストが綽名していたほど、こまめに動く勝気な活動的女性だったらしいから、どうもそれをやりかねない。当時の取り沙汰を今にして顧みてみると、おおかたの考えは、以上のようなものだった。ぼく自身もほとんどそう思い込んでいた。そして、太宰治に同情が集まり、山崎富栄はかわいそうにフラッパー扱いされていた観がある。（浅見1968）

そのような浅見の富栄に対する感情が変わったのは十年以上も経ってからのことだ。だが、それについてはまた後で触れることとしよう。

マイナー作家としての太宰治

銀座のバー・ルパンで撮られた太宰の写真というのは、数ある太宰の写真のなかでも有名なものではないだろうか。だが、その写真を撮った林忠彦によれば、その日林が撮っていたのは織田作之助であり、太宰の写真は「ついでに」撮ったものだと言う。

ある日、織田作之助を銀座の酒場「ルパン」のカウンターで撮っていたら、反対側に安吾さんと並んで座っていた男が、ベロベロに酔っ払ってわめきはじめました。「おい、俺も撮れよ。織田作ばかり撮ってないで、俺も撮れよ」。うるさい男だなあと思って、「あの男は一体何者ですか。うるさい酔っ払いだなあ」って訊いたら、「あれが今売り出し中の太宰治だよ。撮っとくと面白いよ」って、誰かが教えてくれたんです。それで、僕はたった一つしかないフラッシュバルブを使って、当時はワイドレンズがなくて引きがないから、便所のドアをあけて、便器にまたがって撮ったんです。

ついでに撮った太宰の写真なのに、何百回となく引き伸ばしをしている。何回印刷されたか覚えていません。おそらく僕の作家の写真のなかでは一番多く印刷されて評判になった写真ですが、まったく不思議なものです。(林 1988)

一九四六年一一月二五日のことで、太宰、織田作之助、坂口安吾は座談会「現代小説を語る」（「文学季刊」一九四七・四）などを行なったあと、一緒に飲んでいたところだった。太宰は約十日前に疎開先の生家から帰京したばかりだった。戦後になって太宰の読者は増えていたとは言え、まだ知名度は安吾、織田作に敵わない。翌年に「新潮」に連載された「斜陽」によって、太宰はさらに多くの読者を獲得することになるが、それも死後のブームに比べればたいした数ではなかったことは先述した通りである。

もちろん、戦前においても太宰の熱烈な愛読者というものはいた。たとえば、武田泰淳は大岡昇平や山本健吉との座談会で次のような証言をしている。

> ぼくの経験でいうとね、ぼくは中国文学研究会の連中、殊に竹内君にすすめられて、太宰を読み始めたんだけどね、あのころ、面白い小説というのは、ほとんどなかったでしょう。〔…〕それでともかく太宰は面白いって、新作が出るたびにみんながしゃべり合ったことを、おぼえてるな。（大岡・武田・山本 1956）

武田に太宰を薦めたという竹内好も、こう書く。

太宰治の何にひかれたかというと、一口にいって、一種の芸術的抵抗の姿勢であった。

この評価は今から見ると過大かもしれないが、少くとも当時の私の目には、彼だけが滔滔たる戦争便乗の大勢に隻手よく反逆しているように映り、同時代者として彼の活躍に拍手したい気持ちになったのである。私はひそかに太宰治の理解者をもって任じた。私の交友はせまかったが、そのせまい交友範囲では私は事ごとに太宰治を誇った。もっとも私は彼と一度も会ったことはない。（竹内 1957）

竹内は一九一〇年生まれ、武田は一九一二年生まれで、一九〇九年生まれの太宰とほぼ同世代だ。ただし、彼らの世代で太宰の愛読者となった者は、それほど多くはなかっただろう。彼らより十歳以上年下の吉本隆明と橋川文三は、対談で、次のような証言をしている。

吉本　ぼくは小説っていうのは、太宰治と横光利一しか戦争中は読まなかった。ほかの作家は面白くないと思ってたんです。あんまり時局向きすぎてて。〔…〕大体文学好きなやつが二、三人はいて、それはもうおんなじでしたよ。その二人を読んだように思いますけどね。

橋川　ぼくの記憶では、ぼくなんかより二、三年ぐらい先輩か同級生ぐらいで、そのなかの文学青年タイプの連中が、まず太宰でしたね。

吉本は一九二四年生まれ、橋川は一九二二年生まれである。後に「戦中派」と呼ばれることになる吉本たちの世代が太宰に熱中したのは一九四〇年代に入ってからであり、新装版の『晩年』(砂子屋書房、一九四一)や「昭和名作選」の一冊として刊行された『富嶽百景』(新潮社、一九四三)は、当時の文学青年たちのあいだに太宰の愛読者を増やすのに力があった。つまり、太宰は戦争が激しくなってきた頃に文学青年たちのあいだで人気が出たということだ。たしかに特に戦争末期の一九四四年から四五年にかけて発表された太宰の著作を並べてみると、『津軽』(小山書店、一九四四・九)、『新釈諸国噺』(生活社、一九四五・一)、『惜別』(朝日新聞社、一九四五・九)、『お伽草紙』(筑摩書房、一九四五・一〇)と立て続けに刊行されていることに驚かされる。後の二作は戦後の刊行となったが、これはたまたま戦争が八月に終わったからそうなっただけのことで、戦後になって出版が企画されたわけではない。他の作家が戦争末期から戦後初期にかけてほとんど作品を発表していないのに比べてみると、こうした太宰の旺盛な創作活動がいかに稀有なことであるかが明瞭となるだろう。そもそも一九四四年には「改造」や「中央公論」といった雑誌が休刊・廃刊に追い込まれ、発表場所自体が少なくなっていた。そのような時代に、やはり太宰の多産ぶりは驚嘆に値するのである。そして、にもかかわらず太宰の著作には他の作家に比べると戦争の影が少なかった。それは少なくない読者に(竹内好の言葉を借りれば)「芸術的抵抗」の姿とうつったのだった。

一九四〇年代前半における太宰の愛読者たちの心情を、一九二〇年生まれの安岡章太郎は次のように書いている。

〔…〕自分たちの雑誌を太宰に送って、たとい便所の中ででも読んでもらいたいという気持があったことはたしかだし、私の知り合いの女子学生が太宰の家へ押し掛けて味噌汁の給仕をしてみたいなどと言い出したのも、同じ心情から出たもの、つまり太宰の文章の魅力はそういう肉体的な関心とかかわるところに、ふくまれているはずである。たしかに彼の文章には何かしら人を酔わせる力がある。（安岡 1966）

実際、安岡と同世代で、一九三八年というかなり早い段階で自分の日記を太宰に送った女性がいた。一九一九年生まれの有明淑という女性である。彼女の日記には、永井荷風「濹東綺譚」（「朝日新聞」一九三七・四・一六〜六・一五）や発表後すぐに掲載誌が発売禁止になった石川達三「生きている兵隊」（「中央公論」一九三八・三）の感想なども書かれているので、そうとうな文学好きだったようだ。練馬の春日町に住んでいた有明は成女高等女学校を卒業したあと、微生物学者の父親が病死したこともあり洋裁学校に通っていた。一九三八年の四月三〇日から八月八日まで綴られたその日記を一日の出来事にまとめあげて、太宰治は「女生徒」（「文學界」一九三九・四）を書いている。

太宰のもとへ日記や作品を熱心に送っていた若者は少なくなかったようだ。木村庄助という一九二一年生まれの青年もまた、太宰のもとへと手紙や小説を送っていた。結核患者だった木村は療養所に入院していた頃、「太宰治を思う」と題した日記を執筆。一九四三年に木村が死去したのち、それは遺族によって太宰のもとへと送られた。かなりフィクションが混じっており、ほとんど創作といったほうがいいようなその日記をもとに、太宰は「雲雀の声」という小説を書く。残念ながら刷りあがった本は刊行前に空襲で焼失してしまったものの、戦後その校正刷りをもとに「パンドラの匣」（「河北新報」一九四五・一〇・二二〜四六・一・七）が書かれた。

有明や木村のような読者は他にもきっといただろう。だが、それは太宰がメジャーな作家だったということを意味しているわけではない。先述したように、一九四〇年代初めまでの太宰の著書は、初版の発行部数がだいたい一〇〇〇部台であり、一万部を超すようになってからでも、戦前においては総発行部数が三万部を超える著書は一冊もなかった。むしろ、太宰がマイナーな作家だったからこそ少数の読者は熱狂的に支持したのだとも言えるだろう。そして太宰もまた、そういう彼らに向けて小説を書いていたのだ。

「からっぽ」であることの不安

太宰の「女生徒」（「文學界」一九三九・四）には、次のような記述がある。

もう、お茶の水。プラットフォムに降り立ったら、なんだかすべて、けろりとしていた。いま過ぎたことを、いそいで思いかえしたく努めたけれど、一向に思い浮ばない。あの、つづきを考えようと、あせったけれど、何も思うことがない。からっぽだ。その時、時には、ずいぶんと自分の気持を打ったものもあった様だし、くるしい恥ずかしいこともあった筈なのに、過ぎてしまえば、何もなかったのと全く同じだ。いま、という瞬間は、面白い。いま、いま、いま、と指でおさえているうちにも、いま、は遠くへ飛び去って、あたらしい「いま」が来ている。ブリッジの階段をコトコト昇りながら、ナンジャラホイと思った。ばかばかしい。私は、少し幸福すぎるのかも知れない。

たしかに「女生徒」の「私」は不幸ではない。少なくとも経済的な苦労はそれほどない。父親が亡くなったとはいえ、すぐに働きに出ないといけないほど家計が切迫しているわけではないのだ。高等女学校の数は「女生徒」が発表された一九三九年に初めて一〇〇〇校を越えている。つまり、それまでは一〇〇〇校に届かない数だったのだ。小学校の数はその十年以上前から二万五〇〇〇校以上あるのだから、高等女学校に進学できる者がいかに恵まれたものだったかはわかるだろう。

ちなみに、「女生徒」が発表された前年の一九三八年には、大木順一郎と清水幸治という小学校の教員が書いた『綴方教室』（中央公論社、一九三七）がベストセラーとなった。同書は綴方教育の実践記録として書かれたものだが、その後篇には豊田正子という小学生が書いた綴方が主に収録されている。豊田は江東区の貧しい家庭に育ち、家庭や近所で起こる出来事をみずみずしい文体で綴方にあらわしていた。豊田は小学校を卒業した後、女工として働いていたのだが、一九三八年に『綴方教室』が豊田の綴方を中心に演劇化されたことをきっかけに、同時代のスターとなっていく。小学校を卒業した後すぐに働きに出なければならなかった豊田と、高等女学校に通いながら「少し幸福すぎるのかも知れない」などと言ってしまう「女生徒」の「私」とでは、天と地ほどの開きがあるだろう。そして、当時の日本でどちらが多かったかといえば、圧倒的に前者なのだ。

だが、不幸がないからと言って、「女生徒」の「私」が満たされているかといえば、そんなことはない。不幸がないからこそ、自意識がはりめぐらされてしまう。自身がしたいことは何なのか。この「私」とはいったいどのような存在なのか。だが、そんな堂々巡りの思念が行きつく先は、いつも「からっぽ」なのだ。だからこそ「私」は不幸を渇望する。有り余る自由を制限するものを求めてしまう。

戦地で働いている兵隊さんたちの欲望は、たった一つ、それはぐっすり眠りたい欲望だけだ、と何かの本に書かれて在ったけれど、その兵隊さんの苦労をお気の毒に思う半面、私は、ずいぶんうらやましく思った。いやらしい、煩瑣な堂々めぐりの、根も葉もない思案の洪水から、きれいに別れて、ただ眠りたい眠りたいと渇望している状態は、じつに清潔で、単純で、思うさえ爽快を覚えるのだ。

だが、こうした「私」の思いに心から共感するものが、一九三九年の日本において、どのくらいいただろうか。不幸がないことの不幸、あるいは恵まれているがゆえの不安。そんなものを実感するものが、果たして当時の日本にどの程度いただろうか。すでに一九三七年には日中戦争が始まっており、一九三八年のもう一つのベストセラーは火野葦平『麦と兵隊』（改造社、一九三八）だった。銃後の国民としての自覚が促され、華美な生活をすることは戒められた頃だった。中谷いずみは『綴方教室』や豊田正子についての同時代の言説を検討し、『綴方教室』ブームには、「貧民窟」の出身である「豊田正子」が、その〈純真さ〉によって技術や理論をもつ各ジャンルの専門家や豊かな暮らしをする「上流中流子女」を打ち負かすという物語が潜んでいた」（中谷 2013）と指摘している。

豊田正子は同時代のスターとなったが、「女生徒」の「私」がそうなる可能性は皆無だっただろう。だが、だからこそ「女生徒」は当時の文壇では好評だった。第一回芥川賞の際の選考を太宰から散々に罵られたという因縁がある川端康成も、「太宰氏のような青春は、ただでさえ傷つきやすく、殊に日本では育ちにくい。戦争だから恋愛小説はいけないなどという議論が横行する。詩精神の貧しさなのである」（「小説と批評」、「文藝春秋」一九三九・五）として、「女生徒」の反時代性を高く評価している。

　松本和也が指摘するように、太宰が文壇に登場した一九三〇年代半ばは論壇で盛んに〈青年〉について語られていた時期であり、太宰の作品はそうした〈青年〉たちを体現する文学としてまずは受容された（松本 2009a）。論壇において〈青年〉は虚無的な感情を抱いている者として、あるいは退廃的な生活を送る者として否定的に表象される傾向が強かった。一九三三年にマルクス主義運動が退潮し、翌年にはシェストフ『悲劇の哲学』（芝書店、一九三四）が流行するなかで、「不安の哲学」や「不安の文学」が論じられた。既存の社会を変革するための希望（と思われていたもの）が潰えたことで閉塞感が強まり、また大学生の就職難なども重なって、不安を抱えながらさまよう〈青年〉たちの姿が盛んに語られたのである。

　その時期の代表作である「道化の華」（『日本浪曼派』一九三五・五）を見てみよう。心中に失敗して女だけを死なせた大庭葉蔵、その友人の飛騨、小菅という三人の青年たちを描いた作品だが、そこで物語世界の外部に存在する「僕」という語り手は、しばしば青年論とでもいったものを展開する。

> 青年たちはいつでも本気に議論をしない。お互いに相手の神経へふれまいふれまいと最大限度の注意をしつつ、おのれの神経をも大切にかばっている。むだな侮りを受けたくないのである。しかも、ひとたび傷つけば、相手を殺すかおのれが死ぬるか、きっと

そこまで思いつめる。だから、あらそいをいやがるのだ。彼等は、よい加減なごまかしの言葉を数多く知っている。否という一言をさえ、十色くらいにはなんなく使いわけて見せるだろう。議論をはじめる先から、もう妥協の瞳を交しているのだ。そしておしまいに笑って握手しながら、腹のなかでお互いがともにともにこう呟く。低脳め！

「道化の華」で描かれる青年たちは、表面的には明るく笑い合っていながらも、自身のポーズばかりを気にしている。その場の空気を読み合うことだけが優先されるので、本音を言うことは忌避される。いや、自分の本音が何か、彼ら自身にさえ分かっていないのかもしれない。「彼等のこころのなかには、混沌と、それから、わけのわからぬ反撥とだけがある。或いは、自尊心だけ、と言ってよいかも知れぬ」のだ。また、彼らは表面的には明るくふざけあっているので「おとな」たちからはよく誤解されるが、その底には絶望と悲哀が潜んでいることを見逃すべきではない、などというような青年論を展開してきた「僕」は、作品の末尾近くでこう呟く。「僕こそ、混沌と自尊心とのかたまりでなかったろうか」。

「道化の華」が面白いのは、当初は外部から青年論を展開するだけの存在に見えた「僕」が次第に作中の青年たちと同一化していくところだろう。後半になると「僕たち」という言葉が多用されるようになるが、そこでは既に「僕」や三人の青年たちだけではなく、読者もそれに巻き込まれてしまっている。〈青年〉を対象化する立場から、体現する立場へ。「僕」の変貌に伴って、「道化の華」の読者もまた否応なく〈青年〉の一人となるのだ。

同時期の太宰の作品はほとんどが〈青年〉を描いたものだと言ってよいのだが、もう一つ、「ダス・ゲマイネ」（「文藝春秋」一九三五・一〇）を挙げておこう。作中で馬場という青年は次のように描かれる。

馬場はときたま、てかてか黒く光るヴァイオリンケエスを左腕にかかえて持って歩いていることがあるけれども、ケエスの中にはつねに一物もはいっていないのである。彼の言葉に依れば、彼のケエスそれ自体が現代のサンボルだ、中はうそ寒くからっぽであるというんだが、そんなときには私は、この男はいったいヴァイオリンを一度でも手にしたことがあるのだろうかという変な疑いをさえ抱くのである。

奥野健男は野田秀樹との対談で、戦前の太宰は「あんまり文壇では認められてなくて、あのころの旧制高校、一高とか一橋の予科の人たちとかによって、天才が現れたと、口コミで伝わった」「アングラ作家」だったと述べているが（奥野・野田 1989）、たしかに戦前における太宰の読者層の中心を占めていたのは、当時のエリートである旧制高校生や大学生を中心とした文学青年たちだったに違いない。そしてそんな彼らは誰しもが「からっぽ」のヴァイオリンケースを抱えていたはずである。

大学を卒業した後、彼らはさまざまな職業につくこととなるが、その中の何人かは編集者になった。次章では、太宰と編集者との関わりについて見てみることとしよう。

第二章　戦後の編集者たち

戦後における執筆依頼増加の背景

本多秋五は次のように書いている。

『近代文学』の、創刊号が出る前後のことであったと思う。太宰治の原稿をぜひ取ろう、という議がもち上った。『近代文学』の同人は、みな左翼の出身者であって、大体において堅気な人間ばかりであったが、どういうわけか、皆んな太宰の小説の愛読者であり、太宰の支持者であった。（本多 1960）

「近代文学」は、一九四六年一月に荒正人、平野謙、埴谷雄高、本多秋五などによって創刊された同人誌であるが、主体性論争などを展開し、「戦後思想史の中心的なペース・セッター」（久野・鶴見・藤田 1959）として一九四〇年代後半の文学状況に大きな影響力を持った。創刊同人の年齢は太宰と同じくらいか、やや下の年代が中心で、一九一六年生まれの小田切秀雄が最年少である。

本多たちは疎開先の太宰の生家まで行って頼もうと言っているうちに太宰の作品が次々と諸雑誌に出たために、とても「近代文学」にまで手がまわらないのではないかと思い、そのまま沙汰やみになってしまったと言う。なぜそのように原稿依頼が殺到したのか。戦後に新雑誌が雨後の筍のようにあらわれたということも理由の一つだが、そのような新雑誌を編集している者たちのなかに、太宰の愛読者が少なくなかったということも指摘できるように思われる。

たとえば、太宰の「十五年間」は「文化展望」の創刊号（一九四六・四）に掲載されているが、当時福岡でその編集をしていたのは一九一六年生まれの大西巨人だった。その次の号で「十五年間」について、「敗戦以来目にふれた作品の中で、殆ど唯一の「過去への反逆」の無い作品。保身の術を蔑視することとの不賢明さと崇さとを示している好例。ただ、この作者は自分の身につけたポーズに甘えることを警戒すべきであろう」（大西 1946）と書いた大西は、太宰の死に際しては、次のような文章を発表している。

短篇集『晩年』以来の久しい読者である私は、太宰の死を知り、「我々は唯茫々とした人生の中に佇んでいる。我々に平和を与えるものは眠りの外にある訳はない」（芥川龍之介『西方の人』）というような思いを今更ひとしお深く感じている。〔…〕この世の真実を逆説としてしか語り得ないと考えた（そして逆説としてしか表現し得ないこの世の真実を凝視しつづけたと信じた）作家の悲劇は、窮余の自殺においてみごとな破局を完成し得た、と私は、せめて不謹慎に書くことによって、私自身を納得させておこう。（大西 1948）

また、「苦悩の年鑑」（「新文芸」一九四六・六）の掲載誌は神田の虹書房から刊行されており、編集は一九一九年生まれの水上勉が従事していた。虹書房には、太宰の弟子の田中英光がしょっちゅう遊びに来ていて、水上は太宰にも一度会いたいと田中に言い、田中も二人を会わせようとしていたようだが、行き違いが続いてついに会えないままに終わったようだ。

「お伽草紙」、「新釈諸国噺」、「右大臣実朝」、「津軽」、「惜別」、「正義と微笑」が仙花紙といった粗末な紙に印刷されて刊行されていた。この当時、本屋をのぞくと太宰さんの本はよく目立った。「お伽草紙」に圧倒された。「ろまん燈籠」に吐息をついた。「東京八景」、「富嶽百景」に銘酊した。会いたいが、会うことをおそれる気持ちがつよかった。やさしい人だと英光さんは言っていたが。貧乏で気持に余裕がなく、いらいらしてくらしていたから、疾しさのようなものを透視されるこわさがあった。（水上 1983）

太宰の死後、水上は田中英光に『自叙伝全集　太宰治』（文潮社、一九四八）の執筆を依頼し、三鷹の津島家で、津島美知子、小山清、田中英光とともに編集内容を取りきめたと言う。

あるいは、「朝」は第十四次「新思潮」の創刊号（一九四七・七）に掲載された。「新思潮」は東大の学生が刊行する同人誌で、第二次には谷崎潤一郎が参加し、第三次、第四次には芥川龍之介や菊池寛が、第六次には川端康成が参加した。第十四次は中井英夫が中心となり、吉行淳之介や嶋中鵬二などが参加している。吉行の回想を引いておこう。

これは、中井英夫が太宰に書いてもらったもので、原稿料は一枚五十円払ったそうだ。当時、その原稿をもらいにゆく時、同行しないか、と誘われた。私は心が動いたが、考えた末にやめた。太宰、坂口安吾、織田作之助とは、ついに会う機会を持たなかった。

（吉行 1971）

吉行は太宰のもとへ行くのをやめた理由を「太宰に近付いてその亜流になってしまうのは、たまらない」からだと説明している。それだけ太宰にひきつけられる部分があったということでもあるだろう。

太宰のもとに戦後さかんに原稿依頼があったのは、戦争が終わって新しい雑誌が続々と生まれたこととともに、その編集をしていた者のなかに太宰の愛読者が少なくなかったことが理由としてあったに違いない。さかんに原稿依頼があったことは太宰の愛読者が増えたことを直接的には意味しないと先に書いたのは、そのような事情が介在していると推測されるからである。

太宰がまだ亡くなる前の一九四八年四月に八雲書店から『太宰治全集』が刊行開始されたのも、担当編集者の亀島貞夫の情熱を抜きにして考えることはできないだろう。亀島は、戦場から復員したあと八雲書店に入社した一九二一年生まれの青年であり、学生時代に太宰の家を訪ねてきたこともある太宰の愛読者だった。

そして、実は太宰の情死事件を盛んに報道した新聞記者たちの中にも、学生時代、あるいは卒業後に太宰に熱狂した者は少なくなかったのではないだろうか。

まだ太宰の遺体が上がる前の六月一八日付の「読売新聞」は、「有島・芥川・太宰」という見出しを掲げ、太宰の死についての本多顕彰と青野季吉の小文を掲載しているが、そのリードで次のように述べている。


愛人とともに死を選んだ流行作家太宰治の行動は世の常識をもって律するなら邪恋の情死であり明らかに背徳行為である、しかし作家という一群の人々は、すべてがそうだといえないけれど常に自分というものを作品と生活のなかにギリギリ一ぱいにさらけ出して生きてゆく、その中の一人でしかも当代の流行作家として名声にも金にも恵まれ客観的に死を選ぶ理由がないのに自殺したこのことは考えさせるものが少くない、著名作家の印象的な自殺事件は有島武郎、芥川龍之介についでこんどが三人目、時代は違うが彼らが死を選んだ時代的背景はいつも進歩的なものが頭をもたげようとしていたときであった、太宰の死に一片の社会的意義を見出そうとすることは〝友情〟ばかりでもあるまい、評論家本多顕彰氏と青野季吉氏が語る〝作家の死〟をここに捧げる

このように太宰に「〝友情〟」を感じていた新聞記者たちの存在も、太宰をめぐる報道が過熱した原因の一つとして考えることができるだろう。

『斜陽』と新潮文庫版『晩年』

後に筑摩書房で『太宰治全集』を編集することとなる野原一夫もまた、学生の頃からの太宰の熱心な愛読者だった。旧制浦和高校の二年生だったときに太宰の「きりぎりす」（「新潮」一九四〇・一一）を読んだのが最初で、翌年『新ハムレット』（文藝春秋社、一九四一）、新装版の『晩年』（砂子屋書房、一九四一）を読んで本格的にのめり込んだ。同年、文化祭で講演をしてもらえないかと頼みに行って、それは断られたものの、東京帝国大学の独文科に進んでからも何度か太宰のもとを訪れた。一九四三年に学徒出陣で海軍少尉となったが、戦争が終わって復員した一九四六年、新潮社に入社した。同期は他に野平健一という京大仏文科出身の青年だけだった。野原は出版部に、野平は「新潮」編集部に配属された。

入社したばかりの頃、「新潮」編集長の斎藤十一と話していると、「好きな作家はいるかね」と聞かれ、太宰治の名前を挙げた。そして、学生時代に何度か太宰の家を訪れたことを話した。数日後、野原は斎藤に呼ばれ、「新潮」に太宰の長編を連載したいから依頼の手紙を出してほしいと頼まれた。それで生家に疎開中だった太宰へ手紙を出すと、やがて返事が届き、「新潮」の連載は考えてみる、いずれ東京に帰るから会おう、と書いてあった。一九四六年一一月、帰京した太宰は新潮社を訪れ、「新潮」への小説連載と単行本の刊行が正式に依頼された。太宰は「新潮」編集顧問の河盛好蔵に「日本の「桜の園」を書くつもりです。没落階級の悲劇です」と構想を語った。

「斜陽」と題されたその小説は「新潮」(一九四七・七〜一〇)に連載され、単行本は一九四七年一二月に刊行された。瀬戸内晴美(寂聴)と研究者の前田愛は、当時その小説を読んだ思い出を次のように回想している。

瀬戸内　その第一回を読んだときのすごいショックを歴然と覚えています。これはたいへんな小説が出たと思った。〔…〕そのあざやかな印象があるものですから、実に今度久しぶりで読み直してみたんです。そうすると、あんなにショックを受けた書き出しが、いまの私の言葉で言うとまだるっこしくてたまらない。何であんなに感心したんだろうと思いました。〔…〕

前田　まったくぼくも同感ですね。ぼくは単行本になったときに読んだんですけれども、実に夢中になって読み耽った。それからあと、太宰とあれば何でもかんでも読みました。〔…〕やはり、あのころのわれわれ読者が置かれていた状況というものをもう一遍たぐり寄せてみないと、『斜陽』という作品があれだけたくさんの読者に衝撃を与えたということがわかりにくいんじゃないか、そんなふうに思います。（瀬戸内・前田 1984）

瀬戸内も前田も、当時読んだ際と現在（一九八四年）との落差にたじろがずにはいられない。それほどまでに一九四七、八年という、まだ戦争が終わって数年しか経っていない時期に読んだ「斜陽」の印象は強烈だったのだ。太宰の死後、「斜陽」はますます多くの読者に読まれ、「斜陽族」という流行語まで生まれた。一九四七年に華族制度は廃止され、同じ年から行なわれた農地改革で地主は多くの農地を失うことになった。太宰の生家も打撃を受け、現在「斜陽館」として残されている太宰が生まれ育った家が人手に渡ることとなる。戦後のインフレは都市の中産層を急速に没落させ、逆にそれまで貧しかった者の中から戦後の混乱のなかで一財産を築く者も現れた。価値観が急速に変わり、何を信じていいのか戸惑う人々も少なくなかった。そんな時代に、没落していく華族の人々の姿を描いた「斜陽」は多くの読者の心を捉えたのである。

「斜陽」が「新潮」に連載されていた頃、新潮文庫が復刊されている。新潮文庫はそれまで、第一次（一九一四～一七）、第二次（一九二八～三〇）、第三次（一九三三～一九四四）と断続的に刊行されていたが、四六半裁判の第一次や四六判の第二次は現在の文庫という概念からは遠いものだ。岩波文庫と同じ菊半裁判でスタートし、出版規格の変更に伴い一九四二年からA6判となった第三次において現在の新潮文庫のスタイルが確立された。この第三次をもとにし、一九四七年から刊行されたのが第四次新潮文庫である。七月に川端康成『雪国』、八月に横光利一『紋章』、岸田国士『暖流』、九月に林芙美子『放浪記』、一〇月に石坂洋次郎『若い人』、尾崎士郎『人生劇場　青春篇』、一一月に谷崎潤一郎『痴人の愛』、堀辰雄『燃ゆる頬』、一二月に太宰治『晩年』、武者小路『友情』が刊行された。初年度のラインナップを見ると、一番年の若い太宰がかなり異色の存在だったことがわかる。しかも、『晩年』を新潮文庫に入れることが決定されたのは、単行本『斜陽』がまだ刊行されていない頃のことだ。広範な読者を対象とする文庫の性格からいって『晩年』を入れるのに危惧する声もあったが、野原は将来を考えて布石を打っておく必要があるのではないかと主張したと言う。

　一九四八年四月に八雲書店から刊行された『太宰治全集』の第一回配本が第一巻「晩年」ではなく、第二巻「虚構の彷徨」だったのは、前年一二月に刊行されたばかりの新潮文庫版『晩年』を避けたためだった。太宰は担当編集者の亀島貞夫に宛てて、「「虚構の彷徨」は第一巻ではありません。第二巻で、第一回配本なのです。ここを間違わぬよう、くれぐれも気をつけて下さい。第一巻は「晩年」です。そうして之は新潮文庫の「晩年」とかち合うので、第一巻なのですが、配本は第二回にしたのです。どうか、間違わぬよう、「晩年」は私の一ばん最初の創作集なのですから」（一九四八年二月一七日付書簡）と書いており、その後も何度かこの件について念を押している。『晩年』という短編集に、太宰はよほどの愛着があったのだろう。

その『太宰治全集』の第二巻「虚構の彷徨」が刊行された頃、野原一夫は新潮社から角川書店に移っている。「表現」という雑誌の編集に迎えたいという話が角川書店からあり、老舗出版社に窮屈さを感じてもいた野原はその話に乗ったのだった。角川書店は戦後に設立されたばかりの新興出版社で、顧問に林達夫がいたのも魅力だった。だが、角川書店で働き始めた野原は社長の角川源義との仲が次第に悪化し、一年ほどで退社することとなる。半年ほどして野原は花田清輝の紹介で月曜書房に入り、三年間勤めた。そこが倒産した後、筑摩書房で嘱託として働き始めたのは一九五三年になってからのことだった。

「女類」と野平健一の結婚

「斜陽」や「如是我聞」の担当編集者となる野平健一は、同期入社の野原一夫とちがい、新潮社に入社するまで太宰の作品を読んだことがなかった。だが、「新潮」編集長の斎藤十一に「親友交歓」の原稿を渡され、それを読んだ途端、一気に太宰の世界に引き込まれた。すぐに既刊本を次から次へと読んでいき、そのたびに太宰への敬慕の念を深くした。そんな野平のことを太宰も相当にかわいがり、一番のお気に入りの編集者となった。

そんなかわいがっていた野平が、夫と別れたばかりの飲み屋の女とつきあっているという話を聞いて、太宰は猛反対することとなる。「ちゃんとしたところのお嬢さんを貰って、平凡な結婚をするのが一番いいんだ」と野平に言った。太宰には、自身の一度目の結婚のような失敗を野平に味あわせたくないという思いがあったようだ。泉鏡花の『婦系図』に出てくる酒井先生の科白を真似て「女と切れるか俺と別れるか」などと迫り、野平をかなり困らせた。太宰の「女類」(「八雲」一九四八・四)という短編は、そのような野平の恋愛話が元になって書かれている。

雑誌の編集をしている「僕」は、おでん屋のおかみと深い仲になった。ある日、作家の笠井がそのおでん屋に来て、「聞いた。馬鹿野郎だ、お前は」と怒り出す。笠井に「女類と男類が理解し合うという事は、それは、ご無理というものなんだぜ」、「女は、へん、何のかのと言ったって、結局は、金さ」と面罵された「僕」は、おかみの気持ちをためす気持ちもあって、別れを告げる。だが、その夜おかみは自殺して……という話だ。

もちろん、これは小説であって、現実の展開はだいぶ違っていた。しばらく勘当のような形で太宰から遠ざかっていた野平だったが、ある日、太宰が相手の女性に会ってやってもいいと言い出した。野平は喜び、「チトセ」の女主人だった天野房子に「変なこと言わないでくれよ」とあらかじめ言っておいてから、太宰をその店へと案内した。房子は太宰たちを緊張して待っていた。だが、店に入って彼女の顔を一目見た途端、太宰は「何だ、学生かあ」と言って笑いだした。そう言われた房子は、もちろん学生ではなかったが、化粧もしないでモンペで働く姿は太宰の想像する「飲み屋の女」とはかなり違っていたようだ。

房子の家はもともと向島の百花園で「千歳楼」という料亭をやっていた。空襲でその店が焼けたために、房子は戦後、新宿に新しく「チトセ」という料理屋を出したのである。房子の前の夫は坂口安吾の文学仲間であった谷丹三で、「チトセ」は作家や編集者、文学青年たちのたまり場となっていた。安吾もしばしば「チトセ」を訪れた。後に安吾の妻となる梶三千代を安吾に紹介したのは、三千代の友人だった房子であった。

房子は前の結婚に失敗したために野平との結婚に迷っていたが、太宰に許されたことをきっかけに結婚を決意した。野平と一緒に太宰に挨拶に行くと、太宰は上機嫌で、お祝いに桃の蕾の絵を描いて、その脇に「春風や麦のなか行く水の音」という直江木導の句を書いた。それから、「信じあって一緒になるんだから、末長く仲よく暮らすように」と言った。(野平1998)

ちなみに、野平健一はその後もしばらく「新潮」編集部に在籍していたが、一九五六年に「週刊新潮」の創刊スタッフとなっている。「週刊新潮」は当初は「ニューヨーカー」を参考に瀟洒な都会派の雑誌を目指したようだが、新潮社取締役の斎藤十一の意向もあって次第に現在のような下世話な路線となっていった。野平は週刊誌という初めての仕事に戸惑いながらも、特集班を率いて激務をこなした。房子は夫の帰りが連日あまりにも遅いので浮気を疑ったが、深夜にタクシーで会社の近くに行って外から二階を見上げると煌々と明りがついていて、野平が仕事をしている姿が見えたと言う。ある時、新潮社社長の佐藤義夫と銀座でばったり会い、野平が房子を「家内です」と紹介すると、佐藤は「野平くんを会社が貰ったようで悪いね。すまないねえ」と言った（野平 2006）。野平は一九六四年から初代編集長の佐藤亮一のあとをついで八〇年まで二代目編集長を務め、翌八一年に新潮社の常務取締役となった。

「アカハタ」の中の〈太宰治〉

久保田正文は一九四六年から四八年まで八雲書店に取締役編集部長として勤めており、「八雲」という短歌雑誌の編集をしていた。一九四六年一〇月から四八年三月まで「近代文学」の発行所を八雲書店が引き受けていたのは、久保田が学生時代に埴谷雄高や荒正人などとともに「構想」という同人誌を刊行していた縁による。ちなみに、久保田は一九四七年六月に花田清輝や大西巨人らとともに「近代文学」同人となり、『太宰治全集』の担当編集者だった亀島貞夫も一九四八年七月に同人に加わっている。

太宰が死んだ頃の八雲書店内の様子を、久保田は『花火』というモデル小説に書いている。やや長くなるが、引用しよう。

配達されてきた『アカハタ』を、編集室の机のうえでひろげていた野辺十郎が、ふいに
「なんだ、こりゃ！　こんな、ばかな漫画があるか！」

と、大きな声を出して、となりの宇留木保子をかえりみた。

「あ、ほんとだ。ひでえなあ」

いつも、男のような口をきく宇留木保子も、つりこまれてのぞきこんでいる。

ふたりの、大げさな嘆声にさそわれて、帆張も自分の机のうえに配られている、『アカハタ』をひろげた。その二面に、座台領の自殺事件と、そのころの新聞の社会面をにぎわせていた社会党の西尾末広にからむ、五十万円の収賄事件とをひっかけてからかった漫画があった。「民主主義上水における肉体政治と肉体文学」と題のつけられたその絵は、越中褌姿で五十万円の金包を頭のうえにのせて濁流にさからって大股に歩いてゆく髭をはやした政治家の似顔のうしろに、顎のつき出て長髪の文学者が、ひとりの若い女性とならんで、その顔と、細い足を水面につき出し、仰臥したまま水に沈もうとする格好を描いていた。構図から、タッチに至るまで芸術的センスのまったく無い、書きなぐりの俗悪な漫画であった。（久保田 1956）

「帆張」が久保田自身のことで、「座台領」が太宰治のことを指している。ここに出てくる

「俗悪な漫画」は、一九四八年六月一九日付の「アカハタ」に掲載されている、まつやま・ふみお「民主主義上水における肉体政治と肉体文学」だろう。たしかに「俗悪」と言うしかないようなものだが、彼らが憤ったのは他にも理由がある。

さすがに『アカハタ』は、記事としては、商業新聞の野次馬式のあおりに調子をあわせて書きたてるようなことはしなかったが、前の日には、共産党員の文芸評論家石上純市の談話を、「人民と共に進む道を知らない弱さ」という見出しをつけて発表し、翌日の今日は、この漫画であった。その絵には、さらに遠景の土手の方に篠つく雨のなかの竹竿をもった二、三人の人間をも、シルエットふうに描いて、屍体さがしに連日奔走しているひとびとをもからかっているふうに見えた。

「アカハタ」1948年6月19日朝刊

帆張庄平もつくづくそれに見入りながら、あの日電話をうけてあたふたと出かけて行った晴田利夫が、ずっと出社しないで座台家につめかけ、雨

にたたかれて川のほとりを征きなやみながら、かりそめでない努力をしている様子を思い描いた。（久保田 1956）

「晴田利夫」は『太宰治全集』担当編集者の亀島貞夫のことだ。そして、「石上純市の談話」は、同年六月一八日付の「アカハタ」に掲載された「生きる道は開けていた／人民と共に進む道知らぬ弱さ／太宰氏の死を岩上氏は語る」という記事のことだろう。そこで「石上純市」ならぬ岩上順一は「まだはっきりしないが一応死んだものと考えて」と前置きして、次のように語っていた。

太宰氏の死は芥川龍之介の場合のように真剣さが感じられない、芥川の時代に比べて人民の生きて行く道がひろびろと広がっているのにこれまでもたびたび死を図っているのは氏の生き方にいいかげんなところがあり、そのいいかげんなところを楽しんでさえいたからだ、青森の富裕な家に生れ、純粋でひたむきな面を持っていたが、生活、教養から来る弱さに負けたばかりに、弱さに甘えていた、相当の天分を持ちながらこれを社会的に実現するという自覚に達しないで生がいを終ったことは残念だと思う。

亀島のように太宰の死に奔走している者を身近に知っているだけに、八雲書店の編集者たちは、太宰への同情が何ら感じられない岩上の談話や太宰の死を揶揄するだけの漫画に腹立たしい思いを抱かざるをえなかったのだ。八雲書店の編集部には共産党員が多かったのだが、彼らはまた太宰の愛読者でもあった。

「まったく、こりゃひどいね。批判するなり、否定するなり、そりゃあ批判者の自由だからかまわんが、やるならもっとほんとに芸術的に鋭くやってくれなくちゃかなわんよ。こういう俗悪なやりかたは、いわゆるわれわれ『人民』を愚弄してるとおなじようなもんだからね。」

「そう思いますか、帆張さん。……まったくねえ。これじゃ僕らの立つ瀬がないですよ。」

野辺十郎が「僕ら」と言ったのは、「僕ら共産党員」という意味だろうと帆張は聞いた。宇留木保子も傍でうなづきながら溜息をつく身ぶりをしていた。入社試験の面会のとき、独自な意味で私は座台領の文学をもっとも進歩的な文学とかんがえます、とはっきりした口調でこたえた宇留木保子のことを、帆張は思い出した。（久保田 1956）

「宇留木保子」は後に黒澤明の映画の名スクリプターとして知られることになる野上照代がモデルだろう。野上は一九四五年、再建された日本共産党の事務局で働いたのち、人民新聞社を経て四七年に八雲書店に入社していた。

共産党員であることと、太宰の愛読者であること。この二つは容易には結びつきがたくも思えるのだが、「アカハタ」に掲載された岩上の談話と漫画に腹立たしい思いを抱いた共産党員は、八雲書店の編集部に留まらなかったようだ。

というのは、次のような経緯があるからである。岩上の談話が載った数日後、小田切秀雄のもとに「アカハタ」の記者が来て、太宰の追悼文の依頼をしているのだが、そこには「『アカハタ』の読者たちから不満や非難の手紙が大量に来」たために困り、宮本百合子が小田切を指名して書かせることにしたという事情があったという（小田切 1988）。

実は一九一六年生まれの小田切秀雄は、最も早い時期からの太宰の愛読者の一人であった。小田切は自身が太宰を読むようになったきっかけを、次のように回想している。

> 堤〔重久〕は〔…〕ある時から太宰治という当時ほとんど無名の新人の『晩年』という白表紙のやや大判の短編集に入れあげるようになり（まだB６判の普及版で『晩年』が広く知られる前だ）、その本のことばかり語るようになった。それはきわめて特殊な仕方でマルクス主義への執着から離れてゆくことだったので、わたしはさびしい気持でそれを聞いていたが、かれにしつこく勧められてその本を借り、読み始めたらやめられなくなり、一気に読んでわたしもまた太宰ファンになってしまった。わたしはマルクス主義につよく執着しつつ、同時に、太宰の『晩年』の強烈な美しさに眼を閉じることはできない、と

いうことで結局そのとりこになってしまったのであった。（小田切 1988）

小田切や堤が夢中になって読んだ『晩年』は一九三六年に砂子屋書房から刊行されたもので、「B6判の普及版」というのは一九四一年に同じく砂子屋書房から刊行された新装版の『晩年』のことだろうか。小田切はこの頃、学生運動のために東京府立高等学校（後の東京都立大学）を放校されて無為な日々を過ごしていた。一学年後輩にあたる堤は停学処分にとどまり、東京帝国大学に進学。在学中から太宰のもとへと出入りし、弟子となった。ちなみに、弟に俳優の堤康久があり、その日記をもとに太宰の『正義と微笑』（錦城出版社、一九四二）が書かれている。

『晩年』以来、太宰の文学に惹かれながらも共産主義の立場からそれに限界を見出していた小田切こそは、「アカハタ」に掲載される太宰の追悼文の執筆者としてまさに打ってつけの人物だったに違いない。

そしてさっそく書いた小田切の「太宰治の死の意味」が同年六月二三日付の「アカハタ」に掲載された。そこで小田切は「太宰治の死において現代日本文学は、その最も才能ある作家のひとりをうしなうことになった」と書き出し、「太宰の狭隘な主観的方法は、その豊富な才能のいかなる回避をもってしても、一つ一つの作品の内容を、本質上さして変化のないものとせざるを得ず、ことに最近（「人間失格」および諸短篇）それがひどくなり、苦渋と停滞の色が濃くなっていた。これを自ら破って出て行く人間的、芸術的な困難を、太宰は自殺によって流してしまったのであった」とその限界を指摘しつつも、次のように文章を結んでいる。

だが、太宰が自らの死をもって流さねばならぬような困難にまで直面していたのにたいして、こんにちの一般の文壇作家たちは身をもってその解決にたち向うべきいかなる人間的、芸術的困難をもっているか？　戦争によって魂を荒廃させつくした多くの文壇作家は、新装をこらして読者と取引する手練手管のなかに新しい読みかたをあらわにしてきている。文壇の自壊が進行しはじめているのだ。この文壇の中で「芸術的」中心だった太宰の死は、文壇的文学にとって不吉な明日を予告するものにほかならぬ。なお、太宰の死は、これまで太宰の作品によって小市民的なあるがままの自己をいたわりいつくしんできた少なからぬインテリゲンチヤにとっても、自己と人間性との明日について新たな根本的省察をせまらないではいられないだろう。

『人間失格』と筑摩書房

『筑摩書房の三十年』には、次のような記述がある。

当時、口のわるい業界で太宰治が死んで、息を吹き返した出版社がふたつある、と陰口が言われた。新潮社から出た『斜陽』も、もちろんベストセラーになったが、経営ががっちりしているから、ふたつの出版社のうちにははいらない。筑摩書房と、「太宰治全集」を出していたY書店のことである。『人間失格』は、筑摩書房として最初のベストセラーであった。(和田 1970)

「Y書店」こと八雲書店と筑摩書房、それから新潮社という三社が戦後において太宰と最も関係の深い出版社だったと言えるだろう。このうち、最も古くから太宰と関係があるのは新潮社で、一九三五年から太宰は「新潮」に断続的に作品を発表している。それに対して、八雲書店が太宰と関係するようになったのは亀島貞夫が入社して以降のことだ。筑摩書房は新潮社には負けるものの、『千代女』(筑摩書房、一九四一)以来のつきあいだった。

筑摩書房が創業したのは『千代女』刊行の前年である一九四〇年のことだ。社主の古田晁は旧制松本中学校で同級生となって以来の親友だった臼井吉見に相談し、臼井が「筑摩書房」という社名を考えた。同年六月に刊行された中野重治『中野重治随筆抄』、宇野浩二『文藝三昧』、中村光夫『フロオベルとモオパッサン』の三冊によって、筑摩書房の現在まで続く長い歴史が始まった。

「太宰治の『千代女』を推したのは河上徹太郎ではなかったかと中村光夫は言うのだが、あまりはっきりしない」（和田 1970）。その頃まだ長野県で中学校の教員をしていた臼井吉見は、出版企画については古田から逐一相談を受けていたのに、『千代女』だけは何にも言われず、刊行されてから驚いたという。

『千代女』の装幀は、太宰の友人である阿部合成が担当した。「この男は、かならず偉くなる画家だから、最高の装幀料を払ってくれ」と太宰が言うので、古田は相場の倍である五十円を支払った。翌日、古田のもとへ太宰と阿部がまた来て、「みんな呑んでしまって、そのうえ足を出したから、もう一度払え」と太宰が言った。古田は黙ってまた五十円を支払ったという。その後、筑摩書房から刊行された太宰の著作は『お伽草紙』（一九四五）、『ヴィヨンの妻』（一九四七）があり、『人間失格』（一九四八）へと続いていく。

臼井は「一つの季節」というモデル小説で、太宰と古田晁の関係を次のように描いている。

〔…〕野々山は、よっぽど鳴海という人間に惚れこんだにちがいない。野々山に鳴海を紹介したのは、評論家の山下徳太郎だったらしいが、野々山がその作品を読んで、鳴海を評価したのではないことは、ほぼ確実である。野々山というのは妙な男で、出版社を創めながら、自分の出した本も、滅多に読まなかった。目あては、一にも二にも、人間であった。人間が信頼できれば、書くものはいいにきまっているという、おかしいほど単純な思考のすじを貫いて疑わなかった。多田にも、そんなけがなくもなかったが、その点、野々山は徹底していた。
おそらく、野々山は、最初の、たった一回の面接で、鳴海という人間に、いきなり惚れこんでしまったものと見える。その際に両者が、出版者と著者との枠を越えたにちがいない。確実な手応えがあって、カチッと合鍵がかかり、あとはビクともしない。あの気合で、両者を瞬間的に結びつけたはずだと、多田は考えた。こんなことは、野々山としても、異常中の異常事であった。（臼井 1975）

「野々山」は古田、「鳴海」は太宰、「山下徳太郎」が河上徹太郎で、「多田」は臼井自身である。古田とは長いつきあいである臼井の目から見ても、太宰と古田は「出版者と著者との枠を越えた」関係に見えたようだ。

筑摩書房は一九四六年、臼井を編集長として総合誌「展望」を創刊した。目次がすべて九ポイント活字で組まれていたので、高村光太郎に「書生くさい雑誌だな」と評されたという。だが、五万部がたちまち売り切れ、「展望」は同時期に創刊された岩波書店の「世界」などと並んで、戦後の有力な総合誌の一つとなった。太宰は「展望」掲載作には特に力を入れ、「冬の花火」（一九四六・六）、「ヴィヨンの妻」（一九四七・三）、そして「人間失格」（一九四八・六〜八）が掲載された。

「人間失格」の執筆は一九四八年三月八日から五月一二日まで行われ、前半は熱海の起雲閣で、後半は大宮市の閑静な住宅で書かれた。どちらも太宰を東京の喧騒から逃れさせようと、古田が紹介したものである。六月の上旬、古田は井伏鱒二のもとを訪れ、このままでは太宰が駄目になってしまう、自分が太宰を説得するから、山梨県の御坂峠へ一緒に行ってほしい、と頼んだ。一九三八年にも太宰は荒廃した生活を送っていたが、井伏の紹介で御坂峠へ行き、生活を立て直したという過去があった。だが、その時とはちがい食糧難の時代であったので、米はどうする、と井伏が言うと、米も肉もジャガイモも自分が用意すると古田は言った。井伏は承諾し、古田は食糧を用意するために郷里の長野へと旅立った。六月一二日、太宰は大宮にある古田の家を訪れているが、古田はまだ長野から戻っていない。太宰が山崎富栄とともに玉川上水に入水したのは、その翌日深夜のことであった。

単行本『人間失格』には、臼井吉見による「あとがき」が付されている。そこで臼井は次のように書いている。

構想が浮かんだのは、昨年のおわりであり、この作品にかけようとする作者の情熱は、はげしく、これを裏ぎろうとする肉体の衰えは、はたの眼にも、はっきり見えてきていたところであった。そして、そのころには、この作者は自分にあたえられている自然のいのちの残りの部分が、はっきり意識されてきており、同時に異常な決意が徐々に熟しつつあったのではないかと思われるふしがあった。作者は、この作品で、いままで女ばかりかいてきたが、今度は男をかく、ネガティブのドン・ファンをかきたいといっていた。ともかく、この作品は、作者が自身の文学の最高のかたちでかきあげた遺書であり、自画像である。

この臼井の「あとがき」からは、太宰の死後に起きたブームにおいて、「人間失格」という作品がどのように読まれたかということを明瞭に読み取ることが出来るだろう。小説の主人公である大庭葉蔵と作者である太宰治とが重ね合わせて読まれ、情死をめぐる謎が作品のうちに探究される。一九四八年において大量に書かれた太宰の追悼文の中でも、「人間失格」は作者太宰の謎を解き明かす鍵として盛んに言及されていく。太宰の小説が好きだからというよりは、情死というスキャンダラスな事件への興味から『人間失格』を買った人々も少なくなかったに違いない。

そしてそれは、八雲書店から刊行された『太宰治全集』が当初の予想とは異なり、完結に至らず中絶という憂き目にあった理由の一端をも物語っているのではないか。第一次太宰ブームにおいては皮相な興味から太宰の著作を買う者は多かったものの、十数巻もある全集を買うような愛読者は、まだまだ少なかったのだと思われる。

そして、その少ない愛読者の中心は二十代の若者たちであった。次章では、彼らの姿を追うことにしよう。

第三章　戦後の若者たち

三島由紀夫との邂逅

新潮社の編集者だった野原一夫の友人に、出哲史という青年がいた。『哲学以前』（大村書店、一九二二）などの著作で哲学青年に人気だった東大教授の出隆の長男で、野原と同じ浦和高校から東大の東洋史学科へと進み、将来を嘱望されていた。だが、野原と同じく一九四三年、学徒出陣によって陸軍に入り、終戦直前のソ満国境で戦死した。野原は、一九四六年に訪ねてきた哲史の弟の英利からそのことを聞いた。

一九二六年生まれの出英利は旧制府立五中（現・小石川高校）で「開拓」という校内誌にたびたび投稿していた文学青年だった。同じような投稿仲間に、後に詩人となる中村稔や、一学年下で後に劇作家となる矢代静一がいた。早稲田の第二高等学院に進んでからも、その頃の仲間とはかなり頻繁な交流を保っていたようだ。出英利もまた熱狂的な太宰ファンだった。それで兄の友人だった野原一夫に頼んで、憧れの太宰との飲み会を企画したのだ。

府立五中の文学仲間の一人に相沢諒という詩人がいて、実家が埼玉県深谷の酒の醸造家だったので、戦後すぐの時期でも酒の入手は容易だった。また、相沢は亀井勝一郎と面識があったので、亀井も呼ぶこととなった。場所は同じ文学仲間の高原紀一が間借りしていた練馬区豊玉の借家で行なわれることになった。ちなみに、高原は後、出隆の紹介で八雲書店に入社し、「芸術」の編集に従事することとなる。亀島貞夫が八雲書店に入社したのも出隆の紹介だったようであり、亀島は出英利とも親交があった。

それはともかく、出英利が企画したその会は、一九四六年一二月一四日に行なわれた。参加者は、太宰、亀井に野原、そして府立五中出身の文学青年たち。その他に、平岡公威という青年もいた。野原は府立五中の出身者でもなく、年齢も出たちよりやや上である一九二五年生まれの平岡が参加していることに若干の違和感を覚えたというが、平岡と親しかった矢代静一が誘ったようだ。平岡は学習院の出身で、その頃は東大法学部の学生だった。

すでに「三島由紀夫」という筆名で作品を発表してもいたその早熟な青年は、次のような回想を残している。

私は来る道々、どうしてもそれだけは口に出して言おうと心を、いつ言ってしまおうかと隙を窺っていた。それを言わなければ、自分がここへ来た意味もなく、自分の文学上の生き方も、これを限りに見失われるにちがいない。

しかし恥かしいことに、それを私は、かなり不得要領な、ニヤニヤしながらの口調で、言ったように思う。即ち、私は自分のすぐ目の前にいる実物の太宰氏へこう言った。

「僕は太宰さんの文学はきらいなんです」

その瞬間、氏はふっと私の顔を見つめ、軽く身を引き、虚をつかれたような表情をした。しかしたちまち体を崩すと、半ば亀井氏のほうへ向いて、誰へ言うともなく、

「そんなことを言ったって、こうして来てるんだから、やっぱり好きなんだよな。なあ、やっぱり好きなんだ」(三島 1964)

しかし、同席していた者の印象はかなり違うようだ。たとえば野原は、次のように述べている。

三島氏は、「かなり不得要領な、ニヤニヤしながらの口調で」その一言を言ったそうだが、私には、そうは思えなかった。私は、そのときの三島氏の顔付きを鮮明に覚えているのだが、三島氏は眉ひとつ動かさず、能面のように無表情だった。かなり緊張していたのではなかろうか。その口調は、はっきりしていたが、声の抑揚がなく、棒読みのような感じだったと思う。(野原 1980)

あるいは、その場で初めて三島に会ったという中村稔は次のように回想している。

その席で、太宰氏と三島氏との間で、たいへんシラけるような会話があった。何がきっかけでそうなったのか、分からない。たしかに三島氏が太宰氏に、じぶんはあなたの文学を認めない、といった趣旨のことをいったことは間違いない。太宰氏は文学論議よりも酒にしか興味はないような態度だったから、三島氏のそうした発言じたいが、やはり場違いであった。それでもさすがに太宰氏がむっとしたように、おまえは何だ、といったことをいい、まわりから誰かが、この人は三島由紀夫さんという「人間」に「煙草」を発表している小説家だと、とりなすように説明した。すると、太宰氏が、

「そんな小説家は知らねえ」

と言い、ますます座がしらけたのであった。（中村 1976）

三島をその席に誘った矢代静一は「正直言って私は、三島の「太宰さんの文学はきらいなんです」という一言を聞き洩らしている。従って、そのあとの太宰の釈明も耳にしていない」と言いつつ、二人の対話は「三十七歳の上戸と二十一歳の下戸のトンチンカンな会話」だったろうと想像していることからも（矢代 1985）、その場の雰囲気というものは窺える。どうやら三島の意気込みは空転してしまったようだ。

三島が太宰を次のように切り捨てた文章は有名だろう。

太宰のもっていた性格的欠陥は、少くともその半分が、冷水摩擦や器械体操や規則的な生活で治される筈だった。生活で解決すべきことに芸術を煩わしてはならないのだ。いささか逆説を弄すると、治りたがらない病人などには本当の病人の資格がない。（三島1955）

だが、そのように太宰嫌いをことさらに公言しなければならなかったのは、三島が太宰とはまったく違う作家だということではなく、むしろ三島の太宰との近さを表しているように思われる。三島の『仮面の告白』（河出書房、一九四九）は、明らかに前年に刊行された太宰の『人間失格』（筑摩書房、一九四八）を意識したものだろう。だが、三島はその後、肉体改造を行い、太宰的なものから自身をどんどん引き離していった。だが、野原一夫が「三島は、死の直前に『新潮』の編集者に「俺は、太宰と同じなんだよ」というような謎の一言を残しているんですよ」（井上・長部・小森・野原 1998）と証言しているように、三島は死ぬまで太宰への拘泥から逃れることができなかったのではないだろうか。

「春の枯葉」の上演

一九四八年二月四日から七日のあいだ、俳優座の「創作劇研究会」第一回公演として、「春の枯葉」が毎日ホールで上演されている。演出は千田是也が担当したが、太宰は体調不良のため観ていない。上演作に「春の枯葉」が選ばれたのは、俳優座の文芸演出部にいた矢代静一の発案によるものだった。矢代は上演が終わってから一週間ばかり後に、出英利とともに太宰の仕事部屋があった千草という小料理屋を訪れた。「春の枯葉」の舞台写真とパンフレットを太宰に渡すためである。だが、太宰は現れず、山崎富栄がやってきて、「私の部屋へどうぞ」と言う。太宰と富栄との関係がよく飲みこめないまま千草の向かいにある富栄の部屋へ矢代たちがついていくと、太宰はすでにそこで酒を飲んでいた。

「千田さんから『是非また芝居を書いてください』とお願いするように言われてきました」と矢代が言うと、「これから長い長い小説書かなけりゃならないんだ。書くとしたらその後だね」と太宰は言った。そして、色紙に「池水は濁りににごり藤波の影もうつらず雨降りしきる」という伊藤左千夫の歌をさらさらと書いて、「千田さんにあげてください」と矢代に渡した。矢代は思わず、「私にもください」と言ってしまう。しかも左千夫の歌ではなく、「斜陽」のなかの次の一節を書いてくれるように頼んだ。

いままで世間のおとなたちは、この革命と恋の二つを、最も愚かしく、いまわしいものとして私たちに教え、戦争の前も、戦争中も、私たちはそのとおりに思い込んでいたのだが、敗戦後、私たちは世間のおとなを信頼しなくなって、何でもあのひとたちの言う事の反対のほうに本当の生きる道があるような気がして来て、革命も恋も、実はこの世で最もよくて、おいしい事で、あまりいい事だから、おとなのひとたちは意地わるく私たちに青い葡萄だと嘘ついて教えていたのに違いないと思うようになったのだ。私は確信したい。人間は恋と革命のために生れて来たのだ。

太宰は、「ここか、ここは、まあまあってところだな」と言いながら、色紙に書いた。もっとも、太宰は書き始めてから分量が多過ぎることに気付き、途中の部分をだいぶ端折って何とか色紙に収めたそうだが。（矢代 1986）

その前年、やはり太宰の「春の枯葉」を上演する許可を得るために太宰のもとを訪れた青年がいた。東京工業大学の学生だった吉本隆明である。

太宰に大学の文化祭で上演したいという話をすると、簡単に許可をくれ、外に出ようと言う。近くの飲み屋に入り、二人で飲んだ。酔っぱらった太宰は吉本に「精神の闇屋」になれと言い、「春の枯葉」に出てくる歌のなかの「あなた」ってのはアメリカのことなんだ、などと放言した。

あなたじゃ
ないのよ

あなたじゃ
ない
あなたを
待って
いたのじゃない（「春の枯葉」）

全学連の結成と宮本顕治

日本共産党の影響下にあった日本民主主義文化連盟（文連）の常任理事を務めていた増山太一によると、文連の機関紙である『文化タイムズ』の四月二一日と六月二日付の「文芸短評」欄には太宰の近作批評がつづけざまに取り上げられたが、〔…〕彼（＝田中英光）はこの批評に不満で「匿名批評に名を借りた脅迫だ」と涙をうかべながら太宰を擁護していた」と言う（増山 2000）。太宰の弟子である田中英光は、戦後に共産党に入党していた。

「文化タイムズ」は文連の機関紙だが、それに掲載された「太宰の近作批評」とは「荒涼たる風景　太宰治の近作」（「文化タイムズ」一九四七・四・二一）と「作家の嘲笑の浅薄性　太宰治「ヴィヨンの妻」」（「文化タイムズ」一九四七・六・二）だろう。前者には「（O）」、後者には「（I）」という署名があるが、それぞれ小田切秀雄と岩上順一が書いたものだと思われる。「「ヴィヨンの妻」に肉体をもとめたり思想をもとめたりしても無意味であろう」と一刀両断している後者はともかく、「「走れメロス」や「きりぎりす」の反俗精神には正義への思ぼ、不正へのいかりがうつくしくきらめいていたが、それからとおくへだたる最近の人間不信だ」と難じている前者を「脅迫」とするのはさすがに無理なように思われるが、このような批評も田中には許容できなかったのだろうか。その後、田中は党内の人間関係に悩み、一九四八年三月に離党している。八雲書店発行の「芸術」(一九四八・五)に掲載された「地下室から」の序には、「私にはいまでも、共産主義的な思想を美しいと思えるところがある。けれども、現在の私の人間不信の感情は、そんな思想をさえ信じさせないのだ」と記されている。一九四九年、田中は太宰の墓前で自殺した。

「文化タイムズ」には、佐藤宏「はかない貴族主義の終焉/太宰治の死について」(「文化タイムズ」一九四八・六・二二)という太宰の追悼文も掲載されているが、中野重治は「死なぬ方よし」(「芸術」一九四八・八)で、佐藤が太宰を「貴族主義」としていることに違和感を表明したうえで、太宰について次のように述べている。

太宰は侵略戦争の提灯もちをしなかった。この点をはっきりさせる必要があり、同時に、侵略戦争の提灯持をしなかった精神・文学者としての生き方を、それを全幅的にのばせる時に来てなぜのばさず、自殺しさえしたかとゆうことをはっきりさせる必要があるだろう。〔…〕人としていい人で、しじゅう共産主義、共産党、革命運動のことに頭を占領されていたが、そのことを全面的に、自分自身にたいして明らかにすることなしに引きずられて行ったかたむきがある。下らぬ取りまき連中をけとばすことが出来なかったらしい。

この中野の文章は、むしろ小田切のものよりも太宰に同情的であるようにも感じられる。共産党の学生組織である東大細胞のメンバーだった沖浦和光は、「太宰治論ノート」（「文学」一九四九・二）で中野の言を引きながら、「共産主義は太宰治という人間の秘密であるとともに、太宰文学の秘密でもあった」と述べる。

問題の本質は、彼が左翼運動をやったということよりも、むしろ運動に飛込む必然性をそなえていたということにあるのだ。その必然性を貫徹することによってのみ、彼は余計者としての全存在を明確に位置づけ、自己の本質を正常な軌道にのせて発展せしめえたのであるが、軌道からはずれてしまった彼は、遂に「なんじら、断食する時、かの偽善者のごとく悲しき面容すな」（狂言の神）という心境にたどりついた。彼はピエロになることによって「悲しき面容」を克服し、「かの偽善者」から区別しようとした。自我は既に分裂した。現実と自我との、ますます深くなってゆく溝を彼は感じた。

つまり、共産主義からの転向が「自我の分裂」を招いたのだと言うのだ。「裏がえしにされた私小説」として太宰の作品を論じた福田恆存の『太宰と芥川』（新潮社、一九四八）なども参照しながら書かれた沖浦の論考には、「分裂した自我を描くことを小説の意図とした彼には、初めから私小説は問題にならなかった。彼の作家精神は既に私小説的精神と無縁であった」などという共産党系の論者にしては珍しい指摘もあるのだが、全体的には太宰に対して批判的な調子が強いと言える。

沖浦は一九四七年、東大に入学するとすぐに東大細胞に入った。当時の東大細胞のキャップは後に読売新聞社主となる渡邉恒雄である。もともと出隆にあこがれて東大の哲学科に入ったような哲学青年だった渡邉は、松村一人や荒正人などによる主体性論争の影響を強く受けており、党の規律よりも個人の主体性が優先されるべきではないかと考えていた。だが、沖浦や武井昭夫など、高校時代から学園民主化闘争を経験してきた一年生たちには、そんな渡邉たちの態度は生温いものとしか感じられなかった。沖浦たちは次第に東大細胞内の主導権を握り、党本部の宮本顕治などとも連携しながら、渡邉たち上級生を激しく批判した。その結果、渡邉は一九四七年一二月に共産党を離れることとなる。渡邉の脱党書には、次のようにある。

今僕はエゴ論争のもたらした影響がその否定的副作用のみ大にしてその責任が離党に価

するものなることを自覚した。次に脱党の直接の根拠は過日の細胞会議以来の沖浦君一派の行動の下劣さに耐え難きを感じたからである。沖浦君の支配欲と奸智の数々が純情な同志諸君を付和雷同せしめ、文字通り闇取引の中に除名工作が準備されていた。〔…〕しかもかくの如くして蹂躙され汚辱された人間関係が「鉄の規律」の名に於いて正当化され得るという事実は、僕の党生活に対する一切の期待をくつがえらせたのである。

以後、渡邉が反共活動に邁進するようになったことはよく知られている通りである。

翌一九四八年六月一日、政府が大学の授業料を三倍に値上げすると発表したことに反対して、「教育復興学生決起大会」が開かれた。日比谷野外音楽堂に全国から二万人の学生が駆け付けた。

大会へ出隆東大教授はメッセージをおくり、「学生諸君が民族文化擁護のためにけっ起したことをお祝いする。…当局の無恥と怠慢には理解しがたいものがある。従来彼等は学生を特権階級として政治から遠ざけて来た。今や日和見の時ではない。智は力である。学生戦線の統一は未だ。最後に革命詩人ハイネの言葉をおくります〝智恵の女神は武装していた〟」と激励し、大会に結集した学生に深い感銘を与えた。（山中 1961）

この運動の中心にいたのは東大細胞だった。沖浦や武井たち旧一年生グループを中心に、新しく入った安東仁兵衛、上田耕一郎、堤清二たち新入生も加わっている。東大細胞の主導で、全国百十一の大学で二十万人が参加したゼネストが始まった。大方の予想をはるかに上回る規模となった。その余勢を駆って結成されたのが全日本学生自治会総連合（全学連）である。初代委員長には武井がなった。

そんな戦闘的な学生運動家として知られていた沖浦が太宰論を書いたのは、なぜだったのだろうか。それは、「太宰治論ノート」の末尾近くにある次のような箇所によって明らかとなる。

戦争中での「私たちの作家」は、戦後の「私たちの作家」ではありえなかった。〔…〕私をもふくめて、戦争中の「自己喪失の亡者」のむれは、いまや新しい道程を発見しそれを歩んでいる。その道程をさえぎろうとする暗い雲の姿も再び目に映るようになった。

もちろん、ここでの「新しい道程」とは、共産主義以外のものではないはずだ。そして沖浦は次のように文章を結んでいる。「私たちは、彼の屍に、「グッド・バイ」することによってのみ、「苦しくとも、生きてゆける」であろう」と。この結びには、宮本顕治が芥川龍之介を論じた「敗北の文学」（「改造」一九二九・八）からの影響が明らかに感じられるが、一九二七年生まれの沖浦もまた太宰の愛読者だったからこそ、共産主義の立場から彼を否定し、乗り越えることが目指されているのである。

沖浦は安東仁兵衛との対談で「宮顕と親しくなるのは、やはり文学を通してであったわけですね。『文学』にぼくが太宰治論を書いたとき、「沖浦いるか」といって宮顕が大学に訪ねて来て喫茶店へ行って批評してくれたことがあった」と語っている（安東 1995）。

どのような「批評」だったのか沖浦は語っていないが、ある程度の推測はできる。その頃、沖浦たちが編集していた「学生評論」（一九四九・一〇）に宮本顕治「「人間失格」その他」という文章が掲載されているからだ。末尾に付された「後記」によれば、これは「文学前衛」第三号に掲載予定の「文字文化と民主民族戦線」の一節として書かれたが、「文学前衛」が休刊状態となり、「特に学生評論編集部の要請によって、その論文の一部、太宰治に関する部分を発表することにした」ものだという。

そこで宮本は、「彼の死が、芥川の死とくらべて、現代社会のまじめな生活者によびかけるものが、非常に乏しいのは、当然である。芥川の死は、人生的文学的敗北にしろ、思想的芸術的情熱の羽ばたきの切実さによって時代の課題と直面するすべての良心の窓をたたくものがあった。太宰の場合は、彼の追随者であるモダニストや芸術至上主義者の感傷や礼賛にもかかわらず、そうしたものが感じられない」と、岩上順一や佐藤宏と同じような教条的な太宰批判を行っている。さらに宮本は「民主的文化の側にたつというもののあいだにさえ、ブルジョアジャーナリズムとブルジョア文学者の感傷的礼賛の影響を受けて、太宰の死を厳格に批判的に扱うことは、太宰の広汎な読者を反撥さすから、さけるべきだという見解がみうけられたこと」に注意を促している。

これは、先述した小田切が書いた追悼文が「アカハタ」に掲載されたことなどに対する批判であると考えられるだろう。太宰を部分的にでも評価することに対する反発は、党内に根強く存在していたようだ。

出英利の死

共産党から脱党する前の一九四七年一一月、渡邉恒雄は失恋騒ぎを起こしている。渡邉はある女子学生に恋をしていた。山中湖に数人で遊びに行った際、その女子学生の部屋に忍び込んで彼女の日記を盗み読む。そこで彼女が誰かに恋をしているということを知った渡邉は失望し、愛する女にふられたから山中湖に飛び込みますという手紙を書いて、出隆へ送っている。だが、日記を最後まで読むと、なんと彼女が恋している相手は渡邉自身だったということが判明した。あわてて出に、自殺は取りやめますという手紙を出した。

後日、渡邉が大学に行くと、出から「渡邉君、今日は護衛してくれ」と言われ、出の家までついて行った。そこで豚カツをご馳走になった。「俺をさんざん心配させやがって」と言った出は、自身の著書『哲学青年の手記』（彰考書院、一九四七）を渡邉に渡した。家に帰って渡邉が読んでみると、若き日の出が煩悶して片思いの相手の家をぐるぐる回るだけで帰ったという思い出が書かれてあった。「そのくだりを読んで、なぜ出先生がこの本を下さったのか、意味がわかりました。出先生は、僕にとってはそういう先生なんだね」（渡邉 2000）。

出隆はもともと東大細胞の学生たちにも好意的な進歩派教授として知られていたが、一九四八年に共産党に入党した。そして、一九五一年に東大を辞職し、都知事選に立候補している。その頃、共産党は主流派（所感派）と国際派に別れて、内部抗争を繰り広げていた。きっかけは一九五〇年一月に共産党の国際組織であるコミンフォルムが突如として日本共産党の平和革命路線を批判したことであり、徳田球一など主流派はコミンフォルムの批判に反論する「所感」を発表したのに対し、宮本顕治など国際派はコミンフォルムの批判を支持し、主流派と対立したのである。

その影響は文学にまで及び、国際派の党員が多かった新日本文学会に、主流派は厳しい批判を投げかけた。特に八雲書店を退社した久保田正文が編集長を務めていた「新日本文学」に対しては、一九五〇年五月号に島尾敏雄「ちっぽけなアバンチュール」が、同年七月号に井上光晴「書かれざる一章」が掲載されたことを「アカハタ」などが猛然と批判していた。同年一一月には主流派に近い文学者たちが「人民文学」を創刊し、「新日本文学」とのあいだで激しい批判合戦が繰り広げられた。

主流派は一九五一年四月の統一地方選挙に際して、社会党との統一戦線路線を取った。だが、国際派はそれを「右翼日和見主義」として批判し、独自候補を擁立した。そうした国際派の動きに対して、主流派は分党的行動であると批判、候補者を除名処分にするなど強い態度で臨んだ。出は国際派の全学連や新日本文学会などに推されての出馬だった。佐多稲子の小説『みどりの並木路』には、その選挙が次のように描かれている。

年枝は連日多忙だった。東京都知事の選挙は、対立した勢力の不思議な事情の中で行われようとしていた。民主的な側でも、共産党では、統一戦線のために、S党のKを押して、しかも先方から拒絶されながらそれを押すという、方針が流されていた。これに対してこの時期に平和の意志を代表する真実の候補者をこそ立てねばならぬ、という方針に結集する勢力があった。民主的な大衆団体と文化団体の連合から押されて、一人の学者が立候補し、これをすいせんする団体は、共産党に対して、共同のたたかいを申し込んだが、それも拒否されるという複雑さであった。

平和の意志を代表して立候補したIは、東大教授の哲学者であり、共産党員であった。Iは、立候補するためには教授の位置を自ら退かねばならなかった。辞表を出し、そして戦争の煽られているこの時期に戦争反対の立場から候補に立って、その学者は、淡々たる心境だ、と伝えられ、個人的にも、団体の立場からもI教授を押している年枝はそ

れを聞いて感動した。（佐多 1955）

「年枝」は佐多自身がモデルである。四月五日、出隆の応援演説中に占領政策を批判したという理由で学生たち十六人が逮捕された。そのうちの一人は佐多の息子だった。ちなみに出の選挙の結果は三位であり、一位の現職だけでなく、二位の社会党候補にも遠く及ばない票数だった。

各地の選挙戦における主流派と国際派の罵り合いは公衆の面前で行われ、それまで共産党に好意的だった人々をも急速に党から離れさせた。同じ年の八月にコミンフォルムはまた突如として主流派への支持を表明する。六月の朝鮮戦争開戦に刺激され、主流派がそれまでの平和革命路線を捨て、武装闘争路線へと変更したためだった。それによって、国際派は総くずれとなる。主流派の完全勝利だった。そして、主流派が採用した武装闘争路線にしたがい、中核自衛隊や山村工作隊が組織され、火炎ビン闘争が展開された。明らかに時代錯誤としか言いようのないそのような愚劣な方針のために、ますます多くの人々が共産党から離れていくこととなった。

翌年、出隆の息子である英利が西荻窪の踏切で轢死している。一九五二年一月八日付の「読売新聞」には「出隆氏の三男轢死／女との写真懐中に」という見出しで英利の事故死を伝えているが、事故の場所がちょうど原民喜が自殺した場所であるということもあり、自殺の可能性を強く匂わせている。「太宰治に私淑」という小見出しの部分で「友人の話では英利君は太宰治に私しゅくしいつもそろりとした着物の着ながしで頭髪を長くのばし酒をのみ歩いていたといっている」などと書いているのも、そのような印象を強めるためだろう。そして記事には事故に会った際、英利が持っていたという写真も添えられているのだが、そこで英利と一緒に写っているのは太宰とも縁の深い林聖子であった。

聖子は画家の林倭衛の娘で、「メリイクリスマス」（「中央公論」一九四七・一）に出てくるシズエ子ちゃんのモデルとしても知られている。英利と聖子が出会ったのは一九四八年六月、太宰の遺体を捜索している最中だった。玉川上水に架けられた万助橋で、出は一人たたずんでいた。そんな出を、聖子は野原一夫に紹介された。聖子は一九四七年春からの約一年間、太宰の紹介によって新潮社の出版部で働いていたので、野原とは同僚だった。

その約二ヶ月後、野原は聖子から就職の相談を受ける。聖子は病弱の母を抱え、再び働きに出る必要に迫られていたのだった。野原はすでにその頃、角川書店社長の角川源義との仲が悪化していたので、角川には紹介できない。野原は古田晁のもとへ聖子を連れていき、聖子は社長秘書として筑摩書房に勤めることになった。

だが、一九五〇年に入ると筑摩書房の業績は一段と悪化し、給料の遅配がはじまるようになる。古田は聖子のことをかわいがってはいたが、とりたてて仕事があるわけではない社長秘書への周囲の視線は決して温かいものではなかった。四月になって聖子は古田に「会社をやめます」と伝えると、古田は無言で目を閉じ、そのままじっとしていたと言う（野原 1982）。その後、聖子は銀座のバーへ働きに出るようになった。何度か店を代わったが、古田は聖子のいる店へ社員たちを連れて通い続けた。出英利が死んだのは、ちょうどその頃である。

一九六一年、聖子は新宿に「風紋」というバーを開く。古田など筑摩書房の関係者はもちろんのこと、作家や編集者がたびたび訪れる文壇バーとして知られるようになった。現在も場所を少し変え、花園神社の近くで営業している。

奥野健男の青春と石原慎太郎の登場

吉本隆明は東京工業大学をいったん卒業したあと、一九五〇年に特別研究生（大学院生）として大学に戻った。ある日、文芸部の機関誌である「大岡山文学」の編集をしている奥野健男という学部の学生が訪ねてきた。奥野は一九二六年生まれで、吉本の二つ下である。専門部（旧制高校に相当する大学の付属機関）の学生だった頃に、「大岡山文学」に吉本が発表した詩を読んでおり、文化祭で上演された吉本演出の「春の枯葉」も観ていた。二人とも太宰の愛読者ということもあって、すぐに気が合った。以後、研究室や飲み屋などで、吉本と奥野は文学談義に明け暮れることとなる。

吉本によれば、当時の二人の交友は次のようなものだった。

こんな天地がひっくり返った敗戦の混乱期に正気でいられる文学者のほうがおかしいと称して、特高くずれとおなじように、ひとかどの動員学生くずれをお互いに自認し合っていた。わたしには太宰治や織田作だけが正気におもえたし、奥野はまた太宰や坂口安吾など無頼派だけが正気にみえたのだ。〔…〕話し合ってみるとほとんど共通だったが保田與重郎や小林秀雄や、横光利一など戦争中に入れあげてはまった文学者たちは沈黙して、いずれも再起は不能だとおもえた。太宰治だけが建設的なこと一切を作品にせず、自身の言い方では「負の十字架」を背負って書きまくり、わたしたち戦中の世代の共感を得ていた。希望など語る文学者はぜんぶ駄目という奥野とわたしとの交友はつづいた。
（吉本 1998）

また、奥野健男は吉本について次のように述べている。

吉本隆明はぼくという人間にとって稀有の特別の存在なのだ。それは人間形成期に裸のまま出会ったということに専ら関わっている。そういう存在は大事だ。そういう存在のない人間は不幸だと思う。もし吉本隆明が工大の学生であった無名の時代のまま、筆を折っていても、ぼくにとっては特別の存在であり続けたであろう。しかもぼくの場合、その吉本隆明が、以後四半世紀、たえずぼくの前に居て、すばらしい仕事を続けている

ということだ。こんな幸福はめったにない。（奥野 1975）

このような吉本との濃密な交流の中で、奥野の「太宰治論」（「大岡山文学」一九五二・六）は書かれたのである。それは加筆改稿され、前半が「三田文学」（一九五四・一二）に、後半が「近代文学」（一九五五・三〜七）に掲載されることとなる。

初めて吉本を訪ねたのと同じ頃、奥野は東京工業大学の教授だった伊藤整のもとをも訪ね、原稿を依頼している。どんな原稿でもよいのですから何か書いてください、と奥野が言うと、「どんなことを書いてもよいという原稿くらい書き辛いものはない、そういう原稿依頼の仕方は、相手に対する不勉強であり失礼であり、こちらにとって大変迷惑なんだ」と言いながらも、「花鳥風月」（「大岡山文学」一九五〇・一二）というエッセイを書いてくれた。以後、奥野は伊藤に自身の太宰論などを聞いてもらうようになった。奥野は「伊藤整さんは、ぼくにとって文学の上での唯一の恩師である」と書いている。（奥野 1995）

奥野が伊藤と出会った頃、ちょうど伊藤はチャタレー裁判に巻き込まれていた。伊藤が翻訳した『チャタレイ夫人の恋人』が刑法一七五条の「猥褻ノ文書」にあたるということで一九五〇年九月に起訴されたのである。裁判は一九五七年の最高裁判決で伊藤の有罪が確定したが、裁判によって注目された伊藤は流行作家となり、『火の鳥』（光文社、一九五三）や『女性に関する十二章』（中央公論社、一九五四）などの著書が次々とベストセラーとなった。

そんな伊藤のもとに、ある日、石原慎太郎という学生が訪ねてきた。印刷所に払う金が足りないので資金援助をお願いしたいと言う。一橋大学の文芸部員だった石原たちは一九五四年の年末に「一橋文芸」を復刊したのだが、皆が張り切って長い作品を書いたために予想以上に分厚い雑誌になってしまった。雑誌は刷り上がったものの、金が足りないために印刷所から受け取ることができないで困り、一橋大学の前身である東京商科大学の出身者である伊藤に頼みに来たのである。

伊藤から金をもらって何とか印刷所から引き取ることのできた「一橋文芸」復刊第一号には、石原の「灰色の教室」が掲載されている。弟の裕次郎などの生活をモデルとしながら、虚無感に彩られた無軌道な生活を送る新しい世代の若者たちの青春群像を描いた。冒頭にコクトーの「怖るべき子供たち」から「この年頃にあっては、欲望が彼等のモラルなのだ。〔…〕そして人々は始めただ遊戯をしかそこに見かけないのである」という言葉が引用されているなど、現在読むとむしろ観念的にさえ感じられるような作品だが、教養主義の香りが色濃く残っていた当時の大学ではあまりにも異質であり、合評会で左翼系の学生たちに散々に酷評されることとなった。石原は、「私の観念左翼に対する生理的嫌悪感と軽蔑は、案外あの時造成されたのかも知れない」（石原 1996）と述べている。

だが、その石原の処女作を積極的に評価した文壇関係者がいた。太宰治とも縁の深い浅見淵であり、「文學界」（一九五五・四）に掲載された「同人雑誌評」で、次のように大きく取り上げたのである。

冒頭に、コクトオの「怖るべき子供たち」の中からの言葉が引用されているが、〝欲望がモラル〟と化している私立の贅沢なハイ・スクールの思春期の少年たちの、早熟で、近代的で、そのため無意識的に不良じみ、恋愛や性欲をはじめ、様々な欲望に圧倒されて、虚無的にさえなって血腥く振舞っている無軌道行為の種々相を、放心的な少年的無邪気さをも混え、早くも人生的空しさを覚えて三度も自殺を企てるに到る少年をば中心にして描き出しているのだ。無功利な、その代り残酷味を帯びた、早熟なアプレ少年たちの剥き出しの欲望といったものが、強靭な筆触の中にナマナマしく生きていて、相当厚手なヴォリューム感もある。まだ十分慣れぬせいだろう、描法の省略配合にムラがあることや、筆触は今いったように一応強靭で流暢ながら、新鮮なものと旧套なものとが、一つに融け合わずにぶつかりあっていることなどが欠点だが、注目に値する新人作家の出現である。

石原の「太陽の季節」が文學界新人賞を受賞するのは、この数ヶ月後のことであった。時代は変わろうとしていた。

第四章　第二次太宰ブーム――一九五五年――

「戦後」の終わりと『太宰治全集』の刊行

一九五五年、保守合同によって自由民主党が誕生し、左右社会党が統一して社会党となった。以後、自民党が与党で、社会党が野党第一党という、いわゆる「五十五年体制」が恒常化し、一九九三年まで続くこととなる。共産党も同年の第六回全国協議会（六全協）でそれまでの武装闘争路線から穏健な路線へと方向転換し、議会制民主主義の枠内で党勢を拡大することが目指されるようになった。

一九五五年の景気は好調で「数量景気」と呼ばれたが、翌年も引き続き好調だったために、これまでにない好景気という意味で「神武景気」と呼ばれるようになる。五六年七月に発表された経済白書は「もはや戦後ではない」と述べ、経済復興の次の段階に日本経済が入ったことを指摘した。五七年からは地方の新規中卒・高卒者を対象にした集団就職が始まり、やがて彼らは「金の卵」と呼ばれるようになっていく。

好景気のなかで、個人消費が活発になった。白黒テレビ・電気冷蔵庫・洗濯機が三種の神器と呼ばれ、普及し始めた。一九五六年に創刊された「週刊新潮」の成功を皮切りに、「女性自身」（五八〜）、「週刊現代」（五九〜）、「週刊文春」（五九〜）と出版社系週刊誌の創刊が相次いだ。また、「週刊少年サンデー」（五九〜）や「週刊少年マガジン」（五九〜）といった週刊少年誌が誕生したのもこの時期である。

一九五八年には皇太子（現在の天皇）と正田美智子との婚約が発表され、「ミッチー・ブーム」が起こった。初の民間出身の皇太子妃となるということもあり、二人の出会いが軽井沢のテニスコートだったということも人々の関心を高めるのに効果的だった。また、その立役者としては週刊誌の存在も見逃せないだろう。当初はアメリカのファッション誌「セブンティーン」と提携し、瀟洒な雑誌を目指していた「女性自身」は創刊号で大失敗した後、方針を転換して「ミッチー・ブーム」を大々的に取り上げることによって売り上げを伸ばしていった。翌五九年に行われたご成婚パレードはテレビで中継され、テレビの普及率を上げるきっかけとなった。

それに伴い、映画の観客人数は一九五八年をピークにして、次第に下降線を辿っていくこととなる。五八年の映画館入場者数は十一億二七四五万人であり、国民一人あたり年間十二回以上行っていることになる。だが、それが六一年になると八億六三四三万人となり、六五年には三億七二六七万人にまで減少した。

そして文学に目を向けると、何といっても石原慎太郎の登場のインパクトは大きかった。石原は一橋大学在学中の一九五五年に「太陽の季節」（「文學界」一九五五・七）で文學界新人賞を受賞した。旧来の道徳や価値観にとらわれずに生きようとする青年たちの姿が鮮烈に描かれた同作は翌五六年、芥川賞を受賞し、刊行された単行本はベストセラーとなった。「太陽の季節」は映画化もされ、「太陽族」という流行語も生まれた。

一九五〇年代後半において狭義の「戦後」は終わり、それとともに日本社会は政治から経済へと次第にシフトしていく。六〇年安保闘争は、その最後の狂乱と言えるものだった。

筑摩書房から『太宰治全集』の第一巻が刊行されたのは、そのように日本社会が変貌しつつあった一九五五年一〇月一五日のことだった。一九四八年の太宰の死後に起きたブームはとうに過ぎ去り、今さら太宰の全集を出しても、それが売れると思っている者は筑摩書房の中にさえほとんどいなかったのだ。

そもそも太宰の死後に起きたブームにおいても、八雲書店から刊行された『太宰治全集』が売れていたわけではない。第一次太宰ブームを支えていた読者はただスキャンダラスな話題に飛びついていただけの者も少なくなかったのであり、二、三の単行本は買っても、十数巻もある全集を買うまでに至る読者はそれほどの数はいなかったのだろう。その後に刊行された近代文庫版『太宰治全集』も、気息奄々といった感じだった。

だが、筑摩書房の社主である古田晁にとって、太宰の全集を出すことは悲願の一つであった。古田と太宰はどちらも裕福な家に生まれ育ち、恥かしがり屋で大の酒好き、と共通点も多く、先述したように、かなり気が合ったようだ。そして『太宰治全集』の編集を担当した野原一夫は学生時代から太宰の家を訪れていた愛読者であり、編集者となってからも太宰とは親交があった。そんな彼らの個人的な思いが営利上の判断よりも優先されたのである。野原は新潮社、角川書店、月曜書房を経て筑摩書房の嘱託となっており、『太宰治全集』の編集中に正社員となった。

初版は四〇〇〇部と決まり、定価も四二〇円と高かった。本文用紙も表紙のクロスも最高の素材を使い、編集にも気をつかった。少数の読者に質の高い『太宰治全集』を届けることができれば十分満足だった。七年前にブームを起こした作家の全集が今さら売れるとは、考えにくかった。

だが、そんな彼らの予測はまったく裏切られることとなる。いったい、何が起こったのか。野原の言葉を掲げておこう。

思いがけないことが起った。発売後旬日をへぬうちに、取次店からの追加注文が殺到しはじめたのである。営業部の電話は鳴りつづけた。重版、また重版で、一ヶ月足らずのあいだに部数は一万部まで伸びた。

こんな嬉しい見込違いはめったにあるもんじゃないと、社内は沸いた。私にとっても意想外のことだった。つまりは、ここ四、五年のあいだに太宰治の潜在読者が激増し、本格的な全集を待ち望んでいたということなのだろう。その気運を察知できなかったのは、編集者として不明であったということになる。そう思いながらも、しかしこみあげてくる喜びを私はおさえることができなかった。（野原 1982）

このようにして、第二次太宰ブームの幕が開けたのだ。

奥野健男『太宰治論』と「戦中派」の戦後

筑摩書房から『太宰治全集』が刊行開始された翌一九五六年には、全集の「別巻」として小山清編の『太宰治研究』（筑摩書房）が刊行された他、奥野健男『太宰治論』（近代生活社）、亀井勝一郎編『太宰治研究』（新潮社）や『文藝臨時増刊　太宰治読本』（河出書房）なども刊行された。以降、佐古純一郎『太宰治におけるデカダンスの倫理』（現代文芸社、一九五八）や三枝康高『太宰治とその生涯』（現代社、一九五八）など、太宰治に関する著作が相次ぐこととなる。それはちょうど、日本社会の変貌とも重なるタイミングでもあった。

中でも奥野の『太宰治論』が与えた影響は、類書とは比較にならないものがあったと思われる。同書で奥野は、フロイトの精神分析を援用しながら、「人間失格」を中心とする太宰作品に「自閉性」と「阻害感覚」を見出し、「典型的な分裂性性格」の特徴であると述べる。しかしそんな太宰であるからこそ「一般の健全人に隠されている人間の真実の姿を見抜き、偽りを強制された社会的環境に適応できず、その全存在を賭して社会に反抗できた」のであり、その「下降指向」が積極的に評価される。奥野にとって、「人間失格」は太宰の「精神的自叙伝」であるとともに「分裂性性格者の生涯の真実の自己告白」なのだ。

同書の前書きにある次の言葉は、主として一九五〇年以降の共産党の混乱を背景にして書かれているだろう。

今日における巨大な政治というメカニズムに人間が隷属している悪質な現実に対し、ぼくたちがいかに生きて行こうかと考える時、つまり個人の真の自由と、社会への倫理性とをいかに処理すべきかという問題に対し、太宰はきわめて印象的な、解決を呈示しているように思えるのです。

すでに述べたように、共産党はコミンフォルムからの批判をきっかけとして所感派と国際派の内部抗争が繰り広げられ、その後の武力闘争方針によって中核自衛隊や山村工作隊が組織され、火炎ビン闘争が展開された。その後、一九五五年の第六回全国協議会（六全協）において、日本共産党はまた大きく路線を転換し、それまでの「極左冒険主義」の清算が決議されたわけだが、すでに一九五〇年以来の混乱は、多くの人々を党から離反させていた。一九五〇年の初めには共産党に入党することをほとんど決めかけていたという奥野もまた、その一人に他ならない。

　そのような奥野が何より重視するのは太宰と共産主義との関係である。「ぼくには、太宰の文学も生涯もすべて、コミニズムからの陥没意識、コミニズムに対する罪の意識によって、律せられていると思えるのです」と述べる奥野は、「真の意味で転向を自己の問題として罪を抱きつづけた文学者は、昭和の文学者たちのうち太宰ひとりだけです」と断言する。共産主義から転向したことによる罪意識のために、太宰は「自己をして悪徳の見本たらしめ、反立法の役割たらしめようとする」ようになるが、「彼はコミニズムを否定するどころか、かえってコミニズムが唯一の正しい思想だと信じて行くのです」。戦時中に「ほとんどの文学者が時局に即応すると称し、新体制の波に乗ったとき、特に転向学者が、自己の過去のコミニズムを否定したとき」、太宰は「コミニズムの思想の正しさを、それからの裏切りの意識を持ちとおした」のだと奥野は主張するのだ。

　奥野の論はまだ共産主義的な批評の影響から脱しきれてはおらず、そのためにかえってわかりにくくなっている部分があるので、奥野の学生時代からの盟友である吉本隆明の論を参照しておこう。太宰の文学を「特異な転向文学」とする吉本は、『太宰治論』の書評（「近代文学」一九五六・六）で「「晩年」以前の作品にまでさかのぼって分析し、作家としての太宰治が成立するために、政治的な活動からの脱落、転向意識が不可欠の条件であったと主張するための基礎工事をやった部分は、奥野のもっとも独創的な業績」であると称賛したうえで、次のように述べるのだ。

戦後民主主義文学は、太宰治の評価について、ほとんど為すすべを知らなかった。文学によって政治に奉仕すべきだという俗論と、文学の自律性に徹することで、文学者は文学固有の領域で政治的ありうるとする俗論が支配しているかぎり、政治活動から離れたことに罪を感ずる文学者は、古くさい阿ほうであり、政治的な実践と文学的な実践とを自己の内部で統一しようとする文学者は、ガンコな判らず屋であるとされるのは当然である。

おそらくここに、太宰が民主主義文学陣営によって評価されない原因がひそんでいる。

同時期、吉本は「前世代の詩人たち」(『詩学』一九五五・一二)や「「民主主義文学」批判」(『荒地詩集1956』荒地出版社、一九五六)などで、戦前のプロレタリア文学の戦後版である「民主主義文学」への批判を開始していた。それは戦前のプロレタリア文学に携わっていた文学者が戦時中の自身の姿に向き合うことなく戦後「民主主義文学」を開始したことの意味を鋭く追及するものだった。そして「転向論」(『現代批評』一九五八・一一)では、一九三三年以降に行われたプロレタリア文学者の「転向」は権力の弾圧のためというよりも「大衆からの孤立(感)」が理由だったとする。そして、宮本顕治などの「非転向は、現実的動向や大衆的動向と無接触に、イデオロギーの論理的なサイクルをまわしたにすぎな」いものであり、「大衆からの孤立（感）」による「転向」とは「対照的な意味の転向の一形態」なのであって、どちらも「日本の近代社会の構造を、総体のヴィジョンとしてつかまえそこなっ」ているという意味では変わりがないと切り捨てた。そのようにして共産党が持っていた最後の権威を吉本は打ち壊したのだったが、このような吉本の「転向」に関する議論を背景にすることで、太宰を「真の意味で転向を自己の問題として罪を抱きつづけた文学者」と位置づける奥野の論の意義も明瞭になってくるだろう。

つまり、太宰は自身の「転向」をいかなる意味でも正当化することもなかったし、また「現実的動向や大衆的動向」からも無関係でいることはできなかった。だから太宰は戦争を他人事として通過することなく、敗戦という出来事を受け止めたのであり、それは戦後社会にいちはやく適応した戦後文学の書き手たちとも違うものだった。そのような太宰のあり方を単なる誤りとして切り捨てるのではなく、検討すべき「思想」の問題として取りだしてみせたのが奥野や吉本のこの時期の功績だったのである。

戦後文学を「転向者または戦争傍観者の文学である」と規定してみせた「戦後文学は何処へ行ったか」（「群像」一九五七・八）では、吉本は次のように述べる。

戦後派作家たちの作品をとりあげて論じようとするまえに、どうしても、ちがった戦争体験からくるかれらの世代とわたしたちの世代との時間的断層を、はっきりと云っておく必要がある。おそらくどんな思想的な共感を持ってしても、まだ、この断層を埋めるにはいたっていないとおもわれるからである。戦後十一年の暗い平和にたたかれて変形されたとは云え、わたしのなかには、当時からくすぶっている胸の炎がまだ消えずにのこっている。決して「戦後」はおわっておらず、戦争さえも過ぎてはゆかないのである。私はそれを信ずる。

「わたしたちの世代」とはこの当時の言葉でいえば、「戦中派」ということになるだろう。「戦中派」という言葉は、一九五六年頃から盛んに言われるようになった。敗戦の頃に二十代だった世代のことであり、座談会「戦中派は訴える」（『中央公論』一九五六・五）では司会をしている大宅壮一が「戦中派」を「一番大事な時期に戦争を体験され、軍国主義の枠の中で、自分の将来の人生コースというものを真剣に考えられなかった、考えても実行できないような状態に置かれた一番の戦争犠牲者」であると説明している。また、村上兵衛は「戦中派はこう考える」（『中央公論』一九五六・六）で次のように述べている。

戦中派は、軍隊において知識階級の弱さ、醜さ、また労働者の逞しさ、或いは狡知、といった多くのものを見てきた。〔…〕

そういう体験を通じて得たものは、一般に人間は信じ難いということであり、戦中派の主張が無気力、ニヒリスティックといわれるのも当然かもしれない。しかし私たちは「騙された」のではない。精一杯を生きてきたのである。これからもまたそうするだろう。私たちの眼はだから右ばかりでなく左へも厳しく注がれざるを得ない。いたずらに甲高く叫ぶような人種を、私たちは信ずることができるだろうか。〔…〕

私たちは英雄になりたいとも思わないし、英雄の存在も好まない。また指導者も一切御免蒙りたい。戦中派は、厚顔無恥に対しては少々神経質なのかもしれない。

戦後十年経って、「戦中派」は三十代になっていた。敗戦の頃に三十代よりも上だった「戦前派」や十代だった「戦後派」が戦後社会にいちはやく適応していったように見えるのに対して、「戦中派」は「無気力、ニヒリスティック」だと評された。彼らにとって「決して戦争はおわっておらず、戦争さえも過ぎてはゆかない」（吉本）のだ。そんな彼らは「戦前派」に対しても「戦後派」に対しても「断層」を感じざるをえないのである。（ややこしいが、「戦後派作家」は世代としては「戦前派」に属する。）一九五〇年代後半の第二次太宰ブームにおいて中核となっていたのは、このような「戦中派」の人々だったに違いない。

村上が述べているような「戦中派」の特徴からは、太宰治の「トカトントン」という作品が容易に思い起こされるだろう。仕事や恋愛、労働運動、いずれにも夢中になりかかったら

「トカトントン」という音が聞こえてきて「無気力、ニヒリスティック」になる青年を描いたその作品は、太宰の愛読者であった保知勇二郎という一九二一年生まれの復員帰りの青年から来た手紙をもとにして書かれた。保知は『太宰治全集』第八巻（筑摩書房、一九五六）の月報に掲載された「「トカトントン」と私」で、「津軽に疎開中の太宰さんに女学生の書くような熱烈なファンレターを数通、それも一通の分量が投げ出せばドサン！と音を立てるくらい沢山書きまくって送った」と述べており、「トカトントン」というトンカチの音もその中に書いたが、その幻聴に悩まされているというのは太宰の創作であるようだ。

「こんどの仕事の中に、いつかのあなたの手紙にあったトンカチの音を、とりいれてみたいと思っています。（まだ、とりかかっていませんけど）もちろん、あなたの手紙をそっくり引用したり、そんな失礼な事は絶対にいたしませんから。〔…〕トンカチの音を貸して下さるようお願いします。若い人たちのげんざいの苦悩を書いてみたいのです」と書かれてある保知宛の太宰治書簡（一九四六・九・三〇）が残されている。「若い人たち」とは当時二十代の者たちであり、それは「戦中派」と重なる。また、そんな若者たちの姿は一九三〇年代半ばの理想を失って虚無とデカダンスに明け暮れた若者たちの姿ともある程度重なるものがあるだろう。戦後の太宰は「戦中派」の若者たちに向けて作品を書いていたのであり、そんな太宰の作品が「戦中派」が社会のなかで一定の位置を占めだした一九五〇年代半ばにおいて再評価されるようになったのである。筑摩書房から出た『太宰治全集』がヒットしたのも、「戦中派」の存在抜きには考えられない。ある程度の購買力をつけていた彼らにとって、決して安くはない全集を買うこともそれほど苦ではなかったはずだ。

磯田光一は「太宰治論の転換」（「文學界」一九六三・七）で、戦後批評の転回に果たした吉本と奥野の役割について次のように述べている。

太宰の再評価が、戦後文学の退潮期に至って、主として戦中派によって行われたことは、けっして偶然の事態によったのではなく、太宰における「戦争」や「戦後」の理念が、そしてさらに彼の「文学」の理念そのものが、いわゆる戦後文学の作家たちに比べて、決定的に新しかったからにほかならない。〔…〕

自己の思想を庶民的意識の総体によって相対化し、国民の意識を規定しているイデーとしての戦争を「思想」の問題として受け止め、敗戦を挫折として経験した太宰の思想劇は、まさしく戦中世代の意識構造と噛みあうことになったのである。

まさしく「戦中派」によって、戦時中のあり方が愚劣な誤りとしてただ葬り去られるのではなく、一つの「思想」としての検討が行なわれるようになったのである。同じく「戦中派」の橋川文三による『日本浪曼派批判序説』（未来社、一九六〇）などもこのような文脈のなかから出てきたものに他ならない。

「第三の新人」の登場

作家たちにおいて「戦中派」を代表する存在といえば、やはり「第三の新人」ということになるだろう。

とは言え、「第三の新人」という言葉が現在のような意味内容で使われるようになるまでには紆余曲折があるので、まずはそれを確認しておくこととしよう。

その言葉から現在の私たちが想起するものからすれば、それが初めて公に使われたとされる山本健吉「第三の新人」(「文學界」一九五三・一)で挙げられている作家たちの名前はいかにも奇妙なものに映るはずだ。そこで山本が「第三の新人」として挙げているのは、西野辰吉、井上光晴、長谷川四郎、塙英夫、武田繁太郎、伊藤桂一、沢野久雄、吉行淳之介といった作家たちであり、現在「第三の新人」として想起される作家は、このなかでは吉行くらいだろう。

ちなみに筆者の山本によれば、前年に臼井吉見が「第二の新人」という文章を書いており、それを受けて「第三の新人」という題で書いてほしいという編集部からの依頼によって書かれたものであると言う(梅崎・小島・山本 1964)。

臼井による「第二の新人」というタイトルの文章は管見の限り見当たらないが、「期待する新人」(「文學界」一九五一・一二)がそれだろうか。そこで臼井は「堀田善衛、安部公房、小山清、石川利光、畔柳二美、安岡章太郎、三浦朱門――こうして七つの名前をならべてみると、今年は、それぞれちがった資質をもった、おもしろい新作家が現れた年といっていい。ひとりびとりとしては目にたたぬようなところがあるが、これをひとつの新しいグループとしてみると、相当おもしろい変ったグループではないかと思う」と述べている。山本が安岡や三浦の名を挙げなかったのは、すでに臼井が「おもしろい変ったグループ」の一員としていたからだろう。ただし、臼井は文中で「第三の新人」という言葉は一度も使っていない。「第三の新人」というタイトルは、一九五二年に流行した映画『第三の男』にひっかけて「文學界」編集部が付けたのだと思われる。

一九五三年にその「文學界」編集部が音頭を取って、新人の作家や評論家を集めて定期的な会合が開かれることとなった。その会は「一二会」と名付けられ、島尾敏雄、小島信夫、五味康祐、結城信一、近藤啓太郎、安岡章太郎、武田繁太郎、三浦朱門、庄野潤三、吉行淳之介、進藤純孝、日野啓三、奥野健男、村松剛、浜田新一といった人々が毎月一回集まった。翌年には遠藤周作、谷田昌平、服部達、それから少し遅れて阿川弘之が加わり、「構想の会」と名前を変えつつ、一九六〇年頃までは続けられたようだ。

そのあいだ、一九五三年上半期の芥川賞を安岡が「悪い仲間」、「陰気な愉しみ」で受賞したのを皮切りに、五四年上半期に吉行の「驟雨」その他、下半期に小島の「アメリカン・スクール」および庄野の「プールサイド小景」、五五年上半期に遠藤周作の「白い人」、五六年上半期の近藤啓太郎「海人舟」と、一二会のメンバーが続々と芥川賞を受賞していった。この会のメンバーが現在の「第三の新人」の母体となったということができるだろう。

　また、現在想起される「第三の新人」のイメージ形成には、服部達の評論が大きな役割を果たした。その一つである「新世代の作家たち」（『近代文学』一九五四・二）では、阿川弘之、前田純敬、島尾敏雄、安岡章太郎、吉行淳之介、長谷川四郎、塙英夫、小山清、武田繁太郎、三浦朱門という作家たちが挙げられている。文中で「第三の新人」という言葉は使われておらず、またそこで挙げられている作家たちも現在「第三の新人」とされる作家たちとは微妙に異なるものの、重要なのは、そこで服部が彼らに共通するものとして挙げた特徴に他ならない。

　服部はビーダーマイヤー形式、つまり「内容形式ともに小じんまりとした作品を書く」ことと、私小説への接近、政治的関心の欠如などがそれらの作家たちの特徴であるとし、その原因として、「戦争の影響」、「既成作家への反発」、そして「現在の社会情勢」の三つを挙げている。第一の「戦争の影響」とは、それらの作家たちの「精神形成が戦争中になされた」ためにフェティシズムに陥りやすく、「小市民性」や「「型」の重視」といった傾向を生んだことを指す。第二の「既成作家への反発」とは、大状況を描き政治性を前面に出す「戦後派作家」の作風とは正反対の傾向を示すことを指す。「新世代の作家の多くは、非具象的・抽象的ないし観念的リアリティには疑いの眼を向ける」。第三の「現在の社会情勢」とは、一九五〇年の朝鮮戦争によって起こった特需景気によって社会が安定化していくなかで、「型」を重視する「第三の新人」たちの作風が安定を求める中流階級の欲求に合致したものだったことを指す。その意味で「第三の新人」は「特需文学派」であるとも言われる。ここには、その後も「第三の新人」の特色として指摘される論点がすでに出揃っていると言ってよい。

ただ、世代的な傾向を重視しているわりには、そこで取り上げられている作家は長谷川四郎（一九〇九年生まれ）や小山清（一九一一年生まれ）から三浦朱門（一九二六年生まれ）までが含まれており、かなり幅広い。長谷川や小山の「精神形成が戦争中になされた」とするのは、さすがに少し無理があるのではないだろうか。

服部は一二会に加入した後の「劣等生・小不具者・そして市民――第三の新人から第四の新人へ」（「文学界」一九五五・九）では、「第三の新人」という言葉を使いながら、あらためて説明を試みている。と言っても、そこで服部が挙げる作家たちのラインナップは、「新世代の作家たち」におけるそれとはかなり異なったものとなった。

初めに、「第三の新人　小説特集」（「新潮」一九五五・五）に小説を発表している作家たちの顔ぶれを取り上げ、「小島信夫・吉行淳之介・庄野潤三・曾野綾子・小沼丹・長谷川四郎・松本清張・安岡章太郎。まずこのへんのところが、いまの世評に近いのだろう。さっきの山本健吉が、文壇登場の時期を基準にしているのに比べて、この「新潮」の新人には、いわば理念としての「第三の新人」が感じられる」と評価している。そのうえで、長谷川四郎と松本清張を「作風の上で他の人々と共通性の乏しい」という理由で除外し、三浦朱門を追加する。つまり、服部が認定する「第三の新人」とは、小島信夫（一九一五年生まれ）、小沼丹（一九一八年生まれ）、安岡章太郎（一九二〇年生まれ）、庄野潤三（一九二一年生まれ）、吉行淳之介（一九二四年生まれ）、三浦朱門、曾野綾子（一九三一年生まれ）の七名に他ならない。曾野が年少過ぎることを除けば、一九二〇年前後生まれの作家たちが中心となっていることは明らかであり、世代的な傾向を重視する服部の批評からしても、「新世代の作家たち」よりも、こちらのラインナップのほうが適当であると言えるだろう。一九〇九年生まれの松本清張や長谷川四郎が排除されるのは当然であった。

服部は「「第三の新人」らしい「第三の新人」とは、どういうことなのか」と問いかけ、次のように述べている。

> 作家がものを書き出すためには、彼はあらかじめ、何かを、何かの形で信じていなくてはならぬ。〔…〕ところが、「第三の新人」たちには、これら〈自身の気分や感覚、あるいはコミュニズムやヨーロッパ風の観念〉のどれもが信じられない。青春時代すなわち戦争の時代が終ったあと、彼らの手に残されたものは、一向に見栄えのしない、みずから信じこもうとする熱意も大して湧きたたない、平凡で卑小な自我であり、そうした自我を背負いながらともかく今日まで生きてきたという、起伏に乏しいだけに扱いにく

い記憶に過ぎなかった。そのうえ、厄介なことには、要領よく立ち廻るだけの才覚に乏しい彼ら（これは彼らのみならず一般に三十代の特色でもあって、現在、多くの職場で、戦前的ロマンチシズムの若干をなお残している三十代が、ちゃっかりした二十代にいかに「いかれて」いるかは、日常われわれが見聞するところである）にとっては、解放された戦後なるものはかえって身丈の合わぬ時代であり、これならいっそ、空襲や疎開や徴兵や軍隊生活に脅かされた戦争中の方が、スリルがあっただけまだましじゃないか、ということになりかねない。

そして、同じ三十代でも「阿川弘之。堀田善衛。マチネ・ポエティックの人々」のような「何かをさっさと信じこむことによって、いちはやく作家として出発した」「優等生」とは違い、「劣等生」に他ならない「第三の新人」たちは次のような「逆手」を使うしかなかったとされる。「外部の世界も、高遠かつ絶対なる思想も、おのれのうちの気分の高揚も信じないこと。おのれが優等生でなく、おのれの自我が平凡であり卑小であることを認めること。しかも、大方の私小説作家のように、深刻ぶった、思いつめた顔つきをしないこと」。

このように言う服部もまた、一九二二年生まれの三十代であり、しかも「優等生」ではない「劣等生」であったことは言うまでもない。服部は一九五六年に自殺し、その短い生涯を閉じることになるが、その後も「第三の新人」を論じる際にこれらの服部の批評は頻繁に参照されていく。だが、そこにはある種のズレのようなものがあったことは見逃せないだろう。

たとえば吉行は、服部の「新世代の作家たち」に触れながら次のように述べている。

昭和三十一、二、三年ごろ、「第三の新人」という言葉がさかんに使われたときには、この服部の説がしばしば非難のための道具として用いられた。いわく、小市民的、ビーダーマイヤー的、特需文学的……。（もっとも、この時期の「第三の新人」の顔ぶれは、服部の挙げた十人とはかなり違っていたが）。しかし、このときの論者がこれらの言葉を使う気持と、服部が使った気持とのあいだには、かなりの隔たりがあったとおもう。批評は両刃の剣であるべきだという言葉どおりに、その非難は服部自身をも刺していて、そのことを彼は十分承知していたはずである。（吉行 1971）

実際、その通りであったのだろう。服部が「劣等生・小不具者・そして市民」の冒頭で「新世代の作家たち」に触れ、「この若気の至りの分析に、いまの私は必ずしも全く賛成ではない」と書かなければならなかったのは、右で吉行が述べているような事情が少なからず介在していたのだと思われる。

典型的な「戦中派」である「第三の新人」たちは戦後社会に易々とは適応できなかった。しかも、その戦後社会は一九五〇年代後半において、急激に変質していったのである。安岡章太郎は一九五九年のまだ「ミッチー・ブーム」が続いている頃、ある中編小説を書くために軽井沢にある講談社の社員寮にこもっていた。近くのテニス・コートのまわりでは、週刊誌の記者やカメラマンたちが大勢集まって、新婚早々の皇太子夫妻が現れるのを待っている。

そんな光景を眺めながら、私は別段、嘆く気にも怒る気にもなれない。ただ、そこに世の中の様変りした有様を見せつけられる気がして、不思議におもうだけだ。――一体いつからこんな風に変ってしまったのだろう? 無論、戦中派ブームなどというものは、とっくの昔に終っていたが、ただ、その〝ブーム〟の頃には、戦中派のつとめは戦争責任の追求にあるといわれ、最高責任者である天皇の処遇は、いかにあるべきかといったことがジャーナリズムを賑わせていたはずだが、そんな空気はこの二年ばかりの間に嘘のように消えてしまった――。そんなことを思い出しながら、眼の前の有様を見ていると私は、この変化が不可解というより、自分の立っている場所が何であるのかわからないような戸惑いを覚えさせられた。そして結局、私は旧道を後返りして、そのどん詰まりのカラ松林の小径を上って中腹の山荘に戻り、自分自身の〝戦後〟と対面するために、空白の原稿用紙と向い合うことになる。（安岡 2000）

安岡がこの時書いていたのは、「海辺の光景」（「群像」一九五九・一一）だった。

怒れる若者たち

一九五〇年代の後半は、二十代の作家や文化人たちが活躍した時代でもあった。石原慎太郎の他に、一九五二年に『二十億光年の孤独』（創元社）を刊行した谷川俊太郎、一九五三年に劇団四季を結成した浅利慶太、一九五六年に『夏目漱石』（東京ライフ社）を刊行した江藤淳、一九五七年に『われに五月を』（作品社）を刊行した寺山修司、一九五八年に「飼育」で芥川賞を受賞した大江健三郎などである。「戦後派」に属する彼らは「若い日本の会」のメンバーでもあった。

「若い日本の会」は、一九五八年に岸信介内閣が国会に出した警察官職務執行法（警職法）の改正案に対する反対運動を契機とし、江藤淳の呼びかけで若手の文化人たちによって結成された。警職法改正案は、警察官の権限を強化し、令状なしでの身体検査などを可能とするもので、戦前へ逆戻りするのではないかという危機感を広く呼び起こした。「若い日本の会」は次のような声明を発表している。

この法案は戦前の治安維持法をはじめとする一連の暗黒法に通ずるものである。私たち世代はそれらのものから直接の被害を受けず、体験を持たないが、戦争によって言いつくせぬ苦痛を味わった。この法案のもたらす危険を恐れることについては個人的体験を超えた重大かつ深刻なものを感じる。私たちはこの法案に絶対反対、その完全な撤回を要求する。

「私たち世代」とは、だいたい「戦後派」と重なると見ていいだろう。「若い日本の会」のメンバーでは、一九二七年生まれの矢代静一が最年長だった。矢代は「私のような政治嫌いというより政治音痴」が会に参加したのは、「政治改革」というよりも「自己変革」が目的だったと説明している（矢代1988）。ついでに矢代の年長の友人だった府立五中出身の人々について記しておくと、中村稔は弁護士をやりながら詩集『無言歌』（書肆ユリイカ、一九五〇）などを刊行しており、高原紀一は一九四八年に出隆の紹介で八雲書店に入社したのち、文京出版を経て「週刊新潮」の記者となっていた。相沢諒は一九四八年に自殺し、出英利もすでに述べたように一九五二年に事故死している。

警職法は反対運動の高まりによって審議未了となったのだが、政治的な発言も積極的に行なう「若い日本の会」の若者たちに世間は注目した。同時期にはアメリカのビート・ジェネレーションやイギリスの「怒れる若者たち」と呼ばれる作家たちが活躍していた。それらに共鳴するかのように、「戦後派」の若者たちは何かに苛立っていた。そしてそれは、石原慎太郎の「太陽の季節」が熱狂的に迎えられた理由でもあっただろう。奥野健男は、次のように説明している。

ちょうど戦後十年たった日本の社会は、相対安定期にさしかかっていた。戦後革命をめざしていた進歩的勢力は、一九五〇年を境にして急速に衰え、盛んだった学生運動もこの頃は殆ど影を潜めた。

　再建資本制は確立され、消費文化は急速にぜいたくになって行ったが、同時に青年たちは夢を失い、戦前と同じような窮屈で退屈な日常生活にうっくつしていた。かつて焼跡の中で壮大な夢を描いた戦後派作家たちは、このような現実の中で、エネルギーを失い、後退解消しはじめていた。そして野心的だった戦後派作家に代って、繊細な感覚と小市民的モラルに支えられた小粒な第三の新人の登場が象徴するように、文学もひとつの停滞期にさしかかっていた。何に向って反抗してよいかわからないまま、八つ当り的に目的のない反抗をする不良少年を題材にした小説が、若い世代の間に目立って多くなって来た。人々は漠然と、何かショッキングなものを待望していたのだ。『太陽の季節』は、その充分に用意された土壌におあつらえ向きに登場した。無意識裡に期待していたものでも、それが出現してみると予想外の驚きを与えるものだ。『太陽の季節』は、大人たちからは、ひんしゅくと好奇心で、同時代の青年たちからは、共感と羨望で迎えられた。石原慎太郎の出現によって、今まで年上の世代によって外側から書かれていただけの、アプレ世代がはじめて内側からひとつの必然性と意味を持って提出されたのだ。彼らははじめて同世代の代弁者を得た。（奥野 1957）

戦後の混乱が収まった後にやってきたのは「窮屈で退屈な日常生活」だった。大衆消費社会は急速に進展し、人々の生活はたしかに以前に比べて豊かにはなったが、それに比例するかのように閉塞感も増していったのだった。そのような日常に対し苛立ちを募らせていった若者たちは、しばしば年長世代との「断層」を誇示してみせた。

「若い日本の会」の石原慎太郎・江藤淳・浅利慶太・大江健三郎と「戦中派」の橋川文三・村上兵衛が出席した座談会「怒れる若者たち」（「文學界」一九五九・一〇）は、冒頭のやりとりからしてチグハグなものとなっている。

石原は「いま生きている人間として最もアクチュアルな問題が文学の中にとり上げられていない。〔…〕実質的に価値を失ったものが未だに迷信として与えられている。その価値を信奉し観念的な満足だけで人間が暮している。そういうものへの不満、不信、怒りというものが僕にあるな」と述べるが、橋川はそうした石原の苛立ちを受け止めようとはせず、「戦争のことはどうなんですか」と問いかける。それに対して石原は「戦争というのは、要するに人間の存在にとって極限的な状況で、その中でそれを掴むことは案外イージーなんですよ。ところが今日では人間の存在がはるかに希薄になっている。戦争中よりも現代のほうが人間の存在は希薄だと思うんですよ」と反論する。それでもなお、「戦争は継続している」のではないかと問いかける橋川に、「よくわからんね。（笑声）」（江藤）、「現に、もちろん、戦争は終ってますよ」（大江）と若者たちはにべもない。

若者たちのリアリティを理解できない「戦中派」に対して、若者たちは「戦中派」が拠り所とする戦争体験の重要性を否定することで対抗したのだ。「戦中派」の吉本隆明はこの座談会について、「世代的な分裂をどういっしょにしてゆくかという問題をとくために、戦前の体験と戦争の体験と戦後の体験とをむすぶ環を根本的に検討しうみだしてゆかなければならない」のに、若者たちが橋川や村上の発言を「あたかも、戦争に回顧的に固執することであるかのように理解して、馬耳東風のごとくである」ことを批判している（「断層の現実認識を」、「読売新聞」一九五九・一一・六）。

また、「戦中派」を代表する「第三の新人」は作風の上でも、大江などの若い作家たちとの断層がたびたび指摘された。世代としては「戦後派」に属する若い作家たちは、一つ上の世代である「第三の新人」よりもむしろ「戦後派作家」との共通性が認められた。それに対して、「第三の新人」が共通性を認められたのは太宰治を初めとする「無頼派」だった。たとえば荒正人「無頼派の文学」（「知性」一九五六・五）は「「無頼派」は「戦後派」を越えて、いわゆる「第三の新人」のうえに多少の影を落している」と述べている。また、座談会「現代文学と太宰治」（「文學界」一九六〇・六）では、奥野健男は「いわゆる第一次戦後派というのは太宰を初めとする石川淳とか、坂口安吾などの無頼派とちょっとつながらない格好で出てきたんですね。それで第三の新人は第一次戦後派とむしろつながらないで、太宰や坂口などにつながって出てきたという気がするんです」と言い、武田泰淳は「太宰治のいいところを正統的に受けているのは安岡章太郎さんだね」と述べている。

最年長の矢代のような例外は除いて、「若い日本の会」の若者たちは〈太宰治〉に対して概して冷淡だった。前掲の座談会「現代文学と太宰治」では、吉行淳之介が「いま、若い大江君の年代はぜんぜん頭から嫌いというか、認めないというのが多いんじゃないんですか」と聞くと、大江健三郎は「そうでもないと思うんです。僕が太宰治という名前を最初聞いたのは、太宰治が自殺した報道が新聞に出たときなんです。僕が高校生の頃、ひじょうに反太宰という雰囲気が周りにありました。いまはそういうものが消え去って、素直に太宰治を理解する風潮があるんじゃないかと思うんです」と答えている。「戦中派」の太宰受容との距離感は明らかだろう。もっとも、同じ「戦後派」の若者たちであっても熱烈な太宰の愛読者がいないわけではもちろんない。実際、江藤淳は一九四八年頃には太宰の作品を耽読していたことを何度か告白している。それについては後述する。

「若い日本の会」が結成されたのと同じ一九五八年、共産党の指導に不満を持っていた全学連の学生たちによって結成されたのが共産主義者同盟（ブント）である。彼らは全学連の主流派を掌握し、六〇年の安保闘争を主導していくこととなる。しばしば実効性を無視した過激な行動に走りがちだった彼らを共産党は「トロツキスト」と批判し、共産党に指導された全学連の反主流派はブントと対立した。

一九六〇年五月一九日、岸内閣が衆議院で単独強行採決を行なったことに多くの人々が反発した結果、安保闘争はそれまでにない盛り上がりを見せていく。休止状態にあった「若い日本の会」も江藤の呼びかけで再結集し、安保闘争に積極的に関与していくこととなった。

江藤淳は「〝声なきもの〟も起ちあがる」（「中央公論」一九六〇・六）で、岸内閣による単独強行採決を「一種のクウ・デタ」と呼び、「多数を頼んで民主主義の精神を凌辱した」と批判している。もっとも江藤は、全学連の学生たちのやり方に対しても批判的であった。「われわれの民主主義」が死にかけていることからくる「恐怖」を感じていると述べる江藤は、「しかし、その恐怖に負けて暴走すれば自滅するほかない。暴走するよりは、もっと多くの市民たちと手を握ろう」と呼びかけている。江藤が夢想していたのは、異なる考えをもつ者を排除せず、ともに連帯していけるような「多声部のフーガによる大衆運動」であり、実効性を無視した過激さを江藤は好まなかった。その点、全学連主流派の学生たちを熱烈に支持した「戦中派」の吉本隆明とは対照的だった。

六〇年安保闘争は六月一九日の安保条約の自然発効と同月二三日の岸内閣の退陣により、幕を閉じる。もともと統一した政治的信条によって結集していたわけではないブントは分裂し、新左翼の各セクトを形成していく。「若い日本の会」のメンバーたちも、それぞれ違う道を歩み始めることとなった。

そして吉本隆明は谷川雁などとの共著『民主主義の神話』（現代思潮社、一九六〇）に「擬制の終焉」を発表している。そこで吉本は全学連主流派の闘いに積極的に加わらなかった共産党や進歩的知識人たちが唱える民主主義は「擬制」であるとし、それは既に終焉していると主張した。その後も一九六〇年代を通して、吉本は新左翼の学生たちに強い影響を与えていくこととなる。

同い年の作家・松本清張

先述した「第三の新人・小説特集」(「新潮」一九五五・五)には松本清張も作品を発表している。現在から見れば「第三の新人」のなかに松本清張の名前が含まれるのは奇異な感じを抱かせるものがあるが、清張は「第三の新人」とデビューがほぼ同時期であり、その意味では一括りにされていてもそう不思議ではないのだった。芥川賞の受賞者は一九五二年後期が松本清張、五味康祐であり、そのあとに安岡章太郎や吉行淳之介たちが続き、五五年後期で石原慎太郎が出てくる。芥川賞が文学青年だけではなく、世間一般の注目を広く引くようになるのは石原の「太陽の季節」以降だから、その前の受賞者たちは受賞したからといって何かが劇的に変わるわけではなかったという点でも清張と「第三の新人」たちとは共通していた。

だが、もちろん年齢はかなり違う。清張は「戦中派」である「第三の新人」たちよりも一回り年上で、太宰治と同い年なのだ。貧しい家に育った清張は小学校を卒業後、働きに出なければならなかった。その点、旧制弘前高校から東京帝国大学へと進学した太宰とは対照的である。太宰は中学生の頃から同人誌を発行し、「文藝春秋」に連載されていた芥川龍之介の「侏儒の言葉」を真似た文章を発表していたが、清張も働きながら「文藝春秋」や芥川の作品などを愛読していた。太宰が『晩年』を刊行した一九三六年には、清張は印刷工となっている。その後、一九四〇年に朝日新聞社西部支社広告部の嘱託となり、四三年に正社員となった。戦場とは縁のなかった太宰とは違い、清張は軍隊にも召集され、敗戦は朝鮮半島で迎えている。

作家としてデビューしたのは、太宰死後の一九五一年になってからのことだ。「西郷札」が「週刊朝日」の懸賞「百万人の小説」の三等となり、直木賞候補ともなった。清張が「西郷札」が掲載された「週刊朝日別冊　春季増刊号」（一九五一・三）を推理小説作家の木々高太郎に送ると、木々から新作を書いたら送ってくるようにと言ってきた。それで清張が送ったのが「記憶」（「三田文学」一九五二・三、のちに「火の記憶」と改題）である。推理小説の雑誌に紹介されるのかと思っていた清張は、自身の作品が「三田文学」に掲載されたことに狼狽した。そこで清張は「三田文学」にふさわしい作品を心掛けて二作目を書いた。その小説「或る小倉日記伝」（「三田文学」一九五二・九）は、当初直木賞候補となったが、芥川賞選考会にまわされ、五味康祐の「喪神」（「新潮」一九五二・一二）とともに第二八回芥川賞を受賞した。清張はその時、すでに四三歳となっていた。

だが、芥川賞を受賞したからといって生活が楽になったわけではない。日本交通公社が発行する雑誌「旅」の編集部が清張に小説を依頼したのは、安い原稿料で書いてくれる作家だったからに他ならない。「旅」一九五七年二月号から「点と線」の連載が開始されたが、読者からの反響はほとんどなかった。同年一月に「顔」（「小説新潮」一九五六・八）が映画化され、三月に短編集『顔』（講談社、一九五六）が日本探偵作家クラブ賞を受賞して、ようやく清張は世間に知られつつあった。四月からは「週刊読売」に「眼の壁」の連載も始まり、清張は誰が読んでいるかもわからない「点と線」よりもこちらに力を入れ、「旅」編集部の担当者は、締切が過ぎても来ない原稿を待ち続けて胃を悪くすることとなる。だが、翌五八年にともに光文社から刊行された『点と線』と『眼の壁』の二作は、どちらもベストセラーとなり、清張は一躍人気作家となっていく。その後も『ゼロの焦点』（光文社、一九五九）などのヒット作を連発し、一九六〇年の高額納税者番付で、清張は作家部門で初めて一位となり、以後その常連となった。

ちなみに、清張の代表作の一つである『砂の器』（光文社、一九六一）には「ヌーボー・グループ」という若手文化人たちの集団が登場するが、それは明らかに「若い日本の会」をモデルにしたものである。作中の彼らは華々しく注目される裏で愛人をつくったり、犯罪に手を染めたりする。苦労して作家になった清張は、どうやら「若い日本の会」の若者たちにあまりいい感情は持っていなかったようだ。

『ゼロの焦点』や『砂の器』などで清張が繰り返し描いたのは、「現在」へと侵入してくる

「過去」という構図である(笠井1998)。その場合の「過去」には戦争というものが色濃く絡みついており、それと対照的な「現在」とは経済復興を果たし、高度経済成長へとひた走っていく社会のことを指している。今や社長夫人となり、地域社会の名士となった女性は、アメリカ兵相手のパンパンだったという「過去」に脅かされ、戦争の混乱のなかでハンセン病患者の息子であるという自身の「過去」と決別したはずの新進気鋭の音楽家もまた、華やかな「現在」を維持するために自身の手を汚すことになる。それらの清張作品で描かれているのは、一九五〇年代後半以降の急速に変貌していく日本社会が生み出す歪みそのものに他ならなかった。

松本清張と太宰治は作家としての活動期間はまるで違うが、清張が人気作家となった一九五〇年代後半から六〇年代にかけては、太宰もまた全集が何度も刊行され、読者を飛躍的に増やしていった時期であった。そのような意味においては、この同い年の作家二人は、人気作家になっていった時期も共通していると言えるだろう。

第二部

『太宰治全集』の成立

第二部は、時期としては第一部と重なりながらも、『太宰治全集』に関わる事象について、より詳しく検討する。初めての『太宰治全集』は一九四八年に八雲書店から刊行が開始されたものだが、八雲書店が倒産したために中絶した。その後、近代文庫版の『太宰治全集』が創藝社から刊行されたが、それは書簡や習作などが収録されていない不完全なものであった。本格的な『太宰治全集』は一九五五年に筑摩書房から刊行開始されたものによって、初めて完成したのである。

〈太宰治〉の受容を考える場合、全集の問題は避けて通れない。他の作家と比べてみても、太宰は（少なくともある時期までは）全集を通して受容されるという回路がきわめて強固に存在していた作家であったからだ。一九五五年以降、筑摩書房から『太宰治全集』が繰り返し刊行されることによって、〈太宰治〉は愛読者を増やし続けていったのである。

第一章は、八雲書店から刊行された『太宰治全集』を取り上げる。未完に終わったとは言え、この全集が重要なのは、太宰自身が企画・編集に大きく関わったからである。太宰が執筆した目次案が残されているため、太宰がどのような全集を構想していたのかが具体的にわかる。ほぼ同じ時期に刊行が始まった『井伏鱒二選集』（筑摩書房）の企画・編集にも太宰は関わっており、それも自身の全集を出す下準備だったのではないかという推測があるが、その選集についても検討する。また、この章では近代文庫版『太宰治全集』についても触れることとなるだろう。妻の津島美知子によって執筆された同全集の「後記」は、以後の伝記・書誌研究の出発点となったことで知られる重要なものである。

第二章は、筑摩書房から刊行された『太宰治全集』を取り上げる。第二次太宰ブームが起こるきっかけとなった同全集だが、その刊行には太宰と親交のあった者たちの熱意が大きく関わっていた。『現代日本文学全集』がヒットし、筑摩書房の経営に少し余裕が出てきたために、筑摩書房社主である古田晁の悲願であった企画がスタートしたのである。そして、担当編集者の野原一夫によって、初刊本や原稿にまでさかのぼっての厳密な本文校訂が行なわれた。それほど売れないと思われ、定価を高くせざるをえなかっただけに、その分質の高い全集をつくることが目指されたのであった。そして、それが以後、第十一次まで続く筑摩書房刊行の『太宰治全集』の基礎となったのである。

第三章は、『太宰治全集』の本文について検討する。八雲書店版と筑摩書房版では、同じ作品でも本文に違いがあるが、それは二つの全集の底本の違いによるものだ。八雲書店版は戦後に刊行された書籍を底本にしており、筑摩書房版は初刊本を底本としているのである。後者が戦後に改稿された本文を採用しなかったのは、戦後検閲の影響下に行なわれた改稿は、作者の意図を正しく反映していないとの判断があったためだと考えられる。〈太宰治〉の形成過程を追う本書にあって、本章の内容はやや異質に思われるかもしれないが、どのような本文を採用するかという問題は、作家イメージの形成にも少なくない影響を与えているはずだ。八雲書店版の本文がほとんど顧みられていない現状に対して、問題提起を行ないたい。

第一章　八雲書店版『太宰治全集』

生前に出た全集

初めての『太宰治全集』は、一九四八年四月二〇日に刊行が開始された。第一回配本は第二巻で、「虚構の彷徨」三部作などが収められている。太宰が死ぬ約二ヶ月前のことだった。その頃新潮社に勤めていた野原一夫は、太宰から初めて全集の話を聞いたときのことを次のように回想している。


富栄さんの部屋に行くと先客があり、実業之日本社の人だと紹介された。その人が帰ったあと、太宰さんは、すこしまぶしそうな顔をして、

「実はね、全集を申し込まれているんだ。」

と言った。全集？　なんのことだろうと私は思った。

「俺の全集さ。いまの人もその話できたんだが、八雲書店からも申し込みがあってね。どちらにしたものかね。」

「全集ではなくて、選集ではないんですか。だって、先生はこれから大いに仕事をなさる

んだし、全集というのはおかしくないですか。」（野原1980）

昭和「二十二年の十月」のことだったという。野原は「生前の作家が〝全集〟を出すことは厳密にはあり得ない」し、「その当時までの日本の出版界はその厳密さをかなり守ってきたはず」だと言うが、生前に全集を出す作家というのが当時もいなかったわけではない。一九一八年に刊行開始された『荷風全集』（春陽堂）を初めとして、泉鏡花、菊池寛、志賀直哉、島崎藤村など、もはや大御所と言える作家たちはもちろんのこと、横光利一や川端康成も既に戦前には全集を出していた。だが、横光や川端より一回り下の太宰が全集を出すというのは、やはり周囲に驚きを与えるものだったはずだ。太宰とほぼ同世代と言ってよい作家たちが出しているのも、『坂口安吾選集』（銀座出版社、一九四七〜四八）、『田村泰次郎選集』（草野書房、一九四八）、『石川達三選集』（八雲書店、一九四七〜四九）など、「全集」ではなく「選集」となっている。「新潮」に連載されていた「斜陽」も好評だったとは言え、まだ全集を出すには程遠いというのが一九四七年当時における太宰の現状だったろう。野原が釈然としない思いを抱いたというのも無理はないのだ。

野原は別の本では、「八雲書店の担当編集者であった亀島貞夫君から後に聞いたところによると、〝全集〟としたほうが営業的に有利であるという意見が社内に強く、だからそう希望したのだが、承諾してもらえるとは思っていなかった、ところが太宰さんはなんのこだわりも示さずに承諾した、かえって奇異な感じに打たれたということである。すでにして太宰治は、死への決意を固めつつあったのだろう」(野原 1982)と述べている。もっとも、亀島は別の場所では「まったく私の思いつきだった」と言い、八雲書店の社長だった中村梧一郎は編集部のなかの意見も全集より選集のほうが多かったと述べているようだが(山内 2012)、ともかく、亀島としても断られることを覚悟の上での申し出であったのに、太宰は意外なほどに乗り気であったということは確かだろう。

はたして全集を出すという行為と死の決意が、太宰の中で結びついていたのか、どうか。その真相を確かめることは難しいが、尾崎一雄は生前の太宰から意味深長な台詞を聞いていると言う。尾崎は一九四四年から下曽我にある実家に疎開していたのだが、その近くに太田静子が住んでいた。一九四七年二月二五日、太宰は静子を連れて尾崎のもとを訪れている。静子を先に帰らせたあと、尾崎としばらく話をした際に、太宰は唐突に全集の話をするのだ。

「僕は、原稿料なんかみんな飲んでしまって、家族の者をひどい目に逢わせているんですけど、でも、死ねば全集が出る。その金がやれます。全集を家の者にやる――ねえ尾崎さん、それでいいですね」

子供が大人に何かを確めるような、自分の考えを、権威を以って肯定して貰いたいような、甘えた、愛らしい、そしてどこか憐っぽい調子であり顔つきであった。

「そりゃもう、大したものだ。太宰君は全集が出るから大丈夫だ。しかし、僕なんか、怪しいからね」

それに対して、彼がどんなふうに応えたかは忘れた。しかし、その時の彼の、わが意を得た、という顔付は覚えている。（尾崎 1951）

この会話が実際にあったことだとすると、太宰は八雲書店などから話があるずっと前から自身の全集について考えていたということになる。八雲書店などから話があったというのは、太宰にとってまさに渡りに船だったのではないだろうか。ちなみに、尾崎一雄はいきがかり上、太宰死後の太田静子の面倒を見る形となった。太宰ブームが始まると、太宰の愛人であり、『斜陽』の元となる日記を書いた太田静子は、否応なくその奔流に巻き込まれることとなる。山崎富栄の日記『愛は死と共に』を出版した石狩書房は、その一ヶ月後に静子の『斜陽日記』も出版している。尾崎によると、静子は「この本を出すについて、途中でいろんなことが判らなくなったらしく、私のところへ相談に来た。よく訊いてみると、彼女は、出版というものについて、一片の知識も持っていないのだった。印税制と、原稿買受け制の区別も分らず、書下ろし出版としては可成り不利な約束をしていた。金はすでに受取ってしまい、今更約束を変えるわけにはいかなかった」と言う。その後、静子が書いたという触れ込みの『小説太宰治』（ハマ書房、一九四八）という偽書が出版された際には、尾崎は出版社の社長と編集長を呼び出して、書籍を至急回収して截断すること、新聞に謝罪広告を出すこと、の二つを約束させたと言う。また、作家になりたいという静子のために、彼女が書いた小説を雑誌に紹介もしている。生前の太宰が静子を尾崎に紹介したのは、そのあたりのことも考えてのことだったのかもしれない。

太宰はこの最初の全集にかなり積極的に関与している。A5判という大きめの判型で、白地の表紙には津島家の家紋である鶴の定紋が金で箔押ししてあるのも、太宰の強い希望によるものだと言う。また、親戚で郵便局長をしていた津島賢輔に全集に載せるための写真を送ってくれるように自身で頼んでもいる。太宰は一九四七年一二月一一日付の賢輔宛書簡で、父の写真、母の写真、生家の写真、庭の写真、津軽平野の写真、太宰自身の小さい頃の写真、などと必要な写真を列挙しているが、たとえば「父の写真」は「二千六百年記念だかに金木郷土史だか、とにかくそんな本が出たでしょう。あれの巻頭に、父の燕尾服の立姿の写真がありましたが、あれが是非欲しいのです。金木の役場から発行された本で、金木のたいていの家にある筈です」と、かなり細かい指定をしている。太宰が津島家の定紋や生家の写真を自身の全集に載せることにこだわったことには、当時の時代状況が色濃く影を落としているだろう。津島家は戦後の農地改革によって多くの土地を失い、太宰が生まれ育った家（現在の斜陽館）も売却されることが決まっていた。

亀島と相談しながら、また奈良女子高等師範学校（現・奈良女子大学）の教員であった横田俊一などの協力も得ながら、太宰は自身で全巻の編集をしていったようだ（野原1980）。一九一一年生まれの横田は太宰の愛読者であり、その作品を網羅的に収集して「太宰治作品表」を作成するなどしていた（木村小夜2014）。

ちなみに、かなり初期の段階で太宰が書いた全集の目次案が残されており、『太宰治全集第十三巻』（筑摩書房、一九九九）に掲載されている。それによると、全二十巻というかなり大部の全集を太宰は目論んでいたようだ。各巻の頁数を少なめに見積もったとしても巻数が多すぎるのだが、それもそのはずで、なんと第十九巻は「初期の文章・詩　其ノ他」で、第二十巻は「索引」となっている。しかもその他に「別巻」の「太宰治研究」と「単行本」の「太宰治論」が出ることになっているのだから、さすが太宰、と唸るしかない。

もちろんそのままで企画が通るはずもなく、実際には全十六巻ということで刊行が決まっている。第二巻に載っている広告では、次のような構成になっている。

第一巻「晩年」／第二巻「虚構の彷徨」／第三巻「短編集」／第四巻「短編集」／第五巻「短編集」／第六巻「短編集」／第七巻「短編集」／第八巻「津軽」／第九巻「新釈諸国噺」／第十巻「苦悩の年鑑」／第十一巻「ヴィヨンの妻」／第十二巻「斜陽」／第十三巻「人間失格」／第十四巻「戯曲集」／第十五巻「感想集」／第十六巻「研究・索引」

第十六巻が「研究・索引」となっているのは、生前に出る全集としてはかなり変わっていると言わざるをえない。巻数は少なくなっても、そこは譲れなかったようだ。

『井伏鱒二選集』という企画

ところで、先述した「全集目次案」が入れてあった封筒には、「夫人と思われる筆跡で、「八雲書店版／太宰治全集企画（目次案）昭和二十二年八九月頃、八雲の編集者で全集担当亀島貞夫と、この案をもとに企画をすすめ生前には、第一回配本『虚構の彷徨』発刊」との覚書が記されている」と言う（『太宰治全集　第十三巻』筑摩書房、一九九九）。全集の話があったのは「二十二年の十月」という野原の記憶とは若干のずれがあるようだが、或いはこちらのほうが事実に近いのかもしれない。というのはちょうど同じ頃、『井伏鱒二選集』の計画が持ち上がっているからだ。そして実はこれは太宰が筑摩書房に提案したのがことの発端らしいのである。井伏は「私の選集出版の企画は、私が東京へ転入する前に太宰が勝手に古田のところへ話を持ちこんで決定させたらしい。私は石井君から話を聞かされるまで、私の選集出版の企画を知らなかった」と述べている（井伏 1974）。「石井君」というのは『井伏鱒二選集』担当編集者の石井立のことで、学生時代からの太宰の愛読者であり、太宰の紹介で筑摩書房に入社していた。井伏はその選集の打ち合わせの席で初めて古田に会った。

そのころの古田晁は、太宰治の人柄と作品を高く買って原稿料もどっさり出していた。私は初対面であった。驚いたのは、この人は火達磨のように熱烈な飲みかたをして、しかも太宰に対して二念なく、嬉しい気持で飲んでいるようであった。太宰への打ちこみかたが真剣であったと思う。その夜、私たちは白々明けになるまで飲んだので、古田は持参の大きな空鞄をさげてパンツ一つで暗い道を二度までも三鷹の闇屋へビールを買いに行った。真夜中でもビールを一ダースずつ売ってくれる闇屋があった。（井伏 1974）

この打ち合わせの場所は山崎富栄の部屋だった。太宰は井伏に仕事の手伝いをしてもらっている人だと富栄を紹介した。

『井伏鱒二選集』は太宰が編集・解説を担当し、一九四八年三月から刊行が開始された。『太宰治全集』が刊行開始される約一ヶ月前のことだ。なぜ太宰はここまで『井伏鱒二選集』の刊行に尽力したのか。もちろんそこには師への尊敬や愛情の念があったことは間違いないだろうが、どうもそれだけでもなかったらしい。長部日出雄は、「いくらなんでも、師匠の井伏がまだ全集も出していないのに、弟子の自分が「全集」を出すわけにはいかない」（長部 2002）という思いが太宰にあったのではないかと推量している。たしかに太宰なら、いかにもありそうなことではある。

それはともかく、わざわざそのようなお膳立てをするくらいだから、一九四七年夏の時点においては、太宰は井伏に対して特に悪感情は持っていなかったはずだ。だが、その後、太宰は井伏に対しての感情を急速に悪化させていく。特に遺書にあった「井伏さんは悪人です」という言葉は、それなりの波紋を当時呼んだようだ。井伏は「時事新報」のインタビューに対して、「わたしのことを悪人だといっているそうだが全然思いあたるふしはない、〔……〕太宰君は最も愛するものを最も憎いものだと逆説的に表現する性格だからそういうつもりでいったのだろう、太宰君は文学だけで生きていた人だから、最近書けなくなったと錯覚を起して死んだのではないかとわたしは考えている」（「死体あがらぬ〝人食い川〟／太宰氏捜索」、「時事新報」一九四八・六・一七）と答えている。

井伏と太宰の確執としては幾つかの要因が考えられるだろう。一つには、「如是我聞」（「新潮」一九四八・三〜七）における志賀直哉批判をやめるようにとの井伏の忠告が太宰には全く受け入れられなかったこと。また一つには、太田静子や山崎富栄との関係が深まるにつれ、妻・美知子との仲人をつとめてくれた井伏に対する心苦しさが増していったこと。他にもさまざまな要因が絡み合っているに違いない。特にここ十年ほどは太宰が井伏への感情を悪化させていった時期が、ちょうど『井伏鱒二選集』を編集していた期間と重なることが注目されてきた。太宰が書いたと思われる『選集』の草案が三種類残されている。比較的初期に書かれたと思われる二種類の草案は『太宰治全集　第十三巻』（筑摩書房、一九九九）に収録されており、それより後に書かれたと思われるもう一種類の草案は近年、石井立の遺族によって紹介されている（石井他2010）。それらの草案を見くらべてみると、収録作品が当初の予定から かなり変更されていることがわかる。もちろん、太宰自身が考えを変えたための変更もあったろうが、第二巻の解説（「後記」）によれば、その他の事情も大きかったようだ。

ところで、私の最初の考えでは、この選集の巻数がいくら多くなってもかまわぬ、なるべく、井伏さんの作品の全部を収録してみたい、そんな考えでいたのであるが、井伏さんはそれに頑固に反対なされて、巻数が、どんなに少くなってもかまわぬ、駄作はこの選集から絶対に排除しなければならぬという御意見で、私と井伏さんとは、その後も数度、筑摩書房の石井君を通じて折衝を重ね、とうとう第二巻はこの十三篇というところで折合がついたのである。

この第二巻は、初めに書かれたと思われる草案では第三巻に相当するが、その時点での「後記」のメモには「第三巻には、井伏さんの大戦前のたくさんの中短篇のうちから、私のすきな作品を勝手に選んで〈み〉収録してみた。私としては、模範小説集とでも銘打ちたい意気込みなのである」と書かれている。だが、ここで第三巻に収録予定だった十五作品のうち、五作品は実際に刊行された『井伏鱒二選集』のどの巻にも見当たらない。そして代わりに、太宰が当初は収録を予定していなかった多くの作品が収録されることとなった。そこには井伏の意向が大きく関わっていることは間違いないだろう。

　ちなみに、研究者の川崎和啓は太宰と井伏の関係が悪化した原因として「薬屋の雛女房」を重視している（川崎 1991）。「薬屋の雛女房」には太宰をモデルとした人物が登場しているのだが、その作品を『井伏鱒二選集』編集の際に太宰は初めて読んだのではないかと川崎は推測し、その描かれ方に不快を覚えたのが不仲の原因になったのではないかとさらに推測を重ねている。だが、「薬屋の雛女房」は太宰が書いた草案のいずれにも出てこない。川崎の論文が書かれたのは草案が公開される前なので仕方ない部分もあるのだが、わざわざ草案のどこにもない作品を持ちだすよりも、数種類の草案を見比べてみることで見えてくる問題について考えたほうが生産的であろう。そして、初期の草案に書かれていながらもその後削除された作品は日中戦争開始以前の比較的初期に書かれた作品が多く、初期の草案には出てこないが実際に刊行された選集に収められている作品は日中戦争開始から終戦までのあいだに発表された作品が多いのである。特に『多甚古村』（河出書房、一九三九）が初期の草案に出てこないのは、いかにも不自然なことに思われる。なぜなら『多甚古村』こそは井伏の作品で最もヒットし、一九四七年の時点でも間違いなく井伏の代表作に他ならなかったからだ。

　どうも太宰は『多甚古村』をまったく買っていないように思われるのだが、実は戦後においてそのような態度を取ったのは太宰だけではない。たとえば寺田透は『井伏鱒二選集』刊行開始と同じ時期に発表された「井伏鱒二論」で、『多甚古村』は「面白くはあったけれども好きになれなかった」と述べ、次のように手厳しく批判している。

作者の世俗的興味が弾みすぎている。ここにあるのは人間に対する愛情というより、世態人情の面白さに釣られた興味の動きなのだ。〔…〕話の種は深刻であろうと多彩であろうとそれらを追う井伏の目は、世間話に身を入れた人間の心のようにひどく通俗的で大まかなのだ。（寺田 1948）

井伏を「敬愛する作家のひとり」だと言う寺田は、「結局井伏鱒二は、世態人情、花鳥風月の風情ゆたかな画家たるにとどまるのだろうか。あえてその域を出ようとしないのであろうか」と不満を述べずにはいられない。この寺田の井伏への批判は、図らずも『井伏鱒二選集第四巻』（筑摩書房、一九四八）の「後記」で太宰が書いている次の文章と呼応している。

金銭の浪費がないばかりでなく、情熱の浪費もそこにない。井伏さんの文学が十年一日の如く、その健在を保持して居る秘密の鍵も、その辺にあるらしく思われる。

旅行の上手な人は、生活に於いても絶対に敗れることは無い。謂わば、花札の「降りかた」を知って居るのである。

旅行に於いて、旅行下手の人の最も閉口するのは、目的地へ着くまでの乗物に於ける時間であろう。すなわちそれは、数時間、人生から「降りて」居るのである。〔…〕所謂「旅行上手」の人は、その乗車時間を、楽しむ、とまでは言えないかも知れないが、少くとも、観念出来る。

この観念出来るということは、恐ろしいという言葉をつかってもいいくらいの、たいした能力である。

このような太宰の批判は、井伏の最も痛いところを突いたのではないだろうか。太宰の死後、『井伏鱒二選集』の「後記」を第五巻から引き継いだ上林暁は「それにしても、「太宰治のこと」「十年前頃」「亡友」などと、矢継ぎ早やに太宰治追憶の文章を書かなければならぬ時が、かくも遽しく訪れようとは、井伏氏も全く予期しなかったことだろう」（「後記」、『井伏鱒二選集　第七巻』筑摩書房、一九四九）と述べている。『井伏鱒二選集』は当初の全七巻から全九巻に変更され、増補された巻には戦後の作品が収録されたのだが、そのなかには太宰ブームのなか、さまざまな雑誌の注文に応じて書いた太宰についての文章も多く含まれていた。それらの文章を書くたびに、井伏は自身に向けられた太宰の批判を噛みしめていたに違いない。

ちなみに、「愛読者」としての立場から井伏作品を厳しく批判していた寺田透は、一九五三年になると一転して戦後の井伏に対して絶賛と言ってよい言葉を記しているが、最後に次のように付け加えている。「以上のべた見解すべての基調となっているのは、『白毛』以後の作品が僕に与える印象である。ということは太宰治死後の作品が特に凄いということにほぼ等しかろう」（寺田 1953）。

死後の増補

太宰の死を受けて、八雲書店から刊行中の『太宰治全集』も豊島與志雄、井伏鱒二、石川淳、伊馬春部、亀井勝一郎の五人による編集委員制になり、その編集に従事するために太宰の弟子である戸石泰一が八雲書店に入社した。各巻の構成も変更されることになった。一九四八年七月に刊行された第三巻（第二回配本）に載っている広告で確認してみよう。

第一巻「晩年」／第二巻「虚構の彷徨（ダス・ゲマイネ）」／第三巻「短編集（二十世紀旗手）」／第四巻「短編集（おしゃれ童子）」／第五巻「短編集（女の決闘）」／第六巻「短編集（東京八景）」／第七巻「短編集（新ハムレット）」／第八巻「津軽・惜別」／第九巻「新釈諸国噺・お伽草紙」／第十巻「苦悩の年鑑」／第十一巻「ヴィヨンの妻」／第十二巻「斜陽・人間失格」／第十三巻「冬の花火（春の枯葉）」／第十四巻「書簡集」／第十五巻「感想集」／第十六巻「詩・未発表作品」

第二巻掲載のもの（一三一頁参照）と比べると、第十一巻まではだいたい同じだと思われるのだが、第十二巻が「斜陽・人間失格」、第十三巻が「冬の花火（春の枯葉）」、第十四巻が「書簡集」、第十五巻が「感想集」、第十六巻が「詩・未発表作品」に変わっている。「冬の花火（春の枯葉）」というのは「戯曲集」とおそらく同じものを指しているだろうから、おおざっぱに言えば、「斜陽」と「人間失格」の巻が一緒になり「研究・索引」の巻がなくなった代わりに「書簡集」と「詩・未発表作品」が加わった、ということになるだろう。そしてそれが同年九月に刊行された第四巻（第四回配本）では、さらに次のように変更されている。

第一巻「晩年」／第二巻「虚構の彷徨（ダス・ゲマイネ）」／第三巻「二十世紀旗手」／第四巻「おしゃれ童子」／第五巻「駆込み訴え」／第六巻「東京八景」／第七巻「新ハムレット」／第八巻「正義と微笑」／第九巻「右大臣実朝」／第十巻「津軽・惜別」／第十一巻「お伽草紙・新釈諸国噺」／第十二巻「パンドラの匣」／第十三巻「ヴィヨンの妻」／第十四巻「斜陽（冬の花火・春の枯葉）」／第十五巻「人間失格」／第十六巻「随想集」／第十七巻「書簡集」／第十八巻「未発表作品、補遺」

全十六巻から全十八巻に増巻されたわけである。単純に比べると、第八巻と第九巻の辺りが加わった二巻だと言えそうだ。もちろん、その巻に含まれているもの全てが新たに付け加わったということではないだろうが、少なくともその時期の作品がもともと相対的に見て少なかったということは言えるのではないか。第八巻と第九巻というのはちょうど太平洋戦争が開始されて以降の作品にあたる。その時期の作品が少なかったのは、当時行なわれていたGHQ／SCAP（占領軍総司令部）による検閲を慮ったためではないだろうか。だが、戦後検閲に関しては、また後のところで触れることにしよう。

八雲書店の社長だった中村梧一郎の、太宰の遺体があがった直後の姿を野原一夫は次のように描いている。

十九日早朝に遺体が発見され、検視の後、太宰の火葬は堀ノ内の焼場で行なわれた。車をつらねて関係者が焼場に到着したのは昼前後だったが、火葬までに一時間ほどの間があった。中村梧一郎氏は、私、亀島君、『新潮』編集部の野平健一君を、近所の鮨屋で御馳走してくれた。振りしきる雨のなかの連日の遺体捜索の苦労をねぎらってくれたのだが、ビールをかたむけながら中村社長は、けんめいに笑いを噛み殺しているふうだった。まったくうまいときに太宰は死んでくれたのである。（野原 1982）

久保田正文の『花火』のなかで、久保田自身がモデルの「帆張」が「いや、まったくだ。われわれもつらいというもんだね。これからあとはいよいよ出版会の座台ブームが鎬を削るわけだからな。〔…〕わが社も、その血なまぐさい戦場へ、否応なしにのり出して行かなくちゃならんてわけだ。社長なんかもう包みきれぬほくほく顔で二、三日まえから営業の方をあおりはじめているようだしね。……やりきれんな」と嘆息していることからも、中村の人柄を察することはできるだろう。

だが、その後の経緯はなかなか中村の思惑通りには運ばなかったようだ。八雲書店は出版不況と労働争議のために一九五〇年四月に倒産したのである。『太宰治全集』も第十二巻、第十六巻、第十七巻、第十八巻が刊行されないまま、ついに中絶となった。だが、中村梧一郎はその後、文京出版を設立し、博文館が戦前に刊行していた雑誌「少年少女譚海」を譲り受け、刊行している。一時は二〇万部にまで発行部数を伸ばすも、「原稿を取りに来るちょっと翳のある女の子が実は社長の妾〔…〕というような経営体質にも問題があって凋落」（木本 1985）したために、文京出版もまた一九五三年に倒産した。

ちなみに、亀島貞夫は八雲書店の倒産前に退職しており、その後は群馬県の県立高校の教師となった。教え子のなかには映画監督の小栗康平やコピーライターの糸井重里がいる。

近代文庫版『太宰治全集』と津島美知子

一九四九年三月にGHQの経済顧問だったドッジが決定した財政金融引締政策が実施され

た。いわゆるドッジ・ラインである。それまでのインフレを抑制することが狙いだったが、日本経済はその副作用としてデフレ不況に突入することとなる。出版界は同じ時期に日本出版配給（日配）がＧＨＱから閉鎖期間に指定されたことから、より一層の混乱に陥った。日配は、一九四一年に東京堂や北隆館などの複数の取次が統合されることによって設立された会社で、戦時下における唯一の取次として政府の言論統制のために利用された。戦後になって日配は統制会社から商事会社となったが、依然として書籍や雑誌の流通を一手に担っており、ＧＨＱはそれを問題視したのである。閉鎖期間に指定された後、東販や日販などが設立されたが、混乱が収まるまでには時間がかかり、特に戦後に設立された多くの新興出版社が倒産することとなる。八雲書店が一九五〇年に倒産したのもその一環であったと言えるし、『人間失格』のヒットによって一息ついた筑摩書房も再び業績が悪化していった。

一九五〇年に朝鮮戦争の開戦にともなう特需景気が起こり、日本経済はようやく復興へと向かっていく。そんな中、一九五二年に刊行が始まったのが近代文庫版『太宰治全集』全十六巻（創藝社）だった。それまでに『太宰治集』全三巻（新潮社、一九四九〜五〇）や『太宰治作品集』全六巻（創元社、一九五一）といった選集は出ていたが、全集としては八雲書店版に次ぐ二番目のものである。大きさは文庫判（Ａ６判）であり、定価は約百円だったが、売れ行きは捗々しくなかったようで、完結したのは既に筑摩書房版の『太宰治全集』が刊行開始されていた一九五五年一一月になってからだった。

この全集でなんといっても特筆されるべきは、妻の津島美知子が執筆した「後記」だろう。そこでは、作品の発表誌や単行本の前書きの類、その巻に収録された作品を執筆していた頃の太宰の状況などが簡便にまとめられており、太宰の書誌・伝記研究はこの津島美知子による「後記」によって出発したと言っても過言ではない。たとえば、第三巻の「後記」では、「創世記」について次のように述べられている。

「創世記」が「新潮」に発表されてすぐあと、同年十一月号の「改造」に佐藤春夫氏が「芥川賞」を書いて居られます。これは、「狂言の神」や「創世記」、また芥川賞に関しての太宰を知るうえに、比べようも無く貴重な文献です。

太宰は、このころ刊行された小説集にはこの作品を入れて居らず、昭和十七年に随筆「信天翁」が発行されるときにはじめて「創世記」の「山上通信」の部分を削除し語句にも筆を入れて収めています。八雲書店版の全集では、編集上の誤りから、「山上の私語」からあと全部脱落していますので、発表のときのままの形で収録されたのは、この巻が最初です。（津島 1953a）

他にも第四巻の「後記」では、「女生徒」が「ある若い未知の愛読者」から送られた日記によって書かれたことが初めて記されているなど、この「後記」によって明らかになったことは少なくない。

津島美知子は一九一二年生まれで、東京女子高等師範学校（現在のお茶の水女子大学）を卒業した才媛だった。美知子の父の石原初太郎は地質学者であり、広島高等師範学校（現在の広島大学）の講師などを経たのち、一九二一年から山梨県の嘱託となっている。以後、初太郎は県内の地理・地質の調査や景勝地開発事業などに従事し、『富士山の自然界』（山梨県、一九二四）や『甲斐の名勝・御嶽昇仙峡と其奥』（上田泰文堂、一九三〇）といった山梨県の景勝地に関わる本を執筆している。ちなみに、太宰の「富嶽百景」の冒頭部分は、初太郎の『富士山の自然界』の記述を参照していることはよく知られているところだ。

美知子は一九三三年に女高師を卒業したのち、山梨県立都留高等女学校の教師になった。父の初太郎は一九三一年に死去しており、東京帝国大学に在学中だった兄の左源太も美知子が女高師を卒業する直前に早世していた。甲府にある実家から通うには職場は遠かったので、美知子は学校の寮に住み、週末になると母や弟妹が待つ実家へと帰った。一九三八年九月に山梨県の御坂峠に来ていた太宰と甲府の実家で見合いをし、翌年一月に結婚した。

売れない作家で、何度も自殺未遂を繰り返し、しかも薬物中毒になったこともある太宰と、やや婚期を逃してはいたものの女高師出の才媛との取り合わせは異様であった。太宰の悪い噂を聞いた親戚が結婚をとりやめたほうがいいと忠告するようなこともあったが、美知子は気にしなかったという。太宰の『虚構の彷徨、ダス・ゲマイネ』（新潮社、一九三七）や『晩年』

（砂子屋書房、一九三六）を読んだ美知子は「会わぬさきからただ彼の天分に眩惑されていた」（津島 1978）のだった。

結婚した後の「富嶽百景」（一九三九）の後半部分や「駆込み訴え」（一九四〇）などは、太宰が語るのを美知子が口述筆記した作品である。また、美知子の母の話をもとに「葉桜と魔笛」（一九三九）が書かれ、石原家の雰囲気から「愛と美について」（一九三九）や「ろまん燈籠」（一九四〇）といった作品が生まれた。いわゆる中期の安定した物語世界は、美知子の存在抜きには考えられないだろう。それから約十年、美知子は太宰に尽くし続けたが、一九四八年の太宰の情死によって、スキャンダルの渦に巻き込まれることとなる。当時東大の助手をしていた弟の石原明の助けも借りながら、美知子は何とかその辛い時期を乗り越えたのだった。

太宰は生前に自分の仕事の記録として「創作年表」をつくっていた。誤記や脱落もあり、正確さには欠けるものの、没後の「著作年表」のもととなった。八雲書店版『太宰治全集』では随筆の巻は結局刊行されなかったので、近代文庫版の全集の刊行に際しては「創作年表」をもとに随筆の書誌を調べることから始めなければならなかった。

随筆はすべて「随筆」とだけでその題が「創作年表」には記入してないので、太宰の最初の全随筆集（「近代文庫版全集」第十六巻、昭和二十七年創芸社発行）編集の仕事はこの「創作年表」に記載してある随筆の題を、発表誌と年月、号数と、枚数から探り当てることから始まった。「悶々日記」は、作者がとくにこの随筆の題を書き入れ「これは捜してほしい」と添え書きをしている。歿後捜し出して随筆集に収録した。「山岸外史著『煉獄の表情』書評」は太宰治の名で載っているけれども、「創作年表」に（山岸氏改作、加筆に非ず、ほとんど彼の文章）と書き入れてあるので、この「書評」は全集に収録しなかった。（津島 1978）

この近代文庫版の全集には書簡や習作が収録されていないが、一九五二年に太宰の弟子の小山清が編集した『太宰治の手紙』（木馬社）が刊行されていた。また、すでに『地主一代』（八雲書店、一九四九）という習作集も刊行されていた。書簡や習作などが完備された本格的な『太宰治全集』が刊行される準備は、着々と進んでいたと言ってよいだろう。

第二章　筑摩書房版『太宰治全集』

文学全集の時代

先述したように、一九五〇年頃から筑摩書房の経営はより一層厳しさを増していた。C・V・ゲオルギウの『二十五時』（一九五〇）、マーク・ゲインの『ニッポン日記』（一九五一）、川端康成の『千羽鶴』（一九五二）などのベストセラーが出て、そのたびに何とか息をつないでいたが、それも焼け石に水であり、給料は遅配する、原稿料の支払も滞るような状態で、このままでは潰れるのも時間の問題かと思われた。そんな中、起死回生の企画として出されたのが『現代日本文学全集』全五十六巻である。一九四九年に河出書房から『現代日本小説大系』全六十巻が、五二年に角川書店から『昭和文学全集』全五十八巻が刊行されており、特に後者はヒットしていた。その角川を追いかける形で、一九五三年の八月に第一回配本の「島崎藤村集」が刊行された。定価三五〇円で初版は三万部だったが、増刷に増刷が続いて二八万部となった。他の巻の売れ行きもよく、刊行して半年で滞っていた原稿料を全て支払うことができ、その年の暮れにはひさしぶりのボーナスを社員は手にすることができた。また、全五十六巻の予定を増補して全九十九巻とした。当初、臼井吉見は全百巻の案を考えていたのを営業部の猛反対にあって縮小したという経緯があったのだが、好評を受けて当初の案に近づけたわけである。最後の巻が出たのは一九五九年四月であり、発行総部数は一三〇〇万部となった。

角川の『昭和文学全集』と筑摩の『現代日本文学全集』がともに成功したことを受けて、各社も続々と文学全集を刊行し、一九五〇年代から六〇年代にかけて文学全集ブームが起こる。文学全集というのは、文字通り全ての作品を集めて収録する個人全集とはちがい、実質的にはアンソロジーであって、一巻ごとに一名、あるいは複数名の作家の代表的な作品が収録されている。先蹤は改造社が一九二六年から刊行した『現代日本文学全集』であり、当時は「円本」と呼ばれた。一九五〇年代に始まる文学全集ブームは、一九二〇年代に起きた円本ブームの大規模な反復だったと言えるだろう。

文学全集を編むということは、一つの文学史を提示することでもある。どのような作家を収録するか、またその作家の作品をどの程度収録するか、という点がその文学全集の肝となる。一名で一巻、あるいは複数巻を割り当てられている作家は、複数名で一巻にまとめられている作家よりも重要だとみなされているということだ。筑摩書房の『現代日本文学全集』では、夏目漱石、島崎藤村が三巻、谷崎潤一郎、田山花袋、徳田秋声、永井荷風、正宗白鳥、武者小路実篤、森鷗外が二巻、芥川龍之介、有島武郎、井伏鱒二、川端康成、国木田独歩、幸田露伴、小林秀雄、斎藤茂吉、佐藤春夫、志賀直哉、釈迢空、高浜虚子、宮本百合子、山本有三、柳田国男、横光利一が一巻である。泉鏡花と徳富蘆花は二名で一巻だが、増補されたために「泉鏡花・徳富蘆花集 第二」が出ているので、結果的には一名一巻と同じことになった。太宰治は坂口安吾、石川淳とともに一巻に収められている。

角川書店の『昭和文学全集』も見ておこう。石坂洋次郎、谷崎潤一郎、山本有三が二巻、芥川龍之介、尾崎士郎、大佛次郎、川端康成、小泉信三、志賀直哉、獅子文六、島崎藤村、下村湖人、寺田寅彦、徳田秋声、永井荷風、林芙美子、舟橋聖一、堀辰雄、正宗白鳥、宮沢賢治、宮本百合子、武者小路実篤、横光利一、吉川英治、和辻哲郎が一巻である。太宰治は井伏鱒二とともに一巻に収められており、この時期の太宰はまだ一名で一巻の作家とはみなされていなかったことがわかる。太宰が一名一巻として文学全集に収められるのは一九五〇年代後半からのことであり、『現代国民文学全集』第六巻（角川書店、一九五七）、『日本文学全集』第五十四巻（新潮社、一九五九）、『日本現代文学全集』第八十八巻（講談社、一九六一）、『角川版昭和文学全集』第十三巻（角川書店、一九六二）などは太宰だけで一巻となっている。

筑摩書房と個人全集

筑摩書房が個人全集を出したのは、一九四二年から刊行開始された『ポオル・ヴァレリー全集』が初めてである。売れ行きは悪くなかったようだが、残念ながら戦局の悪化のために未完となった。

戦後の一九四八年には『中島敦全集』全三巻が刊行されている。丁寧なつくりが評価され、毎日出版文化賞を受賞した。そのため二〇〇〇部ずつ増刷したら、その増刷分が丸々売れ残った。「名作と言われる「山月記」などが教科書に入るようになり、中島敦の名が広く知れわたって、「中島敦全集」が古本値を呼んだのは、倉庫に眠っていた返品を断裁してのちのことである」（和田 1970）。同年には『中野重治選集』全十巻、『井伏鱒二選集』全九巻、『シェイクスピア選集』全三巻も刊行開始されたが、どれも売れ行きは捗捗しくなかったようであり、特に『中野重治選集』は第一巻、第五巻、第八巻、第九巻が出せないまま未完となった。

一九五〇年六月から戦時中の版をもとに『ポオル・ヴァレリー全集』を刊行開始したが、売れ行き不振のために中絶している。一九五三年八月に刊行開始された『一葉全集』全七巻も丁寧なつくりが高く評価されたが、営業の面では苦戦した。編纂を担当した和田芳恵が本文校訂にかなり力を入れたためもあって予想外に時間がかかり、五六年六月にようやく完結している。

『現代日本文学全集』の大ヒットにより、経営に少しは余裕が出てくると、古田晁は念願だった『太宰治全集』の刊行を決意する。一九五三年九月に嘱託として雇われ、『現代日本文学全集』の編集に従事していた野原一夫は、五四年の秋に社長室に呼ばれ、『太宰治全集』の担当編集者になることを命じられた。それから野原は、津島美知子や小山清などの協力を得ながら、原稿、発表雑誌、初版本、再版本などにあたり、本文の異同を調べ、底本を決定した。一九五五年一月に野原は正社員となり、同年一〇月から『太宰治全集』を毎月刊行できる見通しが立ったところで、出版部数と定価を決める時が来た。「営業部から出された意見は、たしか三千部ではなかったろうか。私もそれに同意した記憶がある。結局、初版部数は四千部と決まったが、たぶん古田さんが決定を下したのだったろう。定価は、四二〇円。当時としてはかなりの高定価だったが、本文用紙も表紙のクロスも最高の資材をつかったのでコスト高はやむを得なかった」（野原 1982）。

当時大学生だった研究者の東郷克美は「クリーム色の表紙で函入りの立派な全集だったが、一冊四百二十円は貧しい学生には高かった」（東郷 2002）と回想している。同じ筑摩書房から刊行されていた『現代日本文学全集』は各巻三五〇円だったので、たしかに高いが、『現代日本文学全集』が初版三万部でスタートしたのに対して、『太宰治全集』は四〇〇〇部スタートなのだから、このような値段になるのは当たり前だとも言える。その分、野原を初めとする編集者たちは最高の造本、編集を心掛けたのだろう。

一九五五年一〇月二二日付の読売新聞に掲載された『太宰治全集』の広告には「刊行のことば」として、次のようにある。

太宰治全集の刊行は、昭和二十三年六月に彼の死に遭って以来の当社の切実な念願であ

「読売新聞」1955年10月22日朝刊

りました。彼の文芸を極めて卓越したものと思うがゆえに、また、その文芸と表裏をなす彼の人間に深い愛情を寄せるがゆえに、四半世紀に亘るその全業績を完璧な形で上梓しこれを末永く後世に伝え遺すことは、幸いにして出版を業とする者、いつの日か必ず成し遂げようと念じてきたところでありました。いま、彼逝きて八年、その声価定まって、流行時流の上に乗った浮薄軽率なる評価は既に遠く退けられ、彼の文芸の姿を正しく突きとめようとする者が年々に次第にその数を増している今日、諸種の条件に恵まれ編集・校訂において一年有半の準備期間を持ち得、資材・造本に最上の努力を払い得て、真の決定版全集としての自負をもってこの十二巻の全集を世に贈ることができるに至りました。一切の断簡零墨を網羅収拾し、原稿・発表雑誌・初版本・再録本を対比校合して底本をさだめ異同を明確にし、編集の的確を心掛け、ここに、太宰治の文芸の全貌を始《ママ》めて世に知らしめることができるに至りました。希わくば太宰治の文芸を愛する人々が、この全集によって、理解と愛情を益々深められんことを。

その広告には他にも、「真の太宰文学の愛好諸家の期待に応えた最良の編集!」、「20世紀日本の一典型太宰文学の完璧決定版全集」、「決定版にふさわしい最高の用紙・印刷・造本の豪華版!」といった文字が並んでいる。また、井伏鱒二、河盛好蔵、壇一雄、小山清といった諸家のコメントも付いており、たとえば井伏は「筑摩の社長は遠慮ふかく時を待って、製版にも注意して美装をこらして出すそうです。いま古田の感慨も然りながら、この機会に太宰君の作品が広く大勢の人に鑑賞されることを私は切望しています。」と述べている。

この筑摩書房版全集によって、初めて書簡や習作が収録された『太宰治全集』が登場したことになる。近代文庫版全集では収録されていなかった「「大鴉」断片」、「大恩は語らず」のような生前未発表のもの、井伏鱒二名義で発表された「洋之助の気焔」（「文藝春秋」一九三四・四）、それから随筆の「純真」（「東京新聞」一九四四・一〇・一六）などが初めて収録された。また、小山清編の『太宰治の手紙』（木馬社、一九五二）では二三九通の書簡が収められていたが、筑摩版全集では倍以上の六三三通の書簡が収められた。刊行開始されたこの全集が予想外のヒットとなったことは既に記した通りだ。第一巻の発行部数は、最終的には一万五五〇〇部となった。

筑摩書房は翌一九五六年には『島崎藤村全集』全三一巻と『宮沢賢治全集』全十一巻、五七年には『高村光太郎全集』、五八年には『芥川龍之介全集』、五九年には『梶井基次郎全集』と『中野重治全集』、そして『森鷗外全集』を刊行開始している。『太宰治全集』の成功以降、個人全集が筑摩書房の刊行物の柱の一つとなっていくのである。

ゾッキ本と文庫

では、なぜ筑摩書房版『太宰治全集』は成功したのだろうか。それは第一部第四章で述べたように、太宰の作品を戦中から戦後にかけて愛読していた「戦中派」たちが一定の購買力をつけていたということがまずは大きいだろう。しかし、その他の要因も考えられないことはない。

たとえば小林信彦は、次のように述べている。

文庫版の「晩年」は当時の高校生に太宰治患者を増やすために力があったと思われる。あまり書きたくないことだが、ゾッキ本屋に積まれていた大判の太宰治全集を買って家まで運び、学校を休んで読んだ。八雲書店のこの全集は完結していないので、「如是我聞」や若草書房版「太宰治随筆集」、福田恆存の評論「太宰と芥川」などを熟読した。まことに恥ずかしいことである。

そのころ、神保町の古本屋で、初版本の「晩年」を見つけた。プルーストの翻訳と同じ装幀に、と指定したことで有名な砂子屋書房版で、金のない高校生でも買えるほど安かった。その店は文芸書専門であったが、太宰のブームは一過性のものと見られていたのだろう。（小林 1998）

この文章に出てくる文庫と「ゾッキ本」もまた、筑摩書房版『太宰治全集』の成功の要因の一つと考えることができるのではないだろうか。

「ゾッキ本」とは、何らかの理由で正規の価格よりも安く流通している書籍のことで特価本などとも言われる。第一章で述べたように、デフレ不況と日配閉鎖による混乱のために一九四九年から五〇年にかけては出版社の倒産が相次いだ。そのため、倒産した出版社の書籍がゾッキ本として大量に流通することとなる。八雲書店版『太宰治全集』もその一つだった。

戦後に太宰のファンになったという小沢信男が「八雲書店版の『太宰治全集』は、完結せず不備もあるとか聞くけれど。この全集で、つまり作者の歿後に、私ははじめて通読した。仙花紙ながら大活字で読みやすく、ほぼことごとく敬服して、愛蔵しようと決意した」（小沢 1998）と述べているように、この八雲書店版『太宰治全集』への愛着を語る者も決して少なくはない。これが廉価なゾッキ本として一九五〇年以降に流通したことも、太宰の潜在的な読者を増やすのに力があっただろう。

また、新潮文庫版の『晩年』は先述したように一九四七年に刊行されたものだが、年少の読者が太宰に親しむ際において廉価な文庫というものが果たした役割も看過できないと思われる。新潮文庫は『晩年』を初めとして、五〇年に『斜陽』と『ヴィヨンの妻』、五一年に『津軽』、五二年に『人間失格』、五四年に『富嶽百景』を刊行している。一九四九年に創刊された角川文庫も、五〇年に『斜陽』、『人間失格・桜桃』、五三年に『晩年』、五四年に『女生徒』、五五年に『ろまん燈籠』、『東京八景』と立て続けに刊行し、太宰作品に気軽にアクセスできる環境は一九五〇年以降に飛躍的に高まっていた。

このように、ゾッキ本や文庫の流通によって太宰の読者層が着実に広がっていたことが、太宰ブームが当初みられていたような「一過性のもの」に終わらなかった一因でもあるだろう。

ここで毎日新聞社が一九四七年から毎年行なっている読書世論調査を参照しておこう。「よいと思った本」という質問項目では、四七年には上位二十位に太宰作品は一作も入っていない。四八年には「斜陽」が一位（八十八人）、「人間失格」が十七位（三十三人）に入っている。翌四九年には「斜陽」が十一位であり、「人間失格」は上位二十位からは外れている。そして五〇年には「斜陽」も外れ、以降は太宰作品が一作も入っていない状態が何年も続くことになる。この項目で太宰作品が再び上位に入るのは、第三次太宰ブームを待たなければならない。また「好きな著者」という四九年から設けられた質問項目では、四九年に二十位（十九人）に入っただけで、五〇年以降は太宰の名前が見当たらない年が続いている。だが、一九五九年に三十四位（二十二人）に入ると、以降は四十位以内に継続的に入っていくこととなるのである。

第二次太宰ブーム以降に刊行された文庫を確認しておくと、角川文庫には五七年に『津軽』、『もの思ふ葦・如是我聞』、六二年には書簡集の『愛と苦悩の手紙』が入り、収録点数の多さという点では新潮文庫を上回っている。また、六〇年に奥野健男『太宰治論』が角川文庫に入ったのも見逃せないだろう。また、岩波文庫にも一九五七年には『ヴィヨンの妻・桜桃』、『富嶽百景・走れメロス』の二点が入った。それに対して、新潮文庫は『富嶽百景』の後はしばらく太宰の著作を刊行していない。ただし、六〇年代以降に行われた既刊本の改版の際に新潮文庫は解説を奥野健男によるものに順次入れ替えていっている。たとえば『人間失格』と『富嶽百景』（六四年に『走れメロス』と改題）は当初は小山清が解説を書いていたのだが、前者は六七年、後者は七二年に奥野による解説に変えられた。同じく、豊島與志雄が解説を書いていた『晩年』と『斜陽』も、それぞれ六八年と七四年の改版の際に奥野によるものに変えられている。ただし、『ヴィヨンの妻』および『津軽』の亀井勝一郎による解説は変えられておらず、現在に至るまでそのままとなっている。それには、亀井の影響を強く受けた奥野の意向も少なからず関わっているように思われる。

普及版全集の刊行

筑摩書房は一九五七年から第二次『太宰治全集』を刊行開始している。第一次が四二〇円の定価だったのに対して、二九〇円とほぼ三分の二となった「普及版」である。これは内容としては前年に完結したばかりの第一次『太宰治全集』とほぼ同一であるが、第十二巻に生前未発表の「ねこ」、「春」、それから「あさましきもの」(「若草」一九三七・三)が増補されている。こちらも各巻平均八〇〇〇部が売れ、個人全集としては十分な成功を収めたと言えるだろう。

同様の試みとして『宮沢賢治全集』も一九五八年に「普及版」が刊行されている。やはり定価四二〇円が二九〇円になったものだが、宮沢賢治の全集はこの後、一九六七年にようやく新しい『宮沢賢治全集』が刊行されるまで約十年間のブランクがある。だが、そのあいだに『太宰治全集』は二度も刊行され、さらに多くの読者を獲得することとなった。

一九五九年から刊行開始された第三次『太宰治全集』は「新装版」とされ、従来の四六判から小B6判という新書に近い小ぶりなサイズになり、ページ数も従来の約四〇〇頁から約二五〇頁と薄くなった。そのため巻数は全十二巻から全十六巻と増えたが、定価は一六〇〜二〇〇円と普及版全集よりも廉価となっている。当時の文庫や新書の価格は一〇〇円前後だから、それに近い価格設定と言えるだろう。各巻には亀井勝一郎による解説が付された。

一九六二年から刊行開始された第四次『太宰治全集』は、大きさは第三次と同じ小B6判だが、ページ数は約三五〇頁で巻数も全十二巻に戻った。そのため、各巻の定価は三二〇円とやや高くなっている。各巻解説は奥野健男が執筆しており、それらは後、『太宰治論』(春秋社、一九六六)などに収録されることとなる。

この第四次までの発行総部数は約一五〇万部と言われている。第一次『太宰治全集』を買った者が第二次や第三次の全集を買ったとは思いにくいので、全集が出るたびに太宰の愛読者は増えていったことになる。書簡の収録数は第一次の時が六三三通だったのに対して、第四次では六四五通となっていた。

一九六七年には第五次『太宰治全集』が刊行される。これは第一次『太宰治全集』を改訂・増補したものなので、判型やページ数は第一次にほぼ同じである。この年には「太宰ブーム」はさらなる盛り上がりを見せることになるが、それは第三部で後述する。

次章では、『太宰治全集』の本文について検討することとしよう。

第三章　検閲と本文

二つの本文

筑摩書房版・第一次『太宰治全集』第八巻（一九五六）の「後記」には、「トカトントン」に関して次のような記述がある。

本全集の校訂は初版本に拠り、原稿および発表雑誌を参照した。三二二頁一三行目から一六行目にかけての「しかし、それは政治上の事だ。われわれ軍人は、あく迄も抗戦をつづけ、最後には皆ひとり残らず自決して、以て大君におわびを申し上げる。自分はもとよりそのつもりでいるのだから、皆もその覚悟をして居れ。いいか。よし。」は原稿にだけあって発表雑誌および初版本では削除されているが、本全集は原稿の形を採った。

つまり、原稿用紙にはある文章が雑誌掲載時には削除されているということだ。なぜ削除されたのかといえば、それはGHQ／SCAPが行なった戦後検閲のために他ならない。戦後検閲の資料は現在、アメリカのメリーランド大学にプランゲ文庫として保管されており、具体的にどのような検閲が行なわれていたのか確認することができる。削除された箇所の前後の部分を引用しておこう（削除箇所を【　】という記号によって示した）。

「聞いたか。わかったか。日本はポツダム宣言を受諾し、降参をしたのだ。【しかし、それは政治上のことだ。われわれ軍人は、あく迄も抗戦をつづけ、最後には皆ひとり残らず自決して、以て大君におわびを申し上げる。自分はもとよりそのつもりでいるのだから、皆もその覚悟をして居れ。いいか。よし。】解散。」

そう言って、その若い中尉は壇から降りて眼鏡をはずし、歩きながらぼたぼた涙を落としました。【厳粛とは、あのような感じを言うのでしょうか。】私はつっ立ったまま、あたりがもやもやと暗くなり、どこからともなく、つめたい風が吹いて来て、そうして私のからだが自然に地の底へ沈んで行くように感じました。

検閲資料には「Militaristic propaganda」（軍国主義プロパガンダ）という注記がある。この部分は、この後すぐに「トカトントン」という音が聞こえてきて主人公が虚無に落ち込む場面であり、決して抗戦を呼びかける軍人のセリフが肯定されているわけではないのだが、それでも許されなかったようだ。

「トカトントン」の原稿の形への復元は、筑摩書房版・第一次『太宰治全集』において初めてなされた。それまでの八雲書店版全集や近代文庫版全集、あるいは新潮文庫の『ヴィヨンの妻』(一九五〇)においては、削除されたままの形で収録されていたのである。

問題は「トカトントン」のみには留まらない。「津軽」などにおいても、筑摩書房版の第一次『太宰治全集』に収録された本文は、八雲書店版全集に収録された本文とは違うのである。それは、前者が戦時中に刊行された初版本(『津軽』小山書店、一九四四)を底本としているのに対して、後者が戦後に刊行された再版本を底本としているからに他ならない。津島美知子は近代文庫版『太宰治全集』第十巻の「後記」で、次のように述べている。

終戦後、昭和二十二年、四月、前田出版社から、「津軽」の再版が出版されましたが、このとき、作者自身、手を入れて、本文の相当箇所を削り、また多少の訂正、挿入を加えています。

作者の死後昭和二十三年十月小山書店から、初版本の体裁を踏襲した「津軽」が出版せられましたが、本文は前田出版社版によっています。八雲書店版太宰治全集の第十巻「津軽」をはじめ、その後の諸版も同様です。作者が手を入れたのは、単に終戦の前と後との世相の変動からと思われる箇所が大半ですから、「津軽」の校訂は初版本によるべきか、また再版本によるべきか、論を俟って決める必要もあるように思われるのですが、この巻は、再版本の本文によりました。(津島 1954)

新潮文庫の『津軽』（一九五一）においても戦後に改稿された本文が採用されていたのであり、筑摩書房版の全集が出るまでは初版本の本文はアクセスしづらい状況が続いていたと言えるだろう。

これらの改稿された本文が戦中版に戻されたのは、先述のように筑摩書房版の第一次『太宰治全集』によってであった。同全集の「月報5」（第五巻）には以下のような言が見える。

○本巻には、昭和十六年十二月八日太平洋戦争勃発の日に脱稿された「新郎」より十七―十八年に発表された諸作品を主として収めました。本全集が初版本もしくは原稿をもって底本とし、作品成立時の形を尊重する方針であるため、「新郎」「小さいアルバム」「作家の手帖」等の作品は、流布本とかなり内容が違っております。また、「十二月八日」は八雲書店版『太宰治全集』には収められませんでした。

他にも「月報7」（第七巻）には「本全集所載の「惜別」は初版本に拠ったため現在の流布本との間に甚だしい異同があります。この場合、初版本に拠ったとは、この作品を正しい姿に戻したことになると思います」との言がある。言うまでもなく、同全集が刊行を開始した一九五五年一〇月にはGHQによる占領は終了して既に数年が経過していた。本文を改稿される前の形に戻すことに対する抵抗はほとんどなくなっていたと言ってもいい。

筑摩書房版の全集が出て以降、そこで採用された本文が流通するようになっていく。新潮文庫の『ヴィヨンの妻』や『津軽』も一九六〇年代に行なわれた改版において、初版本の本文、あるいは原稿の形に改められているのである。そこには、改稿される前の本文こそが作品の「正しい姿」であり、作者の「真意」を表すものだという前提があると見ていいだろう。

GHQ／SCAPによる検閲

戦争の終結は内務省による検閲制度を廃止させたが、間もなくGHQ／SCAPによる検閲制度が開始された。後者には、前者との明確な違いがあったことは間違いない。戦後に初めて書いた小説である「五勺の酒」（「展望」一九四七・一）などを検閲された中野重治は、後に次のように振り返っている。

しかし「検閲の廃止などということがあり……」の「検閲」のためにこそ、その乱暴で陰険なやり方のためにこそたちまち私たちは苦しめられねばならなくなった。「タテマエとホンネ」という言葉がその後出てきたが、ホンネはここで実力、それもてきぱきとしたその運びそのものということでそれはあったろう。それは日本の、特に戦時の検閲の上を行くものでもあった。それは伏字をさえ許さなかった。「ここ何行削除」と入れ

ることも許さなかった。（中野 1977）

ここで中野が憤りを込めて言っているように、内務省による検閲においては、検閲の対象となった部分は伏字にされたのに対し、GHQ／SCAPによる検閲においては、伏字さえも許されなかったのである。また、GHQ／SCAPは検閲の存在自体を極秘としていたため、占領期においては検閲について文章で触れることさえ許されなかった。

太宰の「冬の花火」（『展望』一九四六・六）は戦後検閲を受けた例としてしばしば言及されてきた作品である。これも原稿にあった個所が雑誌掲載時に削除された例であり、筑摩書房版の第一次『太宰治全集』で初めて復元された。その前後を引用しよう。

負けた、負けたと言うけれども、あたしは、そうじゃないと思うわ。ほろんだのよ。滅亡しちゃったのよ。【日本の国の隅から隅まで占領されて、あたしたちは、ひとり残らず捕虜なのに、】それをまあ、恥かしいとも思わずに、田舎の人たちったら、馬鹿だわねえ、〔…〕

磯田光一はこの箇所が「検閲で削除を命じられた」と述べているが（磯田 1983）、プランゲ文庫所蔵の資料には検閲された跡は確認できない。もともと削除された本文が提出されているのである。日本近代文学館所蔵の原稿にも削除箇所に特に印はついていないのだが、編集者による自主検閲という可能性が高いと思われる。検閲制度が及ぼす影響として、実際に削除などを命じられる場合だけではなく、このような自主検閲の存在にも留意する必要があるだろう。

太宰は戦後になって、戦中の旧作を続々と再刊していった。そして先述したように、その中に改稿が行なわれた作品があったのである。太宰が改稿を行なったのは、おそらく『薄明』（新紀元社、一九四六）に収録された「小さいアルバム」が最初の例だと思われる。改変されているのは、たとえば次のような箇所である。まず初出の本文を掲げよう。

本当ですよ。もともと戦いを好まぬ国民が、いまは忍ぶべからずと立ち上った時、こいつは強い。向うところ敵なしじゃないか。君たちも、も少し、文学ぎらいになったらどうだね。真に新しいものは、そんなところから生れて来るのですよ。

それが『薄明』においては、次のように改変されている。

本当ですよ。私は元来、女ぎらい、酒ぎらい、小説ぎらいなのです。笑っちゃいけない。君たちも、も少し、文学ぎらいにでもなったらどうかね。真に新しい文学は、案外そんなところから生れて来るものですよ。

翌年の三月には、『佳日』（肇書房、一九四四・八）と同じ紙型を用いていると思われる『黄村先生言行録』（日本出版）が発行された。収録作である「作家の手帖」や「佳日」、「黄村先生言行録」などは改稿され、「散華」と「花吹雪」は全文削除されている。その翌月の一九四七年四月には『津軽』（前田出版社）および『惜別』（大日本雄弁会講談社）が発行されたのだが、どちらも元の版に比べて著しい改変がなされている。

たとえば『津軽』では、「ぎりぎりの本州の北端である。けれども、この辺は最近、国防上なかなか大事なところであるから、里数その他、具体的な事に就いての記述は、いっさい避けなければならぬ。とにかく、この外ヶ浜一帯は」という箇所が、「ぎりぎりの本州の北端で、この外ヶ浜一帯は」に改変されているし、終わり近い部分で国民学校の運動会を見る場面での「日本は、ありがたい国だと、つくづく思った。たしかに、日出ずる国だと思った。」という箇所が削除されている。また、『惜別』においては、「支那」という言葉が「中国」や「中華」に改変されているし、周さん（魯迅）の日本賛美の科白を含む場面が大幅に削除されるなどしている。また、一九四六年六月に発行された『パンドラの匣』（河北新報社）も、翌年の六月に双英書房から再刊された際には「天皇陛下万歳！」の科白の部分などが削除され、違う科白に置き換えられている。

そのような戦後に改稿された本文を採用して発刊されたのが、八雲書店版『太宰治全集』なのであった。しかも同全集には、「新郎」のように、戦後に刊行された単行本には収録されていなかった作品も収められている。つまり、「新郎」は同全集において、初めて戦後検閲を意識した改稿が行なわれているのだ。

「我慢するんだ。なんでもないじゃないか。米と野菜さえあれば、人間は結構生きていけるものだ。【日本は、これからよくなるんだ。どんどんよくなるんだ。いま、僕たちがじっと我慢して居りさえすれば、日本は必ず成功するのだ。】僕は信じているのだ。新聞に出ている大臣たちの言葉を、そのままそっくり信じているのだ。思う存分にやってもらおうじゃないか。いまが大事な時なんだそうだ。我慢するんだ。」梅干を頬張りながら、まじめにそんなわかり切った事を言い聞かせていると、なぜだか、ひどく痛快なのである。

「日本」への今後の期待が述べられる部分だが、それが削除されることによって、「信じているのだ」という繰り返しによるアイロニカルな気勢はかなり削がれてしまっているように思われる。

このような改稿はおそらく太宰自身によるものだろう。先述した全集目次案にも「新郎」

の名は見えるため、太宰が収録するつもりでいたと思われるからだ。

また、「十二月八日」（「婦人公論」一九四二・二）と「散華」（「新若人」一九四四・三）の二作品は、同全集に収録されていない。ただし同全集の「附録」（月報）を見ていると、奇妙な動きを示していることに気付かされる。「附録第二号」（第四巻）および「第五号」（第十一巻）には同全集の総目録が掲載されているのだが、両者には若干の相違が見られる。「第二号」に掲載された総目録には「十二月八日」も「散華」も見当たらないのに対して、「第五号」掲載のものには、第七巻のところに「十二月八日」、第八巻のところに「散華」の名が記載されているのだ。

しかし、実際に第七巻を見ても「十二月八日」は収録されてないし、第八巻に「散華」は収録されていないのだ。「附録第七号」（第十三巻）には「先号月報に「十二月八日」を入れて、全集に入れなかったのは全く編集部手違いで、これを削除したわけではございません」とある。次に「附録第九号」（第十巻）には「「新ハムレット」の本巻に「十二月八日」が抜けて居りますのは頁数の都合で、全集から全く削除致したのではありません。おわび致します」とあり、「附録第十号」（第八巻）には「「散華」は頁数の都合で本巻からは割愛いたしました。第十六巻に収録致します」とある。

同全集は途中で八雲書店が倒産してしまったため、結局第十六巻は刊行されていないのだが、しかし仮に刊行されていたとしても、「十二月八日」や「散華」が収録されていたかどうかは疑問である。おそらく太宰の死後に巻を増補して出来るだけ全ての作品を収録しようとしたものの、検閲を慮ったために掲載を取りやめにせざるをえなかったというのが真相なのではないだろうか。

戦時下の検閲

一九七〇年代以降の江藤淳がGHQ／SCAPによる戦後検閲について精力的な調査を行ない、それによって日本の「言語空間」が歪められたと主張したことはよく知られているが、山本武利は「江藤説の最大の難点は、検閲を戦前との関係において捉えていないことである。というより、戦前の検閲とか行政によるメディアの内面指導ということには、故意としか思えないが、まったく言及されていない」と批判している（山本 1996）。もちろん江藤にとっては同じ日本人による検閲と占領軍による検閲とでは全く違うものなのだろうが、前者を無視、あるいは過小評価することは、後者の影響を過大評価することにつながり、検閲の影響をそれこそ歪んで捉えてしまうことにしかならないだろう。太宰が戦後に改稿したという問題を考える際にも、戦時下の検閲をあわせて考えていく必要があるはずだ。

筑摩書房版の第一次『太宰治全集』の「月報5」には、先に引いた部分のほかにも以下のような記載がみられる。

○「日の出前」は雑誌発表直後に時局に添わざるを理由として全文削除を命じられた作品です。今から思うと全く馬鹿々々しいような話ですが、そういう馬鹿々々しいことが平気で通用していた時期にあれだけの仕事をなし遂げたというのは、これは並大抵の事ではなかったと、重ねて力説したい気持です。この作品は、太宰さんが非常な意気込みと自信をもって書いた作品です。

「日の出前」とは、戦時中に「花火」(「文芸」一九四二・一〇)という題で発表された作品であり、戦後になって改題されたうえで単行本『薄明』(新紀元社、一九四六)に収められた。内容は一九三五年に実際にあった「日大生殺し」として有名な保険金殺人事件をもとにしたもので、不良息子を高名な洋画家であった父親が殺し、「兄さんが死んだので、私たちは幸福になりました」と妹が言う場面で終わる小説である。戦時下に「不良」を描いたということのみならず、勝治の友人にマルキストがいることなども問題になったようで、全文削除を命じられた。

これ以降、太宰は古典への傾斜を深めていき、『右大臣実朝』(錦城出版社、一九四三)、『新釈諸国噺』(生活社、一九四五)、『お伽草紙』(筑摩書房、一九四五)などを刊行していくことになるのである。また戦後に「パンドラの匣」として書き直される「雲雀の声」も出版不許可の恐れがあるとして、しばらく発行を見合わせており、その間に空襲によって印刷工場が焼かれてしまったとも言われている。

戦後においてGHQ／SCAPの検閲を意識せざるを得なかったように、戦時下においては内務省による検閲を意識せざるを得なかった。あからさまに反戦的なものを書くのはもちろんとして、時局柄ふさわしくないとされる題材を書くことまでも躊躇されるような状況があったのである。そのため文学者たちは種々の工夫を強いられていたようだ。たとえば中村真一郎は、次のように述べている。

〔…〕しかし、現在になって、その当時の文章だけを読む人間にとっては、それが筆者の真意であるか、偽装であるか、を見分けることは甚だ困難である。

例えば、或る学者の戦争中の著作が、明らかに、戦争協力を謳っていても、それを読む人の大部分は、その著者の従来からの思想が、反帝国主義、反戦主義であることを知っており、その著作の戦争協力的な部分は、飛ばしてしまって、専らそこに提出されている事実のみを読み、その事実の集積の背後に、著者がかなり明らさまに匿している事実を読み取る、と云うようなことが行われた。その場合、その書物は、著者と読者との関係に於いて、誤解はなく、唯、出版上の便宜に軍国主義が仮装されていた、と云うにとどまる。これは最も極端な例である。（中村 1950）

また、中島健蔵も次のように述べている。

この時期を体験した人間は、文章の裏を読むことを知っている。しかし体験しない人間には、表面しかわからず、額面通りにとってしまうであろう。そうでなければ何のことかわからないであろう。こういう時期は、正に暗黒時代である。
しかし、書きたくないことを、あくまで書かないですんでいるうちはまだよい。〔…〕書く以上、書きたくないことまで書かなければ沈黙を強いられる。それでも書き続けるに当って、やはりいろいろのニュアンスがあった。書きたくないことは最小限度にとどめておく。あるいは、気がつかないように他のところで打ち消しておく。一方、思い切って、書きたくないことと心中してしまって、その代り、本来ならば書かせられないようなことを盛りこんでしまう。（中島 1952）

このような事情は、太宰治においてもやはり同様であったはずだ。戦時下において太宰の「芸術的抵抗」の姿に魅せられていたという竹内好は、しかしその少し後で、次のように述べている。

しかし、『惜別』の印象はひどく悪かった。彼だけは戦争便乗にのめり込むまいと信じていた私の期待をこの作品は裏切った。太宰治、汝もかな、という気がして、私は一挙に太宰がきらいになった。この作品が彼の命とりになるかもしれないという予感がした。（竹内 1957）

『惜別』（朝日新聞社、一九四五）は、仙台留学時代の魯迅を描いた小説であるが、そこで魯迅が口にするとは思われない日本賛美の科白が書かれていたことに『魯迅』（日本評論社、一九四四）という著書をもつ竹内は怒りを禁じえなかったのである。この『惜別』は終戦直後に刊行されたが、もともと内閣情報局や日本文学報国会の委嘱を受けて書かれたもので、「十二月八日」や「散華」などとともに太宰を「芸術的抵抗」の作家として位置づける際には常にネックとなる作品でもあった。

一九五〇年代の半ば以降、吉本隆明や武井昭夫によって戦後に民主主義文学の陣営に属した文学者たちの戦争責任が追及されていったが、本多秋五は彼らを批判する際、太宰を例に出しながら次のように述べていた。

太宰治は、シンガポール陥落のときにか、戦争に勝って目出たい、羽織袴で銀座を歩きたい、と書いたということである。それは素人目には戦勝祝賀の文章だが、読む人にはちょっと「外して」あるのが判ったということである。私はこの太宰の文章を読んだ記憶がないので、直接の自分の感じでいうのではないが、大いにありそうなことに思える。そういう「圧力状況」下の特殊な表現に対する読みの足りなさが、吉本隆明や武井昭夫の戦争責任を論じたものには発見される。それは人を腹から納得させない。これは「歴史的可能性」のごく初歩的な問題である。(本多 1956)

ここで本多が言及しているのは「新郎」(「新潮」一九四二・一)であると思われるが、それは太平洋戦争が開戦した一二月八日(少なくともその前後)に執筆されたものである。それが「シンガポール陥落のときにか」とされている背景として、小田切秀雄「太宰に対しての志賀」(「文藝」一九四八・一一)の記述の存在を挙げられるかもしれない。そこで小田切は、志賀直哉が戦時中に「シンガポール陥落」(「文藝」一九四二・三)という文章を書いたことを「如是我聞」(「新潮」一九四八・三〜七)において批判した太宰もまた「シンガポール陥落」のような文章を幾つか書いていると指摘していた。ただし、小田切はそこで次のようにも述べている。「わたしたちは太宰の書いたこれら「シンガポール陥落」をそれ自体切り離して問題にすることは正しくないと考え、文学者の戦争責任の追及にあたってもいうまでもなく太宰はむしろその逆の方に近いとしていた」。

本多が述べているのも、中村真一郎や中島健蔵が述べていたことと同様であろう。戦時下に書かれた文章を、その字面だけで判断してしまうのは不当だというのだ。だが本多の批判に対して、武井は「少なくとも本多がそこで指摘している程度の「圧力状況」や「歴史的可能性」を読みとれないほど低能ではない」と反論し、自身もまた「戦後十年の生活のなかで、現象形態こそちがっても、同種の『圧力状況』下の特殊な表現」に日々接してきたひとりである」と書いている（武井 1956）。ここで武井が述べている「戦後十年」における「圧力状況」の少なくとも一つが戦後検閲であるということは明らかだろう。武井や吉本が行なった戦争責任追及が正当なものであったのかどうかについては、ここでは深入りすることはやめておこう。重要なのは、戦前・戦中の内務省による検閲と戦後のＧＨＱ／ＳＣＡＰによる検閲を「同種」のものと捉える視線なのであり、そこからしか太宰の戦後における改稿を考えることも出来ないはずである。

作者の意図と本文

先述したように、筑摩書房版全集においては戦後検閲を被る前の本文が「正しい姿」であるという考えのもとに、改稿された後の本文ではなく、その前の本文が採用された。だが、戦時下の検閲を考慮に入れてみた場合、改稿される前の本文が「正しい」本文であるというような前提もまた疑ってみる必要があるのではないだろうか。何故なら、戦時中に書かれた本文も当時の検閲に対する「偽装」だったとするならば、むしろ戦後検閲下におけるほうが作者の「真意」を表すことが出来ていたという考え方も成り立ちうるからだ。もちろん、全ての作品に対して一律に、戦後に改稿された本文と元の本文のどちらが正しいか、と問うてみたとしても、袋小路に入りこむしかないだろう。それぞれの作品に即して論じていくしかないのである。各自の読みに基づいて、それぞれの本文を価値づけ、関係づけていくこと。そうした作業は、まだ充分にされてはいないように思われる。

ここでは例の一つとして、「佳日」冒頭における改稿について触れておきたい。初版本の本文①と戦後に改稿された本文②を並べて掲げる。

①これは、いま、大日本帝国の自存自衛のため、内地から遠く離れて、お働きになっている人たちに対して、お留守の事は全くご安心下さい、という朗報にもなりはせぬかと思って、愚かな作者が、どもりながら物語るささやかな一挿話である。

②これは、いま、日本が有史以来の大戦争を起して、われわれ国民全般の労苦、言語に絶する時に、いづれ馬鹿話には違いないが、それでも何か心の慰めにもなりはせぬかと思って、愚かな作者が、どもりながら物語るささやかな一挿話である。

この改稿を評して、安藤宏は次のように述べている。

一見、戦後世論を憚った部分的な修正ともみえるが、事態は今少し深刻な問題を孕んでいよう。この冒頭の改変によって「佳日」一編の主題――出征中の夫の礼服を〈お帰りの日まで〉決して他人の手に触れさせまいとする妻の拒絶の意味――までもが、大きくその性格を塗りかえてしまう事になるからである。（安藤 1989）

だが、この安藤の指摘には疑義を覚えなくもない。改稿される前と後とで、いったいどのように性格が「塗りかえ」られたのだろうか。前者では「大日本帝国の自存自衛のため」、後者では「有史以来の大戦争」による「国民全般の労苦」、と対象は違えど、どちらも同時代の支配的な言説に寄り添いつつ、そこからの逸脱を図っていくという作品内部の運動においては変わりがないのだ。この改稿によって作品の主題が歪んでいるとは思われない。むしろ後者のほうが、最初に「馬鹿話」と述べられつつ感動的な話が語られることの落差が際立っており、効果的なようにさえ思われる。

また、太平洋戦争開戦の日の記録として日記をつけようとする主婦が語り手の「十二月八日」は、先述したように占領下での発表が困難とされた小説であった。その場合には「戦争協力的な言説」として捉えられていた（或いはその可能性があった）ということだろう。しかし、この小説は花田清輝他編の『日本抵抗文学選』（三一書房、一九五五・一一）にも収録されており、受容のされ方には実に幅がある。現在においても「抵抗」と読み取る論者と「賛美」と読み取る論者に分かれているようだ。「十二月八日」の「私」は太平洋戦争開戦の高揚感を語るが、その一方で、その語りは当初の意図からどんどん逸脱していき、戦意高揚とは相容れないものも多分に含むようになっていく。たとえば、「極端」な愛国心を持っているとされる夫の言動が、妻である「私」によって報告されることによって、作中にある種のユーモアが醸し出されるのだ。「十二月八日それじたいを茶化したり、非厳粛化してしまった」(松本 1982)という評が出てくる所以である。作品には「賛美」を相対化するような視線も含まれているのであり、そこで語られている「戦争協力的な言説」が全て太宰の「真意」だとすることは難しい。だが、かと言って、それらが全て「偽装」だったとするのも一面的に過ぎるように思われる。

権錫永は「国民・一般読者から、時局にふさわしい言説が要求されることも多々あった」(権 2000)と指摘しているが、実際、文筆で生活していく以上、読者の期待に寄り添おうとする意識は無視できないものであろう。また花田俊典が指摘しているように、太宰もまた戦時下の日常を生きていた以上、そうした同時代の視線をある程度は内面化していたに違いない。「戦争(あるいは「事変」)は、その同時代人にとって彼自身とは別個の事件ではありえない」のである(花田 1993)。「十二月八日」に描かれている開戦にあたっての高揚感の何がしかは、やはり太宰のものでもあったはずだ。戦時下の作品を読む場合、常にこの両面を見ていく必要がある。しかも、どこまでが「真意」で、どこからが「偽装」なのかを特定することはほとんど不可能だと言ってよい。それはもしかしたら、作家自身にも分かっていないものだったのかもしれないのだから。そしてまた、戦後に改稿された本文と、元の本文との、どちらが太宰の「真意」に近いのかを断定することも出来ない。どちらの本文も、太宰と時代との関わりの結果生まれたものなのである。

先述したように、太宰作品の戦後改稿された本文は、筑摩版全集では採用されず、以後は改稿される前の本文が流通することとなった。それは野原一夫をはじめとした同全集の編集スタッフの考えによるものであり、もとより作者である太宰の意思が反映しているわけでは少しもない。太宰がもし占領後も生き延びていたとしたら、どちらの本文を採用したかは定かではないのだ。もしかしたら、また新たな時代に対応するような別の本文が生れていた可能性さえ考えられる。おそらく、作者の意思による「正しい」本文などという考え方自体を私たちは捨て去るべきなのだろう。

宗像和重が言うように、全集とは「一般に考えられているように、一つの文学テクストの「決定版」がつくられる場所ではなくて、その「操作技術」を明らかにする場所」なのだ。そこで重要になるのは「底本と本文校訂の明示」にほかならない（宗像 2004）。その意味で、「流布本」ではなく「初版本」の本文を採用すると明言し、原稿の形等に改めた場合にはきちんと「後記」でその旨を述べている筑摩版全集は、すぐれた全集であるための必要条件の少なくとも一つは充たしていたと言える。だが、それによって「正しい」本文が定まったわけではない。戦後に改稿された本文の検討は、むしろこれから行なわれなければならない課題として私たちの目の前にあるのだ。

第二部

高度経済成長のなかで

　第三部は、高度経済成長が本格化していく時期を対象としている。一九六〇年代から七〇年代にかけて、日本社会はさらに変化のスピードを増していった。一九六四年の東京オリンピックを経て、東京の景観は一変した。農村から都市へとますます人口が流入し、都市には横のつながりを失った孤独な者たちが多く集まった。高校や大学の進学率は上昇し、第一次ベビー・ブーム世代が続々と大学に入学した六〇年代後半には、大学のマスプロ教育への批判が盛んに行なわれた。急速に変化していく社会は、その歪《ひず》みをも見せ始めていたのである。

　戦前の頃から、太宰の読者は多くはなかったものの、その少数の愛読者の態度には実に熱狂的なものがあったことは第一部で見てきた通りである。だが、一九六〇年代以降においては、太宰の愛読者がかなりの量的なまとまりを持って出現してくるようになったのである。それに伴って、桜桃忌も偲ぶ会というよりは騒々しいファンの集まりというようなものへと変貌していったのであった。『太宰治全集』や各種の文庫本も売れ、〈太宰治〉はまさしくこの時期、現役のベストセラー作家であったと言えるだろう。

　第一章では、一九五〇年代から六〇年代にかけての時期の〈太宰治〉と読者との関係について取り上げる。教科書において太宰治作品が取り上げられるようになったのは一九五〇年代の後半からであり、一九六〇年代に入ってからは多くの教科書に掲載されるようになった。教科書を通して〈太宰治〉に初めて触れたという読者も少なくないだろう。また、卒業論文の対象としても〈太宰治〉は有力な作家だった。そして、批評においても、一九六〇年代の後半からは、それまでの思想的・倫理的なアプローチから、文体への注目が行なわれるようになっていく。

第二章では、一九六〇年代後半の第三次太宰ブームを取り上げる。特に一九六七年には、筑摩書房から第五次『太宰治全集』が刊行開始された他、太宰を題材にした演劇が二本公開されたり、太宰の娘の太田治子の『手記』が吉永小百合の主演でラジオ化および映画化されたりするなど、さまざまな面において〈太宰治〉が話題となった。また、この時期には山崎富栄のイメージはかつてとはすっかり変わり、愛に生きた女性として女性週刊誌にたびたび取り上げられるようになっていく。太宰だけではなく、坂口安吾や織田作之助なども含めた「無頼派」もまた一九六〇年代後半には大きく注目されるようになるが、その背景について第三章で検討している。

その第三章では、社会の急速な変化に戸惑いや息苦しさを覚えた者たちを取り上げる。全共闘運動に関わると同時に〈太宰治〉に惹かれた若者たちの存在は、第三次太宰ブームについて考える際に無視できないだろう。また、「第三の新人」たちが文壇の中心と目されるようになっていくなかで〈太宰治〉との比較が改めて行なわれることにもなった。この時期、「第三の新人」を高く評価した江藤淳の〈太宰治〉に対する微妙な距離感も、興味深い問題を多々含んでいるはずだ。そして、太宰の「人間失格」は読書感想文の世界で定番となっていく。〈太宰治〉は人気作家としての地位を着々と固めていたのである。

第一章　〈太宰治〉と読者たち

桜桃忌の変貌

一九四九年六月一九日、太宰の遺族や友人たちが集まって桜桃忌が催された。六月一九日というのは、太宰の遺体が発見された日であるとともに太宰の誕生日でもある。「メロス忌」という案もあったようだが、今官一の提唱によって「桜桃忌」という名称に決まった。桂英澄は、初期の桜桃忌について次のように述べている。

太宰治の葬式は、異常な死をとげた流行作家へのセンセーショナルな世間の目もあって、文壇、ジャーナリズムからの参列者も多く、きわめて盛大であった。桜桃忌も最初の一、二回はその余波を反映して、それなりに盛大であった。だが、三回目ごろから参会者の数もぐっと減り、五、六回ごろになると、人数も三、四十人、顔ぶれもほぼ固定してきている。（桂 1981）

この頃の桜桃忌は亀井勝一郎を中心として行なわれ、知友後輩などに出す案内状も友人代表として亀井の名で出された。まず参会者が墓前に集まり、住職が読経したあと、各自墓前に手を合わせて詣でる。そして、一同で折詰や酒が用意された庫裏の座敷に移動して、亀井の司会で、太宰の思い出をそれぞれ語りあう。一九五〇年代半ばまでの桜桃忌は、そのようなものだったという。

三、四回目あたりから、若い学生たちが何人か参加するようになった。最初は庫裏の縁ちかくにたたずんで、なかの人たちの話に耳を傾けていたのだが、壇一雄などが見かねて、中に入ってくるように声をかけたのが始まりだったようだ。その学生たちの姿が目立って増えだしたのが一九五七年頃からだった。一九五八年には百人ほどの学生がやってきて、庫裏の座敷に何とか無理やり詰め込んだものの、折詰はとうてい足りない。女子学生のためにジュースを買いにいく必要もある。酔っぱらった男子学生は泥酔し、狂態におよぶ者も出る始末。学生の数は毎年増え、そのたびに桜桃忌の世話をしていた亀井などはてんてこ舞いする破目になった。そして、そうした学生たちの数が増えるとともに、それまで桜桃忌の常連だった者たちの足が徐々に遠のいていくことにもなった。

一九五九年六月一四日付の「朝日新聞」に掲載された「人気あせぬ太宰文学／桜桃忌」というコラムで、亀井勝一郎は「桜桃忌にはふしぎなほど年々若い人が集ってくる」と言い、次のように述べている。

太宰文学が、どうして若い人たちに人気があるのか。死後十一年たっても、その人気が少しも衰えないのはなぜか。時どき考えてみることがある。死後に全集が出て、しかもくりかえされてゆくような作家は、明治以来、実に少ない。個々の単行本で、くりかえし読まれる作家はいるが、全集のかたちでくりかえされることなどは稀有である。漱石、鷗外、藤村、竜之介、まずこの四人だが、太宰全集も将来ここに入りそうな気がする。

その後の事態は亀井の予想を上回る進展を見せ、一九六〇年代後半には筑摩版の全集だけで一五〇〇万部を突破し、太宰は全集の売れ行きという点では漱石に次ぐ作家となっていくのだが、それについてはまた後で触れることとしよう。

一九六〇年には、ある青年が「太宰は共産党についてどう思っていたのか?」と質問すると、別の青年が立ちあがり、桜桃忌をそっちのけにして、さかんに激論を交わし始めるようなこともあったと言う。どうやら全学連の主流派と反主流派による論争だったようだ。（桂1981）

この頃、桜桃忌の世話役は亀井勝一郎から筑摩書房へと移っていたのだが、一九六五年五月に太宰の弟子である桂英澄と別所直樹は、野原一夫から桜桃忌の世話を引き受けてくれないかと頼まれた。三人とも青森県の金木町に建てられた太宰の文学碑の除幕式に参加した帰りで、列車の中だった。「やはり、弟子がやるのがいちばんいいと思うんですよ。あなた方でやって下さい。頼みますよ」。出版社という企業が桜桃忌を行なうことに批判的な声もあるから、とも野原は言った。

桂と別所は突然の話にやや戸惑いながらも引き受け、帰京するとやはり太宰の弟子である菊田義孝とも相談し、三人が中心となって桜桃忌世話人会をつくることにした。しかし、当初の偲ぶ会という性格を失ってしまった桜桃忌のあり方について、桂たちはどうしたものか迷い、ここ数年、桜桃忌に姿を見せていない井伏鱒二のもとに相談に行った。

井伏はちょっと考えてから、次のようなことを言った。

「いつだったか、桜桃忌に女子高校の先生が、生徒を大勢連れてきていてね、井伏さん、川端康成をどう思いますかって訊くんだよ。あんまりしつこくてね。それで、嫌気がさしてしまったんだ」

そして井伏は憮然とした顔で、「しかし、若い人たちがせっかく太宰を慕ってくるのだから、水を差すようなことはしないほうがいい」とも言った。（桂 1981）

桂たちは、偲ぶ会としての性格をほとんど失ってしまった桜桃忌に違和感を覚えつつも、結局は従来通りのやり方でいくこととなった。そして、桂たちが桜桃忌の世話役を引き受けた一九六五年以降、桜桃忌はますます多くの若者たちで賑わうようになっていくのである。

太宰治賞の設立

一九五一年に経営不振のために休刊した「展望」が一九六四年に復刊され、それを機会に太宰治賞が創設された。応募型の新人賞で、選考委員は井伏鱒二、石川淳、臼井吉見、唐木順三、河上徹太郎、中村光夫。未発表、あるいは同人雑誌に発表されたものが対象だった。桂たちが世話役を引き受けた一九六五年の桜桃忌で第一回の選考結果が発表されたが、該当作なしということだった。

第二回はなんとしても受賞作に価する作品を集めようと、筑摩書房の編集者たちは有望な新人に応募をすすめてくれるように評論家などにさかんに働きかけた。一九六六年一月、その噂を、丹羽文雄が主宰する同人雑誌「文学者」の編集に従事していた吉村昭が聞いた。彼より年下の石原慎太郎や大江健三郎がすでに五〇年代から華々しく活躍していたなか、作家として生計を立てていくことも出来ないまま一九二七年生まれの吉村はすでに三九歳となっていた。吉村はその時までに芥川賞の候補に四度なっていたが、いずれも受賞は逃している。しかも妻の津村節子が前年の六月に「玩具」(「文学界」一九六五・五)で芥川賞を受賞したのだった。すぐ女性誌から取材の申し込みがあり、離婚するのかどうかと何度も質問された。芥川賞の祝賀会でも、知人たちは吉村を見ると一様に気まずそうな顔をした。彼らにしてみても、どのように話しかけたらいいかわからなかったのだろう。

吉村はそれまで新人賞に応募することを避けてきたのだが、自身が忘れられつつある元芥川賞候補作家であると思い、太宰治賞に全くの新人としてペンネームで応募することを決意する。一月末日、「星への旅」と「水の墓標」という二作を筑摩書房に郵送した。翌月、新潮社の編集者が訪ねてきて、吉村が「プロモート」に連載していた「戦艦「武蔵」取材日記」を「新潮」編集長の斎藤十一が読み、興味を示していると言う。小説に書いてみたらどうか、と言われ、吉村は二日間悩んで、結局書くことにした。

その執筆に勤しんでいた五月、筑摩書房から吉村に電話があり、「星への旅」と「水の墓標」がどちらも候補作に残っているので、どちらか一作に決めてほしいと言われた。吉村は枚数が短いほうがいいと思い、「星への旅」に決めた。六月一四日の夜、受賞の知らせが筑摩書房からあった。「よかったわ、よかったわ」と津村節子が何度も涙をぬぐった。翌日、筑摩書房に行くと臼井吉見のもとへ案内された。いま何を書いているかと聞かれたので、「戦艦武蔵」の執筆にとりかかっていることを話すと、臼井はそれもペンネームなのかと聞いた。吉村は言葉に窮しながらも、たぶん本名で、と答えた。臼井は即座に「星への旅」も本名にすべきだと言い、吉村はそれに従うことにした（吉村 1992）。

「星への旅」は「展望」の一九六六年八月号に掲載され、「水の墓標」も「水の葬列」と改題・改稿したうえで、翌年の新年号に掲載された。また、「戦艦武蔵」は「新潮」の一九六六年九月号に四二〇枚が一挙掲載され、話題となった。「星への旅」や「水の葬列」のような瑞々しい感覚的な作品と、「戦艦武蔵」のような骨太のノンフィクションと、どちらの系列の作品も書ける作家として吉村は高く評価され、以後活躍していくこととなる。

また、この時の候補作に加賀乙彦の「フランドルの冬」があり、「展望」一九六六年八月号に吉村の受賞作とともに掲載された。同作はその後続きを書き足し、翌年に筑摩書房から単行本として刊行され、芸術選奨新人賞を受賞した。

その後も太宰治賞からは、多くの作家がデビューすることとなった。第三回の受賞作は一色次郎の「青幻記」だったが、候補作に金井美恵子の「愛の生活」があり、やはり「展望」一九六七年八月号に一色の受賞作とともに掲載された。その他の受賞作に、秦恒平「清経入水」（「展望」一九六九・八）、宮尾登美子「櫂」（「展望」一九七三・七）、宮本輝「泥の河」（「文芸展望」一九七七・七）などがある。

教科書のなかの〈太宰治〉

太宰の弟子であり、八雲書店で『太宰治全集』の編集に従事した戸石泰一は、一九五六年に次のように述べている。

いま、私は、夜間高校の教師をしている。太宰さんの作品を読んでいる生徒もかなりいる。彼等は、たいてい、まず『斜陽』や『人間失格』から読みはじめる。すると、私は、いいようのないいらだたしさにおそわれる。「読むな」といいたくなるのである。『斜陽』や『人間失格』だからというのではない。太宰さんの全作品を読ませたくないのである。

太宰さんは、いわば「弱さ」の天才であった。そして、「弱さ」というものは、たいていの人間にある。そこで、太宰さんとは似ても似つかぬくせに（私もまた）太宰さんを、自分の代弁者だと思いこむ。

自分の弱さを正確に知ることは大切だ。けれども、その弱さを不当に拡大して考え、それに溺れるのは、甘ったれというものだ。

それは、なにも、太宰さんや太宰さんの作品の罪ではないかもしれない。けれども、読み方によっては、太宰さんの作品には、人をそう誘うような、魔力もある。「孤独」とか「弱さ」とかいうようなことばかり考えてもらいたくないのだ。

生徒たち、あるいは、若い人たちに、読んでもらいたくないと考えるのは、私の教師的な感傷なのだろうか。

そのくせ、太宰さんの作品を通じて、人間の「優しさ」について「愛情」ということについて語ってみたくなったりするのである。（戸石 1956）

ここには、太宰没後に日本共産党に入党した戸石の、太宰への微妙な距離感を見ることが可能だが、夜間高校の生徒という決してエリートとは言いがたい若者たちも太宰作品を愛読していたことが窺われて興味深い。

戸石がこのように述べた同じ一九五六年、太宰の作品が教科書に初めて登場している。中等学校教科書発行の『国語総合編　中学校二年上』に掲載された「走れメロス」であり、以後同作は五八年に『新中学国語総合　新訂版　三上』（大修館書店）、五九年に『国語　二　中学校用総合』（日本書院）、『中学国語　二年下』（中等学校教科書）、六〇年に『国語　中学三』（学校図書）と継続的に掲載されていく。一九六二年には『国語　三』（開隆堂出版）、『中学校国語　三年上』（学校図書）、『中等新国語　三』（光村図書）、『国語　二　中学校』（日本書院）、『新中学国語　三』（大修館書店）、『中学校国語　三』（大日本図書）、『新しい国語　中学三年』（東京書籍）と、なんと計七社の教科書に採用されている。三省堂発行の教科書がまれに「新樹の言葉」（『現代の国語　中学2』一九六六年）や「猿ヶ島」（『中学校現代の国語3』一九七八）といった作品を掲載することはあるものの、基本的には一九六〇年代以降、中学校の国語教科書においては「走れメロス」が定番教材として揺るぎない地位を確立していると言えるだろう。

それに対して、高等学校の国語教科書においてはもう少し多様性のあるラインナップとなっている。高等学校の国語教科書において太宰作品が初めて登場したのは、中学校に遅れること一年の一九五七年、やはり「走れメロス」が『国語現代文　一』（秀英出版）、『近代の小説』（秀英出版）に掲載されている。以後も五八年の『高等学校　新国語総合　一』（三省堂）、五九年の『国語　一』（筑摩書房）などに掲載されていくが、一九六三年の『国語現代文　一』（教育図書研究会）や『現代国語　一』（明治書院）を最後にほとんど姿を消すこととなる。同作が中学校の国語教科書の定番教材となったためだろう。

同じ一九六三年には「富嶽百景」が『高等学校現代国語1』（中央図書出版社）に初めて掲載されている。翌六四年には「畜犬談」が『国語現代編　二』（秀英出版）に、「竹青」が『高等学校現代国語　二』（好学社）、「富嶽百景」が『現代国語2』（筑摩書房）に掲載され、「走れメロス」に代わる定番教材の模索が始められる。太宰作品を掲載する教科書の数が激増するのは一九六〇年代後半からで、一九六七年には「瘤取り」、「猿が島」、「畜犬談」、「竹青」、「津軽」、「走れメロス」、「富嶽百景」が計八社の教科書に掲載されている。以降も中学校教科書のようにほとんど一作品で占められるというような状況にはなっていないが、そのなかでは「富嶽百景」が一番多く、それに「津軽」、「清貧譚」、「猿が島」などが続いている。

一九五四年に五〇%を越えた高校進学率は、一九六一年に六〇%を超えた。その後はますます急速に上昇し続け、一九六〇年代後半には八〇%近くにまでなっていた。そのように多くの者が高校に進学するようになった時代に、太宰の作品はますます多くの国語教科書に掲載されるようになっていったのである。一九六〇年代以降においては、教科書で太宰の作品に初めて触れたという者たちも少なくないだろう。

教科書採録作家ランキング

	夏目漱石	芥川龍之介	森鷗外	志賀直哉	中島敦	太宰治	井伏鱒二	安部公房	梶井基次郎	川端康成	その他	合計
1949-1951	3	3	4	4	2	0	3	0	0	0	54	73
1952-1962	48	46	56	49	21	8	18	0	7	12	569	834
1963-1972	31	32	41	34	19	29	11	3	14	19	321	554
1973-1981	47	32	39	29	32	30	15	26	13	17	336	616
1982-1993	98	91	77	69	55	54	45	24	30	28	629	1,200
1994-2002	71	69	43	33	58	31	26	27	21	12	443	834
2003-	49	48	40	23	42	23	7	23	15	6	332	608
計	347	321	300	241	229	175	125	103	100	94	2,684	4,719

（阿武泉『教科書掲載作品 13000』日外アソシエーツ、2008a を元に作成）

中島敦「山月記」の教えられ方を歴史的に検証した佐野幹は、一九六三年以降の国語教育のあり方について次のように述べている。

「山月記」の指導書を用いた授業は、読解作業を通して、一方的に人間の在り方や生き方を押し付けるものであった。この形の授業が形成されたのが第三期以降（一九六三年―）であることは、偶然ではない。読解指導が当時の経済界からの要請による能力主義の価値観に合致していることは言うまでもないが、この時期には、「期待される人間像」（一九六六）も中教審から答申された。人間としての在り方を国が規定しようとしたのである。「期待される人間像」は、「家庭を愛の場にすること」「仕事に打ち込むこと」「人間性の向上」を謳っていた。李徴は「期待される人間像」とは程遠い悲劇的な人間として、いわば、スケープゴートとして排除の対象とされたのである。

客観的対象として作品を分析・解釈する技術的な読解指導と、自己規律能力のある人間の育成によって、人間がつくれる、あるいは、社会が形成できるとする考え方は、科学的思考が絶対視された時代の構成観である。最もそれが求められた時代が三期、つまり、資本主義経済が過熱した高度経済成長期であり、産業社会の価値である、「合理性」と「勤勉」が奨励された時代であったのだ。（佐野 2013）

当事者である教師たちがどれほど自覚的であったかはともかくとして、国語教育のあり方にも時代の要請というものが関わっている。戦後すぐのころは、読書経験を豊かにすることに重きが置かれていた国語教育も、高度経済成長期には作品を細かく読解し、資本主義社会にふさわしい「人間性」を育むためのものへと変貌していったのである。

太宰の場合、教科書に掲載される作品がいわゆる中期の作品がほとんどであるのも、そうした国語教育のあり方に規定されている面が大きいだろう。いちばん多く採録されている「富嶽百景」も、国語教育のなかでは東京での荒廃した生活から抜け出すために御坂峠に来た「私」が再生する物語として解釈されることが普通だ。ただし、近年の研究でたびたび言及されているように（若松 2011）、「私」の再生の物語として読めない要素が「富嶽百景」という作品にはある。たとえば、もし「私」が小説を書き終えたうえで御坂峠から去る姿を描いているのであれば、「私」の再生の物語として申し分ない結末だと言えるだろう。だが、作品の終盤で「私」は「これ以上、この峠で、皮膚を刺す寒気に辛抱していることも無意味に思われ、山を下ることに決意した」と述べる。つまり、「私」が御坂峠から下りた理由は、ただ寒かったから、と言うに過ぎないのだ。「私」は結局最後まで仕事をやり遂げることは出来ていない。このような「私」の再生の物語として読む場合に明らかに支障が出るノイズは、だが国語教育の現場においては無視されてしまうのである。

もっとも、実際の授業においては、作者についての情報もある程度触れることが普通なので、「人間失格」などの作品についてもある程度の説明がなされていたのではないだろうか。特に「富嶽百景」の場合、作中の「私」は作者太宰とほぼイコールで結ぶことができるような存在としてあり、しかも冒頭に近い部分にある「昭和十三年の初秋、思いをあらたにする覚悟で、私は、かばんひとつさげて旅に出た」という一文の背景も作品中には少しも説明されないのである。なぜ「思いをあらたにする」必要があったのかについての説明は空白のままに留め置かれているのであり、もし空白を埋めようとするならば作者の実人生についての情報を入れるしかない。一九三六年の薬物中毒による入院や翌年の心中未遂などについての説明を行なう際には、「人間失格」などの作品についても触れるのが自然だろう。そのような授業を経て、自分でも太宰の他の作品や奥野健男の『太宰治論』(角川文庫)などを読んで太宰にはまっていく高校生も少なくなかったのではないかと思われる。

卒業論文の題材としての〈太宰治〉

「群像」(一九六一・一二)に太田三郎が「女子学生は何を読んでいるか」という記事を書いている。「熊本、福岡、神戸、京都、東京、仙台の女子大学あるいは共学の大学」の文学部の女子学生を対象にアンケートを行った結果について記しているのだが、なかなか興味深い。「好きな作家」(1高校時代　2大学入学後)の結果は以下の通りである。

	（高校）		（大学）		（計）
夏目漱石	三五九	＋	一八九	＝	五四八
武者小路実篤	一四九	＋	二二	＝	一七一
太宰　治	六九	＋	八三	＝	一五二
島崎藤村	九七	＋	五四	＝	一五一
芥川龍之介	六九	＋	五一	＝	一二〇
志賀直哉	五七	＋	三四	＝	九一
山本有三	七三	＋	一六	＝	八九
堀　辰雄	四〇	＋	一七	＝	五七
石坂洋次郎	三八	＋	七	＝	四五
森　鷗外	三〇	＋	一四	＝	四四
川端康成	三二	＋	一一	＝	四三

漱石が他の作家を大きく引き離しており、武者小路実篤がそれに次いでいる。太田は「アンケートの回答を全体みわたすと、「こころ」とか「友情」という作品にみられるような、誠実な人間の生活、愛情であれ友情であれ、また幸福な結果におわろうと、不幸な境遇におちいろうと、誠実に生きてゆこうとする人間の生活をえがいた作品は、女子学生の最大の関心

の的だといってよい」と述べている。
さて、問題は三位の太宰治である。表をよく見ればわかるように、太宰は高校時代よりも大学入学後の数字のほうが上回る唯一の作家なのだ。太田は、作風の面でも太宰は「特異な存在」だとする。

太宰の作品のなかでは「人間失格」「斜陽」が最も読まれている。太宰のもつ妖しい魅力にとりつかれているのだろうが、このあたりに現代の女子学生がもつ傾向の一面がよくでている。先にかいたように、誠実に生きる道をテーマにしたものが強くもとめられている反面に、太宰が彼女らの寵児なのだ。彼の作品によって、人間の裏面をのぞきみる。人間のもつ業の深さを、太宰のえがく男と女とのなかにみて、彼女らは人生の体験を深めてゆく。ある女子大学では太宰を卒業論文のテーマにするとお説教されるという話がある。それほど、太宰は背徳の、不健全な作家とおもわれることがある。しかし、女子大生は卒業論文に太宰をえらぶことが多い。彼女らにしてみると太宰は彼女らの「大人の文学」なのだ。

漱石のような「誠実」な作家とはちがう、「背徳の、不健全な作家」。そのように眉をひそめる大人たちがいるにも関わらず、というか、だからこそ、若者たちは太宰を求めるようになるのだ。「不健全」ではあるかもしれないが、それだけにある種の〈真実〉を描いた作家として。この時代の太宰治受容の一典型をここに見ることができるだろう。

太宰治についての言説を追っていると、他にも「大学の卒業論文も、毎年太宰治をとりあげたのがいちばん多いとのことである」（奥野 1958）だとか、「ここ数年間の各大学の国文科の卒業論文にとりあげられた現代作家は、太宰がずばぬけて多い」（臼井 1961）などという発言にしばしば出くわすこととなる。

なぜ卒業論文の題材に太宰治が多く選ばれたのか。太田が挙げている理由のほかに、いくつか挙げておくとすれば――第一に、この時代の卒業論文は存命の作家をとりあげることはほぼ不可能だったこと。第二に、すでに死んでいる作家のなかで、太宰は比較的若くして死んだ作家であること。第三に、であるにも関わらず、太宰の場合、全集が非常に整備されていたこと。第四に、しかも全集のサイズも全十二巻程度と比較的コンパクトだったこと――といったところだろうか。

この時代の文学研究というのは作家論が基本なので、卒業論文を書くには二、三の作品だけを読んでいればよいということにはならない。作品は可能な限りすべて読んでおくことが求められるし、習作や書簡などにも目を通しておいたほうが望ましい。その点、非常に整備された全集が刊行されている太宰は、卒業論文の対象としても魅力的な作家だったと言える。

太宰とともに戦後に人気だった坂口安吾と織田作之助について見ておこう。一九五五年に死去した安吾は『坂口安吾選集』全九巻（銀座出版社、一九四八）や『坂口安吾選集』全八巻（東京創元社、一九五六～五七）はあったが、全集は一九六七年になってから初めて刊行されている。また逸早く一九四七年に死んだ織田作も全集は一九七〇年に至るまで刊行されておらず、『織田作之助選集』全五巻（中央公論社、一九四七～四九）や新書版の『織田作之助名作選集』全一五巻（現代社、一九五六～五七）があるのみで、しかも後者は未完に終わっている。安吾も織田作も、習作や書簡なども収録された全集が数年のうちに何度も刊行されていた太宰とは顕著な違いがあったのだ。

大学進学率は一九六〇年の一〇％から六三年の二一・七％へと急激に上昇している。桜桃忌の世話人の一人であった桂英澄は、一九六二、三年頃までは男子学生と女子学生の比率はほぼ同じくらいだったが、その後は「女子学生の姿がとみに増え、熱心にノートにメモをとったりする姿をよく見かけるようになった」（桂 1981）という。

一九六二年は「女子学生亡国論」が世を騒がせた年としても知られている。その言葉は、「早大国文科の美人の級友」（「週刊新潮」一九六二・三・五）という早大生がミスエールフランスに選ばれたという記事の小見出しとして使われ、早稲田大学教授の暉峻康隆が「女子学生は一応成績はいいんだ。だから、どんどん入学してくるんだが、才能があって目的がないから困るんですよ。〔…〕ワセダはいまや高級花嫁学校と化しつつあるね」などとコメントしている。暉峻は「女子学生世にはばかる」（「婦人公論」一九六二・三）でも持論を展開しており、「わたしの属する国文科などは、〔昭和〕36年度においてすでに過半数をこしたのだから、この分でいくと女性に占拠される恐れがないでもない」などと述べている。それは別に早稲田に限ったことではなく、各大学の文学部において女子学生の比率は年々高まっており、旧来の大学のあり方にとらわれた大学教員を戸惑わせていた。そのため、「女子学生亡国論」あるいは「女子大生亡国論」という言葉はあっというまに広まり、それについての議論がさかんに戦わされたのである。実は先に挙げた太田三郎の「女子学生は何を読んでいるか」でも、対象を女子学生に絞ったのは「共学とは名ばかりで、現在では男子の学生は総数の一割か二割どまりになっている」ので「男女の数がひとしくなるように調整すると、調査人員が少数になってしまうからだとの説明があった。

もちろん、当時の女子学生が「花嫁修業」に大学に来ているようにしか思えなかったというのは、彼女たちが大学を出たあとの進路がきわめて限定されていたという事情抜きに考えることはできないだろう。一九八五年に男女雇用機会均等法が制定されて以降は、法学部や経済学部、あるいは理系の学部に進む女性も徐々に増えていくこととなるが、それまでは女性が入る学部といえば文学部や家政学部、教育学部にほぼ限られていた。そのようにして文学部に進んだ女性たちのなかから、少なくない太宰の愛読者が生まれていったのである。

漱石と太宰

個人全集が何度も刊行された作家としては夏目漱石、森鷗外、島崎藤村、芥川龍之介などがいるが、そのなかで太宰と比較できるような作家は漱石くらいだろう。漱石と太宰の受容のされ方には、どのような違いがあったのだろうか。

矢口進也によれば、『漱石全集』の発行部数は以下のようになっている（矢口 1985）。

一九一六年に漱石が死去した後、岩波書店が中心となった漱石全集刊行会から一九一七年に第一次『漱石全集』全十四巻が刊行開始された。定価は各巻三円で、発行部数は五七〇〇部だった。その後すぐ一九一九年に第二次全集が刊行された。内容は第一次と同じで、定価が一円あがり四円となったが、六五〇〇部売れた。関東大震災後の一九二四年に第三次全集が刊行されている。第一次全集を改訂・増補したもので、各巻四円五〇銭。発行部数は一万五〇〇〇部となり、第一次と第二次の発行部数の合計を上回った。一九二八年には円本ブームの最中ということで、一巻一円という廉価の第四次（普及版）『漱石全集』全二十巻が刊行される。発行部数は一〇万部となった。一九三五年からは第五次（決定版）『漱石全集』全十九巻が刊行された。定価は一円五〇銭で、発行部数は約二万部と言われている。この全集は、小宮豊隆が中心となって本文校訂をやり直したことでも知られている。小宮の校訂方針は「さかのぼれるだけ著者の書いた原稿に近づけることで、原稿の残っているものはもちろんその原稿にもとづく、ない場合は初出の雑誌・新聞による、というもの」(矢口 1985) だった。

著作権法が改正されたのは一九七一年なので、その前は著作権の保護期間は三十年だった。つまり、漱石の著作権は一九四六年で消失している。夏目家はその前に桜菊書院という出版社に『夏目漱石全集』の刊行を許可し、一九四六年五月から刊行され始めた。この桜菊書院版の全集の刊行に際しては、岩波書店とのあいだに一悶着があり、翌四七年から岩波書店も『漱石全集』の刊行を開始した。以後、創藝社や筑摩書房など、各社から漱石の全集が刊行されていくこととなる。すべての発行部数を合計すると、軽く一〇〇〇万部は突破するだろうと言われている (矢口 1985)。さすがの太宰も、発行部数という点では漱石に遠く及ばない。

芥川龍之介の全集は死後三十年のあいだに岩波書店から第一次 (一九二七〜二九)、第二次 (一九三四〜三五)、第三次 (一九五四〜五五) と出ており、著作権が切れてからは筑摩書房や角川書店からも刊行されている。鷗外の全集は第一次 (一九二三〜二七)、第二次 (一九二九〜三一)、第三次 (一九三六〜三九)、第四次 (一九五一〜五六) と出ている。前半二つは鷗外全集刊行会、後半二つは岩波書店の発行である。一九五七年に著作権が切れてからは筑摩書房からも刊行された。

一九四三年に死去した島崎藤村はそのままいけば一九七三年に著作権が消滅するはずであったが、その前に著作権法が改正されたので、一九九三年まで延長された。生前に出た藤村全集刊行会刊行のもの (一九二二)、新潮社版の全集 (一九四八〜五二) があり、その後筑摩書房から第一次（一九五六〜五七）、第二次（一九六六〜七一）、第三次（一九七三〜七四）、第四次（一九七六）、第五次（一九八一〜八三）と刊行された。死後三十年で区切れば、生前の全集と新潮社版、それから筑摩版の三回で計五回である。

太宰も藤村と同じく、著作権は死後五十年に延長されたが、死後三十年の一九七八年までに区切ってみても、筑摩版だけで計八回、八雲書店版や近代文庫版も加えれば計十回も刊行されているのである。芥川、鷗外、藤村だけでなく、刊行回数という点では漱石にも勝っている。

太宰と漱石は、文庫においてもよきライバルだった。新潮文庫に漱石の「こころ」と太宰の「人間失格」が入ったのは、ともに一九五二年である。その後、「こころ」と「人間失格」は新潮文庫の売り上げの一位を争うようになっていった。

戦前までの漱石は「吾輩は猫である」「坊っちゃん」「草枕」という「前期の花形」三作品の作家であって、「こころ」は旧制高校生にはよく読まれていたけれども、一般的にはそれほど馴染みのある作品ではなかった。また、一九六〇年までは高校の国語教科書に収録されている漱石の作品といえば、「三四郎」が圧倒的に多かった。

だが、「こころ」は一九五〇年代に国語教科書に収録されるようになり、六〇年代には「三四郎」と入れ代わるような形で定番教材としての地位を確立していく。石原千秋は、「こころ」は「有り余る時間を持ったエリートに「青年期」特有の悩みを教えた教科書」（石原 2013）

だったと述べているが、そうした「有り余る時間を持った」者が少数のエリートではなくなってしまった時代に「こころ」は多くの人に読まれるようになっていったのである。「人間失格」は教科書に採録されることこそなかったものの、やはり同じ時期に多くの読者を獲得していく。その具体的な様相については、第三部第三章で確認することになるだろう。

文体への注目

一九六五年に奥野健男は「太宰治再説」と題する評論を発表している。

今度もう一度太宰治全集を読み返してみて、ぼくは彼の作品形式——文体と発想が、通常の小説から著しい偏りを示していることに改めて気付かされた。それは太宰の小説のほとんどが読者に語りかけるかたちをとっていることだ。彼の姿勢はたえず読者の方を向いているのだ。片時も読者の反応から注意をそらすことがない。つまり太宰治の小説の九割以上は説話体の形式で書かれているのだ。それもただ漠然と読者に向かって語りかけるというのではない。ひとりの読者、つまり読んでいる自分に直接話しかけてくる。ある時は耳のそばでひそひそと、ある時はうちとけて冗談を言いながら、読者である自分が、隠された二人称として、小説の中に登場させられているのだ。あらかじめ小説の中に、読者である「私」が、作者から見れば「あなた」が、ここで驚き、ここで笑い、ここでかなしみ、ここで感動するものとして参加させられている。読みはじめればいやでも小説の中に入りこまされる。〔…〕三島由紀夫が「ましてそれを人に押しつけるにいたっては！」と憤慨するのはこの独特の、潜在二人称的な説話体に対してなのだ。参加を、感動を拒否するためには、読むことを拒否する以外方法がない。

だが太宰の手口は極めて巧妙でさりげないので、ほとんどの読者はそれとは気づかず、太宰のレールにのせられてしまっている。「押し付けがましい」と感ずるどころか、太宰によって選ばれたただひとりの読者、太宰の苦悩と真実の唯一の理解者という気持にさせられる。語り上手はまた、聞き上手でもある。読者は聞いているうちに語り手と同一化して行く。自分のことを代弁してくれている、自分の心の底にある気持をしゃべってくれていると思っているうち、もう他人とは思えず、いつか自分が主人公になって語っているように思えてくる。太宰は自分の苦悩を、内的真実を理解してくれる唯一の人だという気持になってくる。（奥野 1965）

かつて『太宰治論』では太宰の倫理的、思想的な面に重点をおいて評価した奥野だったが、ここでは太宰の文体に注目することで、その特色に迫ろうとしている。太宰の文体を「潜在二人称的」であると規定し、それが〈太宰治〉と読者との独特な関係を生み出していると主張したのだ。

たしかに太宰の作品を読んでいるとき、読者は虚構の物語世界を楽しんでいるとともに、太宰治という作者の存在をより強く感じているのではないだろうか。そしてそれは他の作家と読者との関係とは、やはり異質なように思われる。たとえば、町田康との対談で、長らく「隠れ太宰ファン」だったという一九三五年生まれの久世光彦は次のように述べている。

結局、ここに三人目に誰かがいたとしても、みんなその人と太宰との関わりということでしかないという意味で、ユニークな作家だと思いますね。町田君にとっては、町田君の太宰であり、僕にとってもそう。正しいとか間違っているとかではなくて、個人としての関わりでしかないわけです。だから、漱石についてもし話すとしたら、ぜんぜん別の話になるでしょう。漱石の場合は、僕の人生や町田君の人生、あるいは僕のある日の心情なんかとあまり関わりが出てこないでしょう。川端さんや三島さんをやったとしても、やっぱりやや研究的な、文学論的な話になるんでしょう。太宰だけは、個人としての関わりしかないんですよ。（久世・町田 1998）

「個人としての関わり」というのは、作者と読者との関わりが個人的に感じられるということだろう。奥野のいう「潜在二人称的な説話体」によって、読者は太宰治と一対一の関係であるように錯覚してしまうのだ。

　そして、それは太宰作品において張り巡らされている、作中人物であるはずの「私」と作者である太宰との境界を無化する仕掛けとも関わっている。鳥居邦朗は「みずから承知して創り上げた虚構の人物を、それがあたかも自分そのものであるかのごとくしてしまう」方法を指摘し、太宰を「作中人物的作家」と呼んだ（鳥居 1980）。しかもそうした仕掛けは一作品で完結しているのではなく、複数の作品に張り巡らされているのであって、たとえば、同じようなエピソードが複数の作品で繰り返され、しかも「津軽」や「東京八景」や「十五年間」といった作品の中で自作が「事実」として引用されもするのである。こうした複数の作品を読んでいくことによって、読者は自分なりの〈太宰治〉というイメージをつくっていくのだ。あるいは、東郷克美の言葉を借りれば、「太宰治という物語」を形成していくのである（東郷 2001）。こうした仕掛けが、出来るだけ多くの太宰作品を読みたいという読者の欲望を発生させていくのは見やすいだろう。出来るだけ多く、全ての作品を読まなければ「太宰治という物語」は完成しないのだから。太宰の全集が何度も刊行された理由の一端は、そんなところにあるのではないだろうか。

　もっとも、そうした受容のあり方も一九八〇年代以降には徐々に変化していくことになる。だが、それについては第四部で述べることとしよう。その前に、第三次太宰ブームについて見ておかなければならない。

第一二章　第三次太宰ブーム——一九六七年前後——

踏み荒らされる鷗外の墓

一九六七年六月一七日付夕刊の「読売新聞」には伊馬春部による「19年目の桜桃忌」というコラムが載っているが、そこで伊馬は「桜桃忌の季節が迫ると、マスコミがいっせいにさわぎだすのが例年のならわしであるが、ことしはそれがとくに異常である。新聞にラジオにテレビに、これほど太宰治が話題になったことも珍しかろう」と書いている。

森鷗外の娘である小堀杏奴も「なにしろ大変な太宰ブームで、三鷹にある彼の墓は群衆で埋まったという話だから、向い側の亡父の墓などきっと踏み荒らされてひどい事になっているだろうと想像していた」と書いている（小堀 1967）。太宰の墓には「太宰治」というペンネームが彫られているが、その向かいのあたりにある鷗外の墓には「森林太郎」という本名しかない。集まる太宰ファンの中には鷗外の墓だと気付かないままに、境内が大混雑するなかでその上に乗ったりする者もいたようだ。

実際、一九六七年の桜桃忌は例年にない盛況となった。一九六七年六月二〇日付の「朝日新聞」は「踏み場もない「桜桃忌」」として、「相変わらずの太宰ブームだが、ことしはちょっとケタはずれ。境内にスピーカーを備えつけたり、先着順の整理券で人波をさばくなど、主催者側もこれまでにない大騒ぎだった」と伝えている。

このようにブームが過熱した一因としては、この年に太宰治の生涯を描いた演劇が二本も上演されたことが挙げられるだろう。その二本とは、中村吉右衛門主演の「太宰治の生涯」と、金子信雄が主宰する新演劇人クラブマールイによる「桜桃の忌――もう一人の太宰治」だ。

「太宰治の生涯」は椎名竜治作、菊田一夫演出で四月二九日から六月二六日まで東宝の芸術座で上演された。太宰役の中村吉右衛門、太宰の最初の妻である小山初代役の中山千夏、津島美知子役の小林千登勢、山崎富栄役の山岡久乃、太田静子役の白川由美、幼少期の太宰の世話をした女中である越野たけ役の三益愛子などが出演している。太宰の作品を通してみた「生涯」を描くというコンセプトでつくられており、吉右衛門は「一時、太宰治にこった時期があって、作品はたいてい読んでいます。実在の津島修治（太宰の本名）をなぞるのなら、私は不器用だからむつかしいでしょうが、作品のイメージをもとにした太宰治なら、なんとかやれそうです」とコメントしている（「太宰治を競演」、「朝日新聞」一九六七・四・二一夕刊）。

「桜桃の忌」は伊馬春部作、大木靖演出で五月一九日から二九日まで紀伊国屋ホールで上演された。太宰役の岩下浩の他、山崎富栄役の丹阿弥谷津子、小山初代役の若水ヤエ子、太田静子をモデルとする滋賀愛知子役の稲垣美穂子、太宰夫人役の北条美智留などが出演しており、金子信雄は井伏鱒二をモデルとする先輩作家清水役である。こちらは太宰の友人である伊馬の作ということで、作品をはなれた太宰の実像に迫ろうとしたものだった。

奥野健男は「太宰治　その虚像と実像――二つの実名劇を見て」（「朝日新聞」一九六七・五・二七夕刊）というコラムで、「二人とも現在考えられる最高の太宰役者であろう」としつつも、「ぼくは観ていて照れくさくてしようがなかった。ぼくの中には、いや読者ひとりひとりの中には、小説を通じてつくりあげた自分の太宰治像がすんでいるのだから、どのような熱演をみても、これは違うという違和感が起るのは致し方のないことであろう」という微妙な感想を述べている。だが、どちらの劇も人気俳優が出演しているということもあって、世間の太宰ブームは一段と過熱したのだった。

その奥野による「見世物化した「桜桃忌」」（「週刊読売」一九六七・七・七）という同年の桜桃忌のレポートがあるので、それを見てみよう。「もう十九日の桜桃忌は、桜桃忌ではなく、桜桃祭になってしまった」と述べながら、奥野は次のように桜桃忌の様子を伝えている。

前日の十八日に墓参に訪れた伊馬春部氏の話によると、前夜祭というか、すでに二十人近い太宰ファンが墓前に集まっていて、お墓には、花はもちろん、酒、たばこ、そしてお菓子、キャンデー、チョコレートまで供えられてあったという。当日の十九日、昼過ぎから太宰をしのぶ座談会の整理券を発行しはじめると二百人近い行列ができ上がり、

見せ物化した「桜桃忌」
変質した太宰ブーム
大宅グループ 日本考察〈27〉
レポーター 奥野健男
桜桃祭となった異様さ
ベスト・セラーズにはいっている太宰治の全集（上）と19回目の桜桃忌に押しかけたファン（東京・三鷹の禅林寺で）
いまも若い人たちのファンをもつ太宰治
十九回目の前評判
集まるファンに整理券

「週刊読売」1967年7月7日号

札止めになってしまった。三時、読経がはじまるころになると、太宰治の墓の周囲は黒山の人だかりである。斜め向かいにある文豪森鷗外の墓も人が鈴なりである。ファンたちというより、テレビや報道関係のカメラマンたちの群がりといったほうがよさそうだ。いったい、だれの写真をとるのだろう。

昨年から、美知子夫人やお嬢さんたちも桜桃忌に出席されなくなった。きっと、見せ物のように見られたり、うつされたり、インタビューされたりするのが耐えられないのであろう。毎年司会をされていた亀井勝一郎氏も故人になられてしまった。井伏鱒二氏も、木山捷平氏も、今官一氏も、去年司会をされた檀一雄氏も、こんどは姿をあらわさない。

古い友人で今年参会したのは劇作家の伊馬春部氏ぐらいのものだ。そのかわり、東宝芸術座で公演中の中村吉右衛門、白川由美、紀伊国屋で公演した岩下浩、金子信雄、丹阿弥谷津子などの人気俳優が駆けつけ、かわるがわるあいさつをする。太宰治賞の入選が雑誌『展望』の編集長から報告され、受賞者があいさつをする。

現在の桜桃忌もかなり多くの人々が集まるが、この年の騒々しさにはとても敵いそうにない。なお、鷗外の墓に関してはやはり問題になったようで、桜桃忌の世話人会は翌一九六八年からは境内のスピーカーで鷗外の墓があることをあらかじめ知らせ、太宰も尊敬していた先生のお墓なのだから失礼のないように、とアナウンスするなどの対策を取ることとなった。

「週刊読売」のレポートに戻ると、奥野は「桜桃忌は太宰の愛読者という氷山の一角にすぎない」と言い、その例として『太宰治全集』がますます好調な売れ行きを示していることを挙げている。

だいたい、ある文学者の小説から随筆、書簡など断簡零墨まではいった十数巻の個人全集を大枚を投じて買いそろえるというのは、ふつうの読書人にとっては大変なことだ。評判のベストセラーを買う、文庫本などで特定の作品を読むということはあっても、よほどほれていなければ個人全集を買うということはない。ところが太宰の場合、〔…〕筑摩版の四回だけで合計百五十万部も売れたという。こういう作家は太宰治のほか、夏目漱石しかいない。森鷗外、島崎藤村、芥川龍之介でさえ、個人全集の発行部数では太宰治にすでに破られている。

さらに奥野は、文庫の売れ行きについても言及し、新潮文庫が計一六四万部、うち『人間失格』が五〇万部、『斜陽』が三〇万部、角川文庫が計一三五万部、うち『人間失格・桜桃』が四五万部、『斜陽』が五〇万部、岩波文庫が二点で計七万部という数字を挙げている。そして、「だれかがたわむれにいっていたが、「飲まず、食わず、遊ばず」のベストセラー作家といいたくなる」と述べるのだ。

翌年に出た「死後20年〝弱虫文学〟がなぜ受ける／漱石に迫った太宰治の人気」（「サンデー毎日」一九六八・七・七）という記事では、新潮文庫のほうが『人間失格』七六万部、『斜陽』五九万部、『津軽』二八万部、『晩年』二八万部となっており、角川文庫のほうは『人間失格・桜桃』七〇万部、『斜陽』八〇万部、『女生徒』五〇万部、『晩年』三〇万部となっている。わずか一年間で売り上げが十万部単位で増えているわけであり、たしかにこの時期、太宰治は現役のベストセラー作家だったと言えるだろう。

吉永小百合と「斜陽のおもかげ」

一九六三年に公開された映画『真白き富士の嶺』（監督・森永健次郎）は、太宰治の「葉桜と魔笛」（『若草』一九三九・四）が原作となっている。六一年の『草を刈る娘』や六二年の『キューポラのある街』でも共演した吉永小百合と浜田光夫による純愛映画であり、二人は翌六四年のヒット作『愛と死をみつめて』でも共演している。

「葉桜と魔笛」は、老女が「三十五年まへ」の日露戦争が行なわれていた頃を回想するという形を取り、妹のもとへ来た男女の交際をほのめかす手紙を見て心配するが、実はそれは不治の病を患い死期の迫った妹による自作自演だったという顛末が語られている。短い話であり、映画化に際してはかなりの脚色がほどこされた。原作と映画の台本を比較した井原あやによると、映画ではまず時代が現代に移され、妹がほのかな恋愛関係に陥る逗子開成高校のヨット部員が登場し、彼もまた妹の死後、海で死んでしまうという後日談が付け加わっている。題名も含め、一九一〇年に起きた逗子開成中学校の海難事故と、事故の犠牲者を偲ぶ歌謡曲「真白き富士の嶺」から大幅に設定が取り入れられているのだ（井原 2012）。そのようにして出来上がった映画は、ほとんど原作の「葉桜と魔笛」とは関係ないものになってしまっていると言ってよいだろう。

だが、映画会社にとっては「葉桜と魔笛」という原作が重要だったというよりは、太宰治の作品を映画化するという企画が先行しており、そのなかでたまたま見つけられたのが「葉桜と魔笛」だったに過ぎないようだ。一九六三年一〇月一日付けの「読売新聞」は「死期近い少女の役で／メーキャップに苦心／「真白き富士の嶺」の吉永小百合」という見出しで、「日活としてもはじめての太宰作品の映画化だ」とし、「こんどの映画化に当っては、その代表作「斜陽」なども候補にのぼったが、いまの吉永の年齢などからいってもまだ無理なところもあるという理由でこの作品に落ち着いた」と伝えている。映画の広告では「吉永・浜田・芦川が太宰文学を得て放つ哀切の大ロマン！」などと謳われており、〈太宰治〉こそが前面に押し出されたのである。

その四年後の一九六七年、吉永小百合は再び太宰治と関わる映画に主演することとなる。太宰と太田静子の娘である太田治子の『手記』（新潮社、一九六七）が原作の映画『斜陽のおもかげ』（監督・斎藤光正、九月二三日公開）である。太田の『手記』には「手記」（「新潮」一九六五・四）と「津軽」（「婦人公論」一九六六・一〇）が収められている。前者は新潮社の編集者である菅原国隆の依頼を受けて十七歳の太田が書いたものであり、後者は「宿願の津軽に父太宰治を求めて」という題で雑誌に掲載され、六七年に婦人公論読者賞を受賞した。『手記』の帯には、川端康成による次のような推薦文が掲げられている。

太宰治の遺子、それも小説「斜陽」に描かれた愛人の子である。この少女の「手記」

はいろいろな読み方をされることであろう。この子が生れて間もなく、太宰は死に、この子は父とまみえていないが、異常な作家の子という運命は、あるいは受難となり、あるいは救済となり、また、それを誇りとして従い、それを悩みとしてたたかう、それがこの少女の「手記」に複雑に伝えられて、人々を考えさせる。

しかし、その異常と複雑とを生き抜く少女の精神と筆致とは、むしろ素朴で健康である。すなおでみずみずしい。感受性が新鮮である。女子高校生の年齢に書かれただけに、多感早熟とは言っても、幼児からの記憶が精確に保たれて生彩を放ち、太宰治という父を離れても、出色の生い立ちの記となっている。また、ひどい生活苦の記録も若々しい心のために生の賛歌となっている。

映画では、太田治子がモデルの「木田町子」を吉永小百合が演じ、その母を新珠三千代が演じている。また、原作にはない「谷山圭次」という太宰の愛読者で町子と恋愛関係になる人物が出てくるが、それを岸田森が演じている。高校三年生の町子は就職や恋愛に際してまで自身が「斜陽の子」として見られるがゆえの困難が生じることに傷つき、津軽へと旅立つ。そこで父の兄たちに温かく迎えられるが、圭次が山で遭難したという知らせを受け、急いでその山へと向かう。圭次は助かり、二人はお互いの愛を確かめる。家に帰った町子は、母に「生れてきてよかった」と告げたのだった。

この映画に主演したのは吉永小百合自身の強い希望によるものだったと言う。一九六七年九月一八日付の「読売新聞」は、「念願の治子役に懸命／津軽でロケ中「斜陽のおもかげ」／来月は初のテレビ出演」という記事を掲載している。リードには「ここしばらく、日本映画で最大の人気女優の座を守ってきた日活の吉永小百合は、いま二年越しの念願だった「斜陽のおもかげ」の追いこみ撮影中だ」とある。吉永は、なぜこの作品にこだわるのか聞かれて、次のように答えている。

「特殊な環境に生まれ育って来た一人の娘が、死んだ有名な父のことをなんとか知ろうとつとめ、苦労して働く母をみつめ、最後に生を肯定するまで、そのつきつめた姿にひかれたんだと思います。主人公が生きていてよかったと思うようになる契機としては、自分自身の恋があるわけですが、やはり父の故郷の津軽に来て、父に近かった土地の人々と会ったことが、感覚的に大きかったんでしょうね」

「二年越し」というのだから、吉永は太田治子の「手記」が雑誌に掲載された時からそれを読んでいたのだろう。一九四五年生まれの吉永は、四七年生まれの太田と年も近く、共感することも少なくなかったに違いない。

だが、太田の「手記」と映画『斜陽のおもかげ』のあいだにある違いを無視するわけにははいかないだろう。「手記」に描かれる母親は「私は、週刊誌になんと書かれても、よそさまからどういわれようとも、ちっとも気にしない。『斜陽』の和子の最後の手紙の中に、〃マリヤが、たとい夫の子でない子を生んでも、マリヤに輝く誇りがあったら、それは聖母子になるのでございます〃って書かれてあるでしょう。私は、この言葉を信じているの。だから私は平気なのよ。あなたも、そうならなくちゃ、うそよ」と娘を諭す一方で、「あなたの父上は、どうして、誰かに一言頼んだり、遺書をのこして下さったりしなかったのかしら」とふと呟かざるをえない。

それに対して、そのような葛藤する母の姿は、『斜陽のおもかげ』においてはきれいに拭いさられているのだ。井原あやが言うように、「『斜陽のおもかげ』の母は、「ママはね、よそさまが何と仰言ろうと、そんな事、少しも気にしやしない。〃マリヤが、たとい夫の子でない子を生んでも、マリヤに輝く誇りがあったら、それは聖母子になるのでございます〃ママは、その言葉を信じてるの。だから平気よ。町子もそうならなくちゃいけないのよ」「ママと町子には「斜陽」という立派な遺書があるじゃないの。それで充分じゃないの。町子にはそれが分からないの？」と、「聖母」のように揺るぎない声で町子に語りかける」（井原 2015）のである。私は一度名画座でこの映画を観たことがあるが、困難があるたびに「斜陽」の一節を唱和する母子の姿は、なかなかに観る者をいたたまらない気持ちにさせるものがあった。

娘たちの邂逅

『斜陽のおもかげ』が公開された二年後、津島佑子の「レクイエム」という作品が「三田文学」（一九六九・二）に掲載された。津島佑子は、太宰と津島美知子との娘である里子のペンネームである。津島佑子と太田治子は同い年であり、正妻と愛人の子供が二人とも作家を志望したというのだから、そのようなネタを週刊誌が見逃すはずもなかった。

「週刊文春」（一九六九・三・三）は、「文壇人もビックリ／太宰治二人の娘が〝競作〟」というタイトルで、二人を取り上げている。瀬戸内晴美が「あの二人をみてると本当に血筋としか思えません。天然の文才があるんじゃないですか。太宰のもっていた素直で軽い面と暗い面、矛盾しあっていた二つの面が別々にでてるのね」とコメントしているが、津島佑子が住んでいる家が「高級住宅地」にある一方で、太田治子が貧窮の中に育ったということを強調し、二人の対照性を際立たせている。

また、「ヤングレディ」（一九六九・六・三〇）に掲載された「二十一回目の桜桃忌を前に語る正妻と愛人の娘たち……／太宰治の初恋の人」という記事は、「思い出」に出てくるみよという女中のモデルだという女性のインタビューが主な内容なのだが、津島佑子と太田治子のことも「宿命のライバル」として紹介している。

太宰治の愛人・太田静子さんの長女・治子さんと、妻・津島美知子さん（太宰の本名は津島修治）の次女・里子さんのことである。愛人の子供と本妻の子供だからライバルというのではない。

太田治子さんも、津島里子さんも、作家をこころざしているのである。治子さんが二十一歳。里子さんは二十二歳。〔…〕

二人は、まだ一度も顔を合わせたことがない。しかし、それだけに、二人はお互いに相手に強い興味と、ライバル意識を持っているようだ。

だが、その後に掲載されている二人のインタビューを見ると、記事の方向性には疑問を抱かざるをえない。津島佑子のほうは明らかに迷惑そうであり、「太田治子さんの作品はお読みになりましたか？」という質問にも「そんなこと、答えたくありません」とにべもないし、太田治子のほうは「里子さんとは、年も同じだし、お互いに人間としておつきあいできたらと も思うのですが……」と答えているのみだ。二人のあいだに「強い興味と、ライバル意識」を見出そうとするのはメディアの側の都合に過ぎなかったろう。

太田治子の「手記」には、太田が高校に入って間もなく、ある雑誌の記者に騙されて津島園子が在学している早稲田大学へと連れて行かれたエピソードが書かれている。津島園子は太宰と津島美知子のあいだの娘であり、津島佑子の姉にあたる。太田治子は、園子も会いたがっている、という記者の嘘を信じて記者についていったのだが、もちろん園子は不愉快そうな顔をして、とりつくしまもない。

〔…〕私は、自分がとてもみじめに思えてきた。私は、一気にかけだした。家に帰ろうと思った。一刻も早く、今の気持を、母に聞かせたかった。記者が追いかけてきて、

「まあ、そう興奮しないで」

と言った。

「これが、興奮しないでいられるかしら」

私は、だまされていたのだった。泣けてきてしようがなかった。

「園子さんは、いやがっていたじゃないですか。話が違うじゃないですか」

私は泣きながら、心の中で、記者の人にそう言っていた。

ふと、振りかえると、園子さんは、車のなかだった。車は、静かに去っていった。（太田 1967）

津島園子は大学を卒業すると大蔵官僚だった上野雄二と結婚したが、その後、上野が津島家に婿に入り、太宰の兄である津島文治の遺志を継ぐ形で政治家となったこともあり、津島

家の娘たちのことはその後も、「長兄文治の死で明るみに出た太宰治・津島家の知られざる関係」（「週刊朝日」一九七三・六・八）、「父・太宰治の理想に反逆する娘　津島園子さんの生き方」（「女性セブン」一九七六・七・七）、「みんな太宰を利用している／妻・娘そして太宰治＝津島一族の「三十年めの桜桃忌」」（「週刊現代」一九七八・六・二二）など、たびたび記事になっている。

山崎富栄の日記を掲載した「週刊朝日」については第一部第一章で触れたが、一九五〇年代後半に続々と創刊された出版社系週刊誌においても、〈太宰治〉は恰好の素材でありつづけたのだと言えるだろう。

山崎富栄イメージの変貌

その山崎富栄もまた、田辺聖子「実名連載小説第7回／情死行　太宰治と玉川上水に消えた山崎富栄と「斜陽」の女・太田静子の女の決闘」（「ヤングレディ」一九六七・四・三〇）、「この人・この愛・この苦悶22　敗れたときは死ぬときだ」（「週刊女性」一九六七・六・一〇）、「太宰治の死のドラマ／第二〇回目の桜桃忌に、彼と情死した山崎富栄さんの姉・伊久江さんが告白」（「ヤングレディ」一九六八・七・八）など、やはり週刊誌で繰り返し取り上げている。ただし、そこでの富栄はもはやかつての「悪女」ではなく、愛に生きるけなげな女性として描かれているのだ。なぜこのように山崎富栄のイメージは変化したのだろうか。

かつて「悪女」としての山崎富栄イメージを「ぼく自身もほとんどそう思い込んでいた」という浅見淵は、自身の考えが一九六六年になって変化したと語っている。

ところが、さいきん、小島政二郎氏が「山崎富栄」（「中央公論」昭和四十一年十月号〜十二月号）という作品を発表し、たまたま山崎富栄の親戚に当る女性から彼女の人となりを聞くと共に、その女性から入手した、いかにも素直で正直な太宰治と同棲当時の彼女の晩年の日記を拠りどころとして、ふたりの入水事件を解明している。これを読むと、山崎富栄がむしろ犠牲者であり、彼女の一途な純情振りに感動させられる。それと共に、太宰治は生前二度も心中未遂をしているが、心中の相手に選んだ女性の中では、彼女が最も立派な人柄だったように窺える。これを読んで、ぼくは太宰も瞑して可なりと思った。（浅見 1968）

小島の「山崎富栄」は、実は当時、兵庫県竜野市（現・たつの市）で出されていた同人誌「西播文学」（一九六五・一二）に掲載された長篠康一郎「太宰治伝記研究――山崎富栄抄伝」を小島がたまたま読んだことがきっかけで書かれたものだ。そこで長篠は山崎富栄の生涯をたどっており、従来の「悪女」としての富栄イメージとは異なる〈山崎富栄〉を打ち出していた。翌年六月七日付の「朝日新聞」の「季節風」というコラムでも「太宰の愛人の生涯」という見出しで長篠の研究が紹介されていることからも、同人誌であったにも関わらずそれなりの反響を呼んだことがわかる。

その後も長篠は研究を続け、一九六七年には『山崎富栄の生涯――太宰治・その死と真実』（大光社）を刊行し、また翌年には長篠が編集した山崎富栄の日記『愛は死とともに』（虎見書房、一九六八）も刊行され、富栄に対する見方は急速にあらためられていったのだった。

「無頼派」の再評価

太宰ブームの余波は太宰だけではなく、他の「無頼派」作家にまで広がっていった。『田中英光全集』全十一巻（芳賀書店、一九六四～六五）、『定本坂口安吾全集』全十三巻（冬樹社、一九六七～七一）、『織田作之助全集』全八巻（講談社、一九七〇）など、一九六〇年代半ば以降に続々と「無頼派」作家の全集が刊行され始めたのである。また、一九六八年には新宿伊勢丹で「織田作之助、田中英光、坂口安吾三人展」が開かれ、昨年の太宰治展に迫るような人気を博したという。

「無頼派」作家の文庫の刊行状況を確認しておくと、坂口安吾は一九四九年に『白痴』が新潮文庫に入っており、一九五六年に『不連続殺人事件』が春陽堂文庫に、『白痴』、『道鏡・二流の人』、『堕落論』が角川文庫に入っている。織田作之助は一九四九年に『土曜夫人』、五〇年に『競馬』がそれぞれ新潮文庫にはいっており、一九五四年に『夫婦善哉』、五五年に『わが町』、『船場の娘』、五六年に『土曜夫人』、『世相・競馬』がそれぞれ角川文庫に入っている。田中英光は一九五一年に『オリンポスの果実』が新潮文庫と角川文庫に入り、五六年に『さようなら』が角川文庫に入っている。特に角川文庫が一九五〇年代半ばに精力的に「無頼派」作家の作品を刊行していることがわかるだろう。そのようにして読者層が拡大していくなかで、「太宰ブーム」とも呼応しながら他の「無頼派」作家にも注目が集まっていったと考えられる。

ちなみに、太宰や安吾、織田作といった作家を総称する際には、一九四〇年代くらいまでは「無頼派」ではなく「新戯作派」という言葉が使われることが一般的だった。「無頼派」という言葉は、もともと太宰治が書簡や随筆などにおいて「リベルタン」というルビ付きで何度か使用していた言葉である。たとえば、「返事」(「東西」一九四六・五)においては次のように述べられている。

またまた、イデオロギイ小説が、はやるのでしょうか。あれは対戦中の右翼小説ほどひどくは無いが、しかし小うるさい点に於いては、どっちもどっちというところです。私は無頼派《リベルタン》です。束縛に反抗します。時を得顔のものを嘲笑します。だから、いつまで経っても、出世できない様子です。

私はいまは保守党に加盟しようと思っています。こんな事を思いつくのは私の宿命です。私はいささかでも便乗みたいな事は、てれくさくて、とても、ダメなのです。

戦時中においては積極的に戦争に協力していた者たちが戦後になって急に「民主主義」を唱え出したことを太宰は「新型便乗」として唾棄していたのだが、それに対する反抗の宣言として「無頼派《リベルタン》」という言葉が使われているのである。また「リベルタン」という言葉は「パンドラの匣」(「河北新報」一九四五・一〇・二二〜四六・一・七)においても登場している。

「自由主義者ってのは、あれは、いったい何ですかね?」と、かっぽれは如何なる理由からか、ひどく声をひそめて尋ねる。

「フランスでは、」と固パンは英語のほうでこりたからであろうか、こんどはフランスの方面の知識を披露する。「リベルタンってやつがあって、これがまあ自由思想を謳歌してずいぶんあばれ廻ったものです。十七世紀と言いますから、いまから三百年ほど前の事ですがね。〔…〕たいていは、無頼漢みたいな生活をしていたのです。芝居なんかで有名な、あの、鼻の大きいシラノ、ね、あの人なんかも当時のリベルタンのひとりだと言えるでしょう。時の権力に反抗して、弱きを助ける。当時のフランスの詩人なんてのも、たいていもうそんなものだったのでしょう。〔…〕」

このような「無頼派」あるいは「リベルタン」という言葉は、太宰を論じる文章においては早くから使われていた。たとえば、太宰の生前に書かれた亀井勝一郎の「作家論ノート太宰治論」(「文學界」一九四八・六)は太宰を「津軽のナロードニキ」と規定したうえで、次のように述べている。

民衆の継子たる「貴族」の運命は、畢竟、孤独な無頼派たることに極まる。無頼派《リベルタン》(太宰の知っているおそらく唯一のフランス語だ)。——これが敗戦後の、彼の最初の宣言であったことを注目すべきである。民主派、共産派に対して。〔…〕そして無頼派たることが、今日における唯一の革命派だと、作品の背後で確信しているにちがいないのだ。最大の復讐、それは抵抗することの出来ない無頼派の美を創造することである。「斜陽」は見かけによらぬ硬派の作品である。

この亀井の文章は、福田恆存編『太宰治研究』(津人書房、一九四九)や亀井の『作家論集文学と信仰』(文体社、一九四九)などに収録され、奥野健男を初めとする太宰の愛読者に強い影響を与えていく。ただし、ここでは亀井はあくまで太宰一人を「無頼派」と呼んでおり、安吾や織田作には言及していない。この後、青山光二が「太宰と織田」(「織田作之助選集　附録第五号」中央公論社、一九四八)で「太宰さんの宣言した「無頼派《リベルタン》」は当然、自称「日本軽佻派」

の織田をも包含すべきであった」と述べている。しかし、「無頼派」という言葉が一般化するのには、もう少し時間がかかる。

松本和也によれば、「無頼派」が「新戯作派」に代わって太宰や安吾たちを総称する言葉として使われるようになるのは、臼井吉見「無頼派の消滅」（「世界」一九五五・一二）や奥野健男の「「無頼派」作家の再評価」（「日本読書新聞」一九五五・一一・二一）が発表されたあたりからであるようだ（松本2008）。後者で奥野は次のように述べている。

> 太宰治、坂口安吾、織田作之助、田中英光、そしてあの頃の石川淳あるいは伊藤整まで含めて、「戯作派」又は「無頼派《リベルタン》」作家と呼ばれている。〔…〕戦争中の体験を捨象しないで戦後の現実に立ち向った太宰の「冬の花火」「春の枯葉」「ヴィヨンの妻」、石川の「黄金伝説」「焼跡のイエス」坂口の「白痴」伊藤の「鳴海仙吉」織田の「世相」等がいかにぼくたちに親近感と共感とを与えたか。

この後、荒正人「無頼派の文学」（「知性」一九五六・四）などが発表され、「無頼派」という言葉が一般化していくこととなる。つまり、第二次太宰ブームにおいて「無頼派」という言葉は定着したのだ。だが、この際にはまだ全集が刊行されていたのは太宰だけで、安吾や織田作は選集しかなかった。第三次太宰ブームの頃にようやく安吾や織田作の全集も刊行されたということは、それだけ「無頼派」作家への注目が高まっていたということであるだろう。安吾や織田作の読者もまた、やはり高度経済成長下で閉塞感や虚無感を抱えていた者たちではなかっただろうか。

一九六九年一月二五日付夕刊の「朝日新聞」に掲載された「現状打破への共感／無頼派作家の再評価」という記事では、「最近、無頼派作家の再認識、再評価の機運がたかまってきたようだ」と述べ、『田中英光全集』や『坂口安吾全集』が「当初の予想を上回る売れ行きを示している」ことを紹介したうえで、次のように述べている。

このような無頼派の人気はどこからうまれて来たのだろう。そのひとつは戦後二十三年間の日本の経済の驚異的発展と平和の持続にもかかわらず、人々はよどんで来た社会のふん囲気に窒息しかけて来たのだ。何でもよいから、このかたまりかけ、前途に希望や生きがいのみつからない社会をゆすぶってみたい欲求にかられて来たのだ。〔…〕無頼派の急速な人気上昇は一九七〇年に向って再び乱世を迎えることへの人々の予兆なのかもしれない。

高度経済成長が本格化し、急速に社会が変貌するなかで、戸惑いや息苦しさを覚える者たちも決して少なくなかった。次章では、その具体的な様相について見ていくこととする。

第三章　「からっぽ」な心をかかえて

高度経済成長とアイデンティティ・クライシス

太宰ブームの一層の盛り上がりがあった一九六〇年代後半は、高度経済成長が本格化した時期とちょうど重なる。

一九五〇年代後半から始まった高度経済成長は、「神武景気」（五四年一二月～五七年六月）、「岩戸景気」（五八年七月～六一年一二月）と続いた後、それまでの好景気をさらに上回る「いざなぎ景気」（六五年一一月～七〇年七月）によって、そのピークを迎えることとなるのだ。自民党は一九六〇年に池田勇人首相が「所得倍増計画」を掲げるなど経済第一の姿勢をとり、次の佐藤栄作首相もその路線を引き継いだ。労働運動も穏健な春闘方式が定着し、五九～六〇年の三井三池闘争を最後に大規模なストライキは行なわれなくなった。日米安保条約によって日本は経済に専念することが可能となり、六〇年代の後半に激化するベトナム戦争の特需は、ますます日本経済を潤したのである。もちろん、「ベトナムに平和を！　市民連合」（べ平連）のような市民運動はあったものの、多くの日本人にとってそれはやはり他人事に過ぎなかっただろう。

一九六四年に開催された東京オリンピックに伴う開発で東京の景観は一変し、「戦後」を思わせる風景はほぼ姿を消した。六五年に製造業の就業者数が農林水産業のそれを越え、日本社会は本格的な重化学工業段階に入ることとなる。それに伴い、若者たちはますます農村から都会へと移り、農村が寂れていく一方で、都市部の人口は急増した。六七年には日本の人口が一億人を越え、その翌年には日本のGNPが西ドイツを抜いて、世界第二位の資本主義国となった。五〇年代後半における電気洗濯機・冷蔵庫・白黒テレビという「三種の神器」に代わって、カラーテレビ・自動車・クーラーが「新三種の神器」として喧伝された。

先述したように、高校への進学率は一九五〇年代以降上がっていったが、六〇年代には急激に上昇し、七〇年には八〇%を突破した。大学進学率は一九六三年に二一・七%となった後はゆるやかな上昇を描き、六八年で二三・八%とそれほど伸びているわけではない。だが、六〇年代後半は第一次ベビー・ブーム世代が続々十八歳になっていった時期であり、入学者数自体はやはり急増していった。そのような大学生数の急激な増加は、大学の大衆化という問題をもたらす。たとえば、村松喬は「大学生が子供っぽくなり、大学が幼稚園化した」ことを嘆きながら、次のように述べている。

幼稚で、学力も低い大学。その集合体である今日の大学が、大学という意味で、あらゆる困難な問題をかかえざるをえないのは、当然である。しかもその数は年々増加の一途を辿るのであるから、問題の大きさは年ごとにふくらんでいく。今日の大学は、その学生数の増加とともに、年々危険を増大しながら、破局に向かっているといっていいであろう。

マス・プロ教育の問題とか、産学共同の問題とか、学費の問題とか、また学生寮、学生会館をめぐる学生自治、大学自治の問題とか、当面の大学の問題は山積しており、そのどれもが簡単には解決のつかない問題で、大学紛争の導火線なのであるが、その根底にあるのが、以上指摘してきた大学生自体の問題なのである。（村松 1967）

戦前において大学生は一握りのエリートだったが、この時代の大学生はそのようなものではもはやなくなっていた。学生数の急増によってマスプロ教育が横行する一方で、大学は経済界の要請により経済成長の担い手を養成する機関に変わりつつあり、従来の大学というイメージを持って入学した学生たちを失望させた。また、大卒者の急激な増加は、彼らの労働市場での価値低下をもたらすこととなる。

一九六〇年代後半に起きた全共闘運動の背景に、そうした大学や大学生の変質があったことは既に多くの指摘がある。六五年の慶大闘争や翌六六年の早大闘争など学費値上げに反対する学生運動はそれまでにも起きていたものの、本格化するのは日大や東大でノンセクトの全学共闘会議が結成された六八年以降であった。学生たちはゲバ棒を手に機動隊と激突し、丸山眞男などの大学教授たちや「戦後民主主義」を糾弾した。竹内洋は、次のように指摘している。

かれらは、理念としての知識人や学問を徹底して問うたが、あの執拗ともいえる徹底ぶりは、大学生がただの人やただのサラリーマン予備軍になってしまったことへの不安とルサンチマン（怨恨）抜きには理解しがたい。プロレタリアート化した知識人たちの反大学知識人主義である。だから運動の極点は、いつも大学教授を団交に引っ張り込み、無理難題を迫り、醜態を晒させることにあった。（竹内 2005）

一九六九年一月にテレビ中継された東大安田講堂における東大全共闘の学生たちと機動隊との攻防は多くの若者を刺激し、全共闘運動は全国の大学へと波及していった。ただし、六〇年安保の際のように学生たちの運動を労働者たちが応援するというようなことはなかったし、同時代の学生たちのなかでも全共闘運動に携わっていたものはシンパを含めて全体の二割ほどでしかない。多くの若者たちは閉塞感や空虚感を抱えながら、アルバイトやレジャーに明け暮れていた。小熊英二によれば、実は一部の学生たちを全共闘運動へと駆り立てたものもまた、そのような多くの若者たちと共通する「現代的不幸」だったと言う。

この時代の若者をおおっていた「閉塞感」「空虚感」「リアリティの欠如」は、それ以前の政治運動や労働運動、平和運動を支えていた、飢餓や貧困からの脱出、戦争の恐怖といったものとは、およそ異質なものだった。それは、貧困や戦争といった「近代的不幸」しか知らない当時の大人たちには理解不能な、ぜいたくな悩みとしかみえない、高度成長で大衆消費社会に突入しつつあった日本社会で出現した、新種の「現代的不幸」だった。そしてこの新種の「生きづらさ」が、「あの時代」の叛乱の背景になってゆくのである。（小熊 2009）

もちろん、一九六〇年代後半になって突然「現代的不幸」が出現したわけでもないし、小熊もそのようなことを言っているわけではないだろう。戦前においても「からっぽ」であることの不安を抱えていた者がいたことは、太宰の作品に熱狂する若者たちがいたことが証明している。ただ、それはかつてはごく少数の層に限られていたのに対して、六〇年代後半にはそれまでとは比べものにならないほど大規模に「現代的不幸」を抱える若者たちが出現したのである。そして、それらのなかのある者は学生運動へと走り、またある者は〈太宰治〉にひかれていくこととなった。

「死後20年〝弱虫文学〟がなぜ受ける／漱石に迫った太宰治の人気」（「サンデー毎日」一九六八・七・七）は、同年六月一八日から二三日まで銀座松坂屋で行なわれた太宰治展（毎日新聞社主催、日本近代文学館後援）の盛況ぶりや、太宰の全集の発行総部数が芥川を抜き、漱石に次いで第二位となったことなどを伝えている。そして、展覧会の会場に来た若者たちにインタビューしているのだが、彼女たちの答えを少し抜き出してみよう。

「言葉にはあらわせない魅力ですね。なんていうのかな……。純粋な弱さ。それがきれいな文章で書かれている。太宰はまともに生きられなかった人でしょう。そういう太宰の生き方に心の底で共感しちゃうんです」（早大文学部演劇科四年、ＭＨさん）

「死を肯定する彼の考え方にひかれるんです。そして彼が感じていた恐ろしいような不安ね。平和ムードのなかで私たちは一見、のんびりしているのだけれど、心の底ではなんともいえない不安を感じているんです。太宰を読むと、その作品の底を流れている生に対する不安がピンと胸に伝わってきて、なんともいえない気持になるのです」（東横学園短大国文科一年、ＨＮさん）

太宰に「純粋な弱さ」が見出され、現代に生きる若者たちもまた感じている「恐ろしいような不安」、「なんともいえない不安」を描いた作家として共感されていることがわかる。

それから数年後の「今年もまた押すな押すなの桜桃忌／キミにとって〈太宰治〉とは何か？」（「週刊プレイボーイ」一九七一・七・六）では、奥野健男が「太宰ファンは、60年安保の挫折あたりから、ふえてきています。坂口安吾の『堕落論』なんかも、やはり、激しい政治の季節の体験の中で、若者たちが、かみしめて味わうようになったわけで、僕は、デモに参加する若い人たちと、桜桃忌にくる人たちがずいぶんかさなっていると思いますよ」と言い、山岸外史は「この前、渋谷のハチ公のところで、学生運動家をみたけれど、彼らの表情、眼の色なんか、（太宰と）共通するものがあった。やっぱり純粋にやってるんだなって思いましたよ」と述べている。「純粋」というキーワードのもとに、「デモに参加する若い人たち」や「学生運動家」と太宰治とに共通性が見出されるのだ。

実際、全共闘運動に関わっていた学生たちのなかにも、太宰の読者は少なくなかったのではないだろうか。たとえば、立命館大学全共闘のシンパ学生だった高野悦子が一九六九年に書いた日記には、しばしば太宰の名前が出てくる。

太宰の作品を読む。
彼の作品は難しい。よくわからない。けれども彼の世界が真実のように思える。前に私のもっている世界は己れのものではないと書いたが、私のもっている世界は——女の子は煙草を吸うものではありません。帰りが遅くなってはいけません。妻は夫が働きやすいように家庭を切りもりするのです……。しかし、うすうすその世界が誤りであることに気付き始めているのだ。私はその世界の正体を見破り、いつか闘いをいどむであろ

今年もまた押すな押すなの桜桃忌

キミにとって〈太宰治〉とは何か？

6月19日、桜桃忌東京・三鷹・禅林寺は200人を越す太宰治ファンでごったがえした。太宰が死んで23年。年ねんさかんになるこの行事だが、彼らは、いったい何にひかれてあつまるのだろうか。

政治の季節の桜桃忌

処置なし！　オールド・ファン

「週刊プレイボーイ」1971年7月6日号

う。太宰に何か惹かれるのである。太宰は何が本物で、本当なのかを知っているのではないか。（二月一日）

高野は「難しい」と言いながら、それでも太宰の作品に惹かれていく。高野は自分の人生を次のように表現している。

私は昭和二十四年一月二日から、この世界に存在していた。と同時に私は存在していなかった。

家庭で幼年時代を過し、やがて学校という世界に仲間入りした。ここで言いたいのは学校という集団における私の役割である。学校という集団に初めて入り、私はそこで「いい子」「すなおな子」「明るい子」「やさしい子」という役割を与えられた。ある役割は私にとり妥当なものであった。しかし、私は見知らぬ世界、人間に対しては恐れをもち、人一倍臆病であったので、私に期待される「成績のよい可愛こちゃん」の役割を演じ続けてきた。集団から要請されたその役割を演じることによってのみ私は存在していた。その役割を拒否するだけの「私」は存在しなかった。その集団からの要請（期待）を絶対なものとし、問題の解決をすべて演技者のやり方のまずさに起因するものとし、演技者である自分自身を変化させて順応してきた。〔…〕この頃、私は演技者であったという意識が起った。集団からの要請は以前のように絶対のものではないと思い始めた。〔…〕人間というのは不思議な怪物だ。恐ろしい怪物だ。愛したかと思うと怒って私を圧迫したりして私を恐怖に追いこむ。何とも訳のわからぬ怪物の前で、私はちぢこまり恐れおののいている。何のなす術も知らず、ビクビクしながら。彼等のもつ不平不満は、演技者としての私のまずさにあるのではなく、要請された役割の中にあるのだということを、大学生活の中で知った。（一月一七日）

ここに描かれているのは、太宰ファンの典型的な心情といったものではないだろうか。「人間」というものがわからず、「道化」や「演技」によって「人間」とつながっていたという「人間失格」の記述を容易に思い起こさせるだろう。高野もまた、自身のなかの「からっぽ」な心を扱い兼ねていた若者だったのだ。戦前や戦後すぐの頃に太宰に熱狂していた若者と、高野悦子のあいだに、数十年の時を越えて、ある程度の共通性を見出すことは可能だろう。だが繰り返して言うならば、戦前においてはそのような若者はごく限られた層だったのに対し、一九六〇年代後半には以前とは比べ物にならないほど大規模な層として出現したのである。第三次太宰ブームの高揚は、そのような若者たちの存在抜きには考えられない。

ちなみに、高野悦子は一九六九年六月二四日に自殺している。七一年、死の直前まで書かれていた彼女の日記が『二十歳の原点』として新潮社から刊行され、ベストセラーとなった。

「第三の新人」たちの一九六〇年代

先にも引用した「太宰治論の転換」(「文學界」一九六三・七)において、磯田光一は奥野健男の『太宰治論』に一定の評価を与えながらも、「太宰を民主主義文学への批判者の地位に閉じこめてしまうことになりはしないか」と疑問を呈している。それは続く箇所を見れば明らかなように「第三の新人」への批判のためだった。

〔奥野が〕戦時下の太宰の態度を「否定をひそめた無視」と規定し、私小説の再認識を強調したとき、それは、あらゆるものに対して「否定をひそめた無視」しか示さない第三の新人たちにこの上ない好個の口実を与え、「戦後派の掘りおこした坑道の地慣らしをする」などという、近代文学史上そのたわいなさにおいて類例を見ない主張の上に、彼らを易々と居直らせる地盤を、期せずして提供してしまったのである。〔…〕第三の新人が同世代人・奥野を理解しなかった分量だけ、彼らは私小説を継承しながら太宰の思想的な重さを保持しえず、中間小説的ムードへの風化の道を辿ったのである。

つまり磯田においては、「思想的な重さ」という点において、太宰治と「第三の新人」とでは全く違うものなのだ。磯田はその半年前の「安岡章太郎論――戦中派の羞恥について」（「近代文学」一九六三・一）において既に、「作家としての名声は、次第に彼の「恥」の意識をひとつの「商品」に変えていったように思われる」と、最近の安岡の動向に懸念を表明していたのだが、そうした見方を一歩進め、「第三の新人」に対してはっきりと否定的な態度を示すようになったのである。それにしても、磯田はなぜ太宰治と「第三の新人」とのあいだに差異の線を引こうとするのだろうか。おそらく磯田の苛立ちは「中間小説的ムード」という言葉に最も現れているだろう。

やや遡って、一九五〇年代後半からの文学状況を見ておこう。十返肇は「「文壇」崩壊論」（「中央公論」一九五六・一二）で、「太陽の季節」ブームは「「文壇」がジャーナリズムの商業主義にほとんど無抵抗であった事実を示している」のであり、文学を評価する尺度が「商業的評価」しかなくなってしまっていいのだろうかと懸念を表明したが、一九五〇年代後半に出版社系週刊誌が続々と創刊されたことで、旧来の「文壇」が維持しがたくなっているという意識はますます強くなっていった。そして平野謙が『新鋭文学叢書4　安岡章太郎集』（筑摩書房、一九六一）の「解説」で幾分の驚きとともに述べているように、「第一次戦後派と純粋戦後派とに挟撃されて、なんとなくたよりないかすんだ存在」に見えた「第三の新人」がいつのまにか「マス・コミの中央にデンと居すわっていた」のである。一九六〇年前後において、新聞や週刊誌でさかんに活躍していたのは「戦後派作家」でも石原や大江たち「純粋戦後派」でもなく、「第三の新人」と呼ばれた作家たちだったのだ。

特に安岡は『海辺の光景』（講談社、一九五九）で一九六〇年に芸術選奨と野間文芸新人賞を受賞し、文壇においても大きな存在感を見せていた。その安岡は一九六〇年一一月、ロックフェラー財団の招待を受けて、半年間の留学をするためにアメリカへと旅立った。金志映が述べるように、「文化冷戦の強力な担い手としても知られるロックフェラー財団は、講和から50年代を通して民間組織として日米間の文化交流を先導し、日本において多岐にわたる文化事業を展開した。その一つとして財団は1953年に文学者を対象として一年間の留学を支援する創作フェローシップ（Creative Fellowship）を新たに始動させ、以後62年までに多くの日本の文学者たちをアメリカへと招いている」（金 2015）。一九五三年には福田恆存と大岡昇平が留学し、五四年の石井桃子、五五年の中村光夫、阿川弘之と続いた。同じ「第三の新人」においても、一九五七年に小島信夫と庄野潤三がすでにこの制度を利用して留学していた。一九五九年には有吉佐和子が、安岡の後には一九六二年に江藤淳が渡米している。
安岡は半年間の留学を終えて、帰国した頃のことを次のように回想している。

ところで、アメリカに半年滞在して、日本へ帰ってきてみると、まわりの空気は一変していた。六〇年安保をめぐってあれほど高揚していた気分は、どこへ消えたのか？それに社会党の浅沼委員長が演壇上で刺殺されたり、深沢七郎氏の小説の〝不敬〟問題でイキり立ったりした右翼の血生臭い動きも、どういうことになったのか？テレビを点けると、「ありがたや節」という歌がはやっており、盛り場では、「ドドンパ」と称する妙なダンスが流行していて、半年前の物情騒然たる世相は、まさに夢のようであった。
（安岡2000）

浅沼稲次郎が右翼の少年に刺殺されたのは一九六〇年一〇月のことだった。そして「深沢七郎氏の小説」とは、言うまでもなく「風流夢譚」（「中央公論」一九六〇・一二）である。天皇や皇后が処刑される場面が描かれていたことで右翼が中央公論社に抗議活動を展開した。十一月二九日には宮内庁が「皇室の名誉を棄損するものではない」と声明を発表するも騒動は収まらず、「中央公論」一九六一年一月号では謝罪文を掲載。だが、二月一日に中央公論社社長である嶋中鵬二宅に右翼の少年が忍び込み、嶋中夫人に怪我を負わせ、家政婦を殺した事件が起こる。以後、右翼を刺激するような内容に関する言論が委縮したことはよく知られている。ちなみに、嶋中鵬二は一九四九年に父親が急死して中央公論社社長を継ぐ前には、第十四次「新思潮」を中井英夫や吉行淳之介などとともにやっていた文学青年だった。

同じ一九六一年には、その吉行の「闇のなかの祝祭」(「群像」一九六一・一一)をめぐるスキャンダルも起きている。その作品が、吉行の愛人だった宮城まり子との関係をモデルにしたものであったためだ。

私の作品の載った「群像」が発売になって一か月近く経ったある日、週刊新潮の編集者であり友人である高原紀一が、困った顔でやってきた。私の作品を下敷きにして、M・Mと私との愛情問題についての記事を書くことになったから、取材にきたという。そういうことを書かれるといろいろ迷惑するし、またあの作品を告白記と見做しての取材に作家としての私は応じる気持ちはない、と答えた。

私の取材に応じなくてもその記事は出ることになる。どうせ出るものなら、誤解のないような記事になるように取材に協力してくれたほうがいいようにおもう、と彼はいう。私は答えて、週刊新潮がその記事を書くことを止める権利は自分にはないだろうから仕方がないが、取材には応じない、といった。高原と私とは終始冷静に話し合ったとおもう。(吉行 1971)

ここに出てくる高原紀一とは言うまでもなく、出英利の友人であり、出や太宰、三島たちが会った際には高原が下宿していた家が提供された。高原と吉行は、一九四六年に創刊された「世代」という同人誌と商業誌の中間のような雑誌で知り合って以来の仲である。（「世代」には中村稔や相沢諒、出英利なども参加している。）すでに述べたように、出隆の紹介で八雲書店に入社した高原は文京出版を経て、「週刊新潮」の記者となっていた。

吉行のことを心配して、安岡など友人たちや、高見順や柴田錬三郎までもが新潮社に抗議したが、結局「告白的小説と宮城まり子――「闇のなかの祝祭」のミュージカル女優」というタイトルで記事は掲載された。それは「愛情と名声の間の女」という特集の一つという扱いだったが、残りの記事は全て犯罪事件に関係のある女性についてのものであり、吉行は余計に腹を立てることになる。

ちなみに、「闇のなかの祝祭」が載った「群像」一九六一年一一月号には、伊藤整の「「純文学は存在し得るか」という評論も掲載されている。それは「純文学論争」と呼ばれる論争の火付け役となった。伊藤整はそこで推理小説の流行にふれ、松本清張がプロレタリア文学と推理小説との結びつきに成功し、水上勉が私小説と推理小説との結びつきに成功したとしたうえで、「今の純文学は中間小説それ自体の繁栄によって脅かされているのではない。純文学の理想像が持っていた二つの極を、前記の二人を代表とする推理小説の作風によって、あっさりと引き継がれてしまったことに当惑しているらしいのである」と述べている。

伊藤のその文章は平野謙が『群像』十五周年によせて」（「朝日新聞」一九六一・九・一三）などで、「純文学」というものも歴史的な概念に過ぎないのではないかと書いていることを受けて発表されたものだった。ポイントは二つだ。第一に、木村政樹が指摘するように、「平野の狙いは、「純文学」を問題化することを通じて、『群像』という文芸雑誌の性格を変革すべきだと提唱することにあった」（木村 2014）こと。第二に、一九五八年以降、「第三の新人」の長編小説を精力的に掲載していったのは他ならぬ「群像」であったこと。

「群像」の編集長を一九五五年から一九六六年まで務めた大久保房男は、一九二一年生まれの「戦中派」である。彼は石原慎太郎などの作品は気に入らず、むしろ「第三の新人」たちの作品に自身と近しいものを感じ、彼らを鼓舞して力作をどんどん書かせていった。安岡の「海辺の光景」（「群像」一九五九・一一〜一二）を初めとして、新潮社文学賞を受賞した庄野潤三「静物」（「群像」一九六〇・六）や、芸術選奨を受賞した島尾敏雄「死の棘」（「群像」一九六〇・九他、各誌に分載）など、この時期の「第三の新人」の代表作の多くが「群像」掲載作であることは偶然ではない。

平野謙は「純文学論争」において、「純文学」という概念が大正から昭和にかけて成立した歴史的なものに過ぎないのであり、小説は「アクチュアル」なものでなければならない、と主張したが、そこには平野が「第三の新人」の作品にあきたらぬ思いを抱いていたことも少なからず関係していたのではないか。平野にとって、「第三の新人」たちの作品はとうてい

「アクチュアル」なものではなかったのである。いや、そのような評価を下していたのは平野だけではない。

その後も、吉行淳之介「砂の上の植物群」（『文学界』一九六三・一〜一二）、庄野潤三「夕べの雲」（『日本経済新聞』一九六四・九・六〜六五・一・一九）、小島信夫「抱擁家族」（『群像』一九六五・七）、遠藤周作『沈黙』（新潮社、一九六六）などが発表され、「第三の新人」と呼ばれる作家たちはますます大きな存在感を示すようになっていった。だが、「第三の新人」は「戦後派作家」のアンチテーゼとしての価値は認められていたものの、彼らの作品自体を積極的に評価する尺度はついに出てこなかった。彼らの小説が描いているのは「日常性」であり、「戦後派作家」のように政治的なものでも「アクチュアル」なものでもないという評価が繰り返されていく。

たとえば佐々木基一「非戦後派は何をしたか」（『群像』一九六六・一〇）は、「いわゆる戦後文学を否定しようとする傾向は近年非常に強い。そして、これにかわって、近年文壇の主流を占めてきたかにみえるのが、第一次戦後派よりやや遅れて出発したいわゆる第三の新人の文学である」と述べ、「彼らの作品の素材や背景にしばしば作者自身の家庭が使われる」が「彼らは家庭というものを、かつての私小説家が考えたように、芸術家の自由を束縛する牢獄とは考えない」し、「彼らには太宰治のような旧家の誇りもなければ、その裏返しとしての家庭破壊の衝動もない」と慨嘆している。かつて「『戦後文学』は幻影だった」（『群像』一九六二・八）においては「戦後文学」を断罪した佐々木は、ここでは「非戦後派」の代表である「第三の新人」に対しても厳しい視線を向けている。彼らは「戦後文学」を乗り越えたわけでも、その「決定的批判者」でもないと言うのだ。

あるいは、上田三四二「「三十年作家」の自己確立」（「群像」一九六七・二）は、「第三の新人」の特徴として、「日常的、感覚的で、小さくまとまったその小説の親しみ易さ、逆にいえば、問題性をもたず、外部に向かって開かれることのないその小説の物足らなさ」を挙げ、それは「前方に、重々しい戦後派の文学を置くことによって、はじめて意味を持つものであった」と述べている。また、「第三の新人」は「結局において体制内部の人であり、体制の批判者、反抗者でない」のであり、「第三の新人において私小説が変質したのも、戦前の私小説家にはあったこの批判と反抗が彼らになくなったからだ」と述べている。上田は、佐々木よりは「第三の新人」に対して肯定的な評価を意図しており、それぞれの作家の方向性の違いを見ようともしているのだが、それでも「第三の新人」全体に対する記述においては否定的なものが目立つのである。

これらの論者にあっては、「私小説」は旧来の「純文学」とほぼ同じ意味で使われており、「無頼派」の作品もその中に含まれるのだと思われるが、それらと「第三の新人」の作品との差異が否定的に記述される。「第三の新人」の文学には政治性や「アクチュアリティ」がないのはもちろん、批評性や思想性もないとするのが一般的な評価だったと言えるだろう。だが、そうした評価とは全く異なる見解を提示した書物が一九六七年に刊行される。言うまでもなく、江藤淳の『成熟と喪失』（河出書房新社）に他ならない。

江藤淳の距離感

「一種の「太宰ブーム」がおこっているとすれば、それはやはり太宰が社会現象として生きつづけているからである」と言う江藤淳は、「社会現象としての輝きを奪われてみると、太宰は要するに二流の作家以上のものではないように思われる」と作品自体に関してはなかなか手厳しい（江藤 1967a）。江藤は太宰が死ぬ少し前からその作品を読み始め、「右大臣実朝」に出てくる「アカルサハ、ホロビノ姿デアロウカ。人モ家モ、暗イウチハマダ絶望セヌ」という言葉に胸をゆすぶれるようなこともあったものの、やがて太宰から離れていったと言う。その理由を、江藤は次のように述べている。

しかし、同時に彼のなかには、甘ったるい悪い酒のようなものがあった。あるいは「ふざけるな。いい加減にしろ」といいたくなるものがあった。「ホロビ」の歌をうたっていられるのはまだ贅沢のうちである。「ホロビ」てしまっても人は黙って生きていかねばならぬ。「ホロビ」た瞬間に託される責任というものもあるからである。それは再建の責任などというものではない。只の意地のようなものである。

「暗ク」生きるのもまた贅沢のうちであり、どこかに他人が声をかけてくれないかという薄汚れた期待を隠している。私が自分を見出した状態は、甘えるのも甘えられるのも下手な芝居に思えて来るようなものだったので、私は結局「アカルク」生きることにした。「アカルサ」を演じるというのではない。深海魚のように自家発電して生きるのである。そのためには太宰は役に立たなかったから、私は彼の作品を読むのをやめて語学をやりはじめた。（江藤 1967a）

江藤はその約十年前に書かれた「太宰治の魅力――ひとつの個人的な回想」でも、「私にとって、太宰治の名は、戦後の一時期の個人的な思い出とわかちがたく結びついて」おり、「彼が私の軟弱な部分、当時中学の下級生であった私の、もっとも柔軟な部分にある痕跡を残していった」と述べている（江藤 1959）。

一九三三生まれの江藤は、敗戦を十一歳で迎えている。その頃、江藤は家族とともに鎌倉の別宅に住んでおり、大久保百人町にあった本宅は一九四五年五月の空襲で焼失していた。一九四六年に入学した湘南中学校では石原慎太郎などと知り合い、従姉の夫で一高教授の江口朴郎のもとでマルクス主義の研究会を開いていた。だが、一九四八年に鎌倉の家を売り払い、一家は王子にある父の勤務先である銀行の社宅へと引っ越すこととなる。

〔…〕世の太宰信者とはちがって、私はできうるかぎりマルクス主義の実践運動に接近するところに、自分が彼からうけついだ滅亡の論理の実現をみた。私の家は、徐々に、しかし着実に崩壊への道を辿っていた。それは具体的には戦争以来住んでいた鎌倉の家を他人手に渡すということであり、東京の場末の壁も満足にない家に引き移るということである。〔…〕

私は滅びようと願った。すでに旧い価値が顛倒しているからには、そのなかに属している自分は完全に滅亡し去らなければならない。それはまた同時に「革命」のなかに再生するということでもある。滅亡の速度より、一層速い速度でほろびなければならない。そこにこのような時代に際会した若者の誠実さがあると私は信じていた。湘南中学から都立一中〔現在の日比谷高校〕に転校していた私は、そこで「民主主義学生同盟」の組織に参加し、ある一時期にはこの組織の代表者になったのである。（江藤 1959）

とは言え、江藤はこの時点においても太宰の作品に「不必要な感傷性」を見出し、手放しで愛着を語っているわけではない。そして江藤は、「いまだに私は太宰のある鈍感さや図々しさが我慢できず、やがて私は夏目漱石のなかに自分の先駆者をみいだすようになったが、私の家が急速に崩れおちていった頃、太宰治を耽読したということの痕跡は、おそらく生涯私から消え去りそうにない」と述べるのである。

太宰ブームに対してシニカルな態度を示した同じ年、江藤は安岡章太郎の「海辺の光景」や小島信夫の「抱擁家族」など第三の新人たちの作品を論じた『成熟と喪失』(河出書房新社、一九六七)を上梓している。「アイデンティティ」という概念を提唱したエリック・エリクソンの理論に拠りながら、江藤は第三の新人の作品のなかに「まさに日本全国が「近代化」、あるいは「産業化」の波にまきこまれて、ついに近代工業国に変貌をとげた時代」である「昭和三十年代の社会心理に底流する深い喪失感」を取りだして見せる。江藤が戦後派作家よりも第三の新人を高く評価するのは、前者が見ようともしなかった「昭和三十年代の現実」を後者が見逃さなかったからに他ならない。「昭和三十年代」、つまり一九五〇年代の後半から六〇年代の前半にかけて、日本社会は大きく変貌していった。しかも、それは六〇年代の後半に入っても衰えるどころか、ますます速度を増しながら進展していったのだ。江藤は一方では「敗戦」という出来事を重視しながらも、他方では「昭和三十年代の産業化がもたらした具体的な解体現象」に注意深く目を凝らす。全共闘世代の上野千鶴子が『成熟と喪失』を「六〇年代」という「時代の自画像を写しだす、鏡のような作品」(上野 1993)と評する所以である。

近代化によって生じる「自己分裂」を乗り越えるためには「成熟」しなければならない、と江藤は言う。

なぜなら「成熟」するとはなにかを獲得することではなくて、喪失を確認することだからである。だから実は、母と息子の肉感的な結びつきに頼っている者に「成熟」がないように、母に拒まれた心の傷を「母なし仔牛」に託してうたう孤独なカウボーイにも「成熟」はない。拒否された傷に託して抒情する者には「成熟」などはない。抒情は純潔を誇りたい気持から、死ぬために大草原を行く「母なし仔牛」の群に、その仔牛のやさしい瞳とやわらかな毛並に自分の投影を見ようとするナルシシズムから生れるからである。（江藤 1967b）

江藤は太宰のなかにも「拒否された傷に託して抒情する者」を見ていたはずである。そしてまた、江藤は自身のなかにもそうした側面があることを自覚せざるをえなかった。だからこそ、声高に否定せざるをえなかったのである。江藤が目指したのは「成熟」することであり、それは江藤にとって「治者」になることだった。だから江藤は「第三の新人」たちの作品にも完全に満足しているわけではない。「いわゆる「第三の新人」一般に「母」に対する敏感さとうらはらに「父」の背後に超越的な「父」を視る感覚が欠けている」。「治者」を体現すると思われる文学を、江藤は同時代についに見つけることは出来なかった。

その後、江藤は占領期の検閲研究へと赴くこととなる。加藤典洋が言うように、江藤は「彼の内面的危機の構造」の「原因を外に求め」、アメリカを見つけたのだと言えるだろう（加藤

1985)。そこでは日本人がアイデンティティを確立できないのは、ＧＨＱ／ＳＣＡＰの検閲によって日本の「言語空間」が歪められたからであるという問題設定のもと、占領期に行なわれた検閲の具体的な諸相が検証されていくこととなる。したがって、江藤にとって戦前や戦中の日本人による検閲と戦後のＧＨＱ／ＳＣＡＰによる検閲とは初めから次元の違うものなのであり、両者のあいだにある連続性などは問題になるはずもなかった。だが、それは自身の「喪失」から目をそらす試みではなかったろうか。

一九九八年に妻を亡くした江藤は翌年、自ら命を絶っている。

青森県の共産党員たち

一九六五年、太宰の生地である青森県五所川原市金木町にある芦野公園に太宰の文学碑が建立された。太宰の友人である阿部合成によって設計されたもので、太宰が好んだ「撰ばれてあることの恍惚と不安と二つわれにあり」というヴェルレーヌの詩句が刻まれている。それまでも太宰の文学碑を建てようという機運はあったようだが、太宰の兄である津島文治の反対によるものだったようだ。「しかし、亡くなって十七年、地元の太宰治碑建立委員会の熱心な運動もあって、ようやく、太宰を許そうという気持になったらしい」（「十七年目に許された太宰治——生まれ故郷に建立された文学碑」、「週刊文春」一九六五・五・二四）。三年後の一九六八年からは、その文学碑の前で「桜桃忌」が行なわれることにもなった。〈太宰治〉も、ようやく故郷に錦を飾れたといったところだろうか。

だが、同じ一九六八年、青森文学会・弘前文学会編の『太宰治文学批判集』（審美社）が出版されている。主に青森県の共産党員たちによって書かれた太宰論が収録されているのだが、内容は書名のとおり、太宰を「反共」の作家として批判するものだ。

この本が置かれた複雑な位置を理解するには、その約十年前に刊行された大沢久明・塩崎要祐・鈴木清『農民運動の反省』（新興出版社、一九五六）という書物に触れる必要があるだろう。六全協が行なわれた翌年に青森県の共産党員たちによって書かれた本だが、そこには太宰について次のような記述がある。

終戦前、かれは故郷の弘前市の大徳寺に疎開し創作にいそしんでいた。終戦となるや弘前市の同志たちにより、ある日、共産党再建の第一回準備会がもたれた時に太宰治氏は欣然として参加した。太宰治の発言はその後多くの共産党員から忘れられていたが、かれの死とともにあらたな彼の想い出となった。

「僕は共産主義を信じている。しかし、日本の共産党はいつでも、コミンテルンの云いなりになってきた、これは日本の党ではない。だからこの後はコミンテルンと手を切らなければ入党しない……」。その時は勿論、コミンテルンはとっくに解散してなかったが、かれの頭にはその再現が予想されていた。今にして思えば彼は彼なりに、よしそれはあやまっていたにせよ高い民族性と近代的な感覚の中で鋭い批判をもっていたのである。これについて、当時弘前市に医師をしていた県党組織者津川武一氏は、「太宰君が戦後、党再建の最初の会合に参加したのは、実質的には、自ら党員として意識していたからだ」と語っている。

この文章を書いた大沢久明は、戦後すぐの頃は社会党所属だったが、一九四八年にいわゆる「社共合同」の先陣を切って青森県社会党幹部十数名をひきつれて共産党に入党し、この本の刊行時には東北地方委員会書記を務めていた。ほとんど太宰を同志とみなしているかのような記述であり、太宰の共産党への「批判」についても意外に思えるほどに理解が示されている。

ところが、『太宰治文学批判集』に収録された「太宰論争は前進している」（初出は「弘前文学」一九六一・一二）で、大沢は次のように自己批判を行なう。

私がそのような弱さの故に第一に、弘前の旧友の懇親会に佐野学に指導され天皇制国家社会主義に転向した雨森と共に偶然来会した太宰を実質的には党員の思想状況にあるかのように、あやまってそのまま信じていたものである。〔…〕かれのこのころの前後に書いた作品や手紙の反共主義、天皇主義とは全く似ても似つかない評価をしていたことは、歴史において証明されてしまっている。私はこのような太宰に対する自分勝手な希望的な観測をすて去るまでには十年の時間を経過している。

比べてみれば分かるように、この二つの文章のあいだには埋めようもない落差がある。それは、いったい何に起因しているのだろうか。

小山弘建は大沢たちの『農民運動の反省』について、「かれらははじめてそこで党史上の最大弱点として国際盲従主義をあげ、コミンテルンとコミンフォルムの対日指導・とくに農民運動にたいする指導内容を系統的に分析し、その誤りや不当な部分を追及した」（小山 1958）と述べている。コミンテルンは一九四三年になくなっていたが、同じような組織としてコミンフォルムが四七年に誕生していた。五〇年以後の日本共産党の混乱にはコミンフォルムの責任も大きい。五六年にコミンフォルムは廃止され、フルシチョフによるスターリン批判が出されるが、日本共産党はそれを外在的問題として処理し、自分たちの党のあり方自体に関わる内在的問題として受け止めようとはしなかった。大沢は『農民運動の反省』で「日本の共産主義者は仮借なくスターリンを批判することで前進する」と強調しており、翌年にも「スターリン批判をすすめよう」（『前衛』一九五七・二）や「全国の共産主義者を結集しよう」（『前衛』一九五七・一〇）を書いている。後に安東仁兵衛は「後にも先にもスターリン批判を正面に据えた『前衛』の論稿はこの二つの大沢論文だけであった」(安東1995)と回想しているが、党内で大沢の問題意識が受け止められることはなかったようである。むしろ、「さきの『農民運動の反省』にたいしては、清算主義と規律違反の典型として非難がなされ〔…〕、これらのしごとはその後タブーであるかのようにみなされてしまった」(小山1958)のであった。

大沢が太宰批判の文章を地元の雑誌や新聞に書き始めるのは一九六一年以降のことだ。六〇年代において大沢たちがことさらに太宰批判を書かなければならなかったのは、党内の事情によるところが大きかったのではないか。『太宰治文学批判集』には第一部第三章で触れた宮本顕治「「人間失格」その他」も収録され、工藤武雄執筆による「あとがき」には「十八年前に執筆したという宮本論文が、もっと早く、少くとも五年前に知ることができたとしたら、わたしたちの太宰批判がもっと深められ、充実したものに発展させ得たと思います。それにしても日本共産党の最高の指導者の一人が、太宰の文学をとりあげたということをふくめ、「文芸評論集」を刊行したことは、わたしらにとって、大きな誇りでした」などとある。小田切秀雄は二つの書物を比べて、「わたしは、共産党内のひとときの自由な空気のなかで出た『農民運動の反省』での記述のほうが、より信頼できるように思う」(小田切1988)と述べているが、たしかにこの場合、そのような見方は十分に根拠があるだろう。

共産党は一九五八年に宮本顕治が書記長に就任して宮本体制が構築されるようになると、指導部の方針に異をとなえる者たちが次々に排除されていった。六四年には小田切秀雄、佐多稲子、中野重治や出隆といった人々も除名処分を受けている。そうしたなかで、党内において太宰治を部分的にでも評価することはますます難しくなっていったのだった。

それとは対照的に、太宰治は新左翼の文脈で称賛されていくようになる。その立役者はもちろん吉本隆明だった。「現代学生論」（「週刊読書人」一九六一・四・一七）で、「革命派や革命党になるまえに、かならず革命的であること」が重要だと言う吉本は、太宰こそは「戦後、ただ一人の革命的（革命派的ではない）文学者」であったと持ち上げ、太宰の「かくめい」（「ろまねすく」一九四八・一）という短文を引用して文章を結んでいる。

じぶんで、したことは、そのように、はっきり言わなければ、かくめいも何も、おこなわれません。じぶんで、そうしても、他のおこないをしたく思って、にんげんは、こうしなければならぬ、などとおっしゃっているうちは、にんげんの底からの革命が、いつまでも、できないのです。（「かくめい」）

この吉本の文章は『擬制の終焉』（現代思潮社、一九六二）に収録され、新左翼やそのシンパの学生たちに広く読まれていった。

太宰研究の始まり

『太宰治文学批判集』と同じ年に刊行された相馬正一の『若き日の太宰治』（筑摩書房、一九六八）は、弘前高校の教員であった著者が一九六二年以降に執筆した論文の集大成である。編集は野原一夫が担当した。相馬は同書で、太宰の生家である津島家が実は明治維新当時は十町歩余の地主に過ぎなかったのであり、その後急速に青森でも屈指の大地主になっていった事実を明らかにした。それまで太宰の友人や評論家なども太宰の家を名家・旧家と思っていたのだが、相馬の研究によってそうした思いこみは訂正されたのである。その後も相馬の研究は進展し、『評伝太宰治』全三巻（筑摩書房、一九八二〜八五）に結実する。

相馬の伝記研究の重要性は疑えないが、太宰が若いころに共産主義運動に関わっていたことの重要性を相馬が低く見積もりがちであることに対しては疑義もないわけではない。たとえば、川崎和啓は「氏が、太宰はコミュニストタイプの人間ではなかったという前提のもとに、氏の発掘した膨大な資料を、半ば意図的に半ば無意識のうちに、その前提に沿うように読んでいる面が少なからずあるように思われる」（川崎 1990）と相馬を批判している。

だが、相馬が研究を進めていったのが、ちょうど大沢久明たちが太宰を批判する文章を地元の雑誌や新聞でさかんに書いていた時期であったことに注意しよう。一九六一年に大沢が執筆した「太宰治とコミュニズム」（「陸奥新報」一九六一・六・一〜八）は青森県内にちょっとした論争を巻き起こした。相馬も「デカダンだったが共産主義者ではない／大沢久明氏に問う」（「東奥日報」一九六一・六・二三）で論争に参加しており、大沢の主張の前提となっているのは太宰がコミュニストもしくはそのシンパだったという点にあるが、「実はこの前提が、氏の勝手に想定した独断なのである」と大沢を批判している。大沢はそれに対して、「若き太宰研究者に」（「東奥日報」一九六一・六・二七）で「太宰は『一度も共産主義になろうと努力したことがない』から、かれに崩壊する思想ははじめからない。一時的に深入りしたけれどもそれはかくれみのだ。というのは少し論理としても事実としても無理である」と反論している。相馬が奥野健男の『太宰治論』を読んで太宰研究を志したというのが事実だとしても、相馬の研究の仮想敵は奥野以上に大沢たちではなかったろうか。

相馬は一九二九年生まれだが、六〇年代には奥野の『太宰治論』に刺激を受けた三〇年代以降生まれの研究者たちも続々と研究を始めていった。

一九六二年七月からは一九三二年生まれの山内祥史（当時は昭一）がガリ版刷りの「太宰研究」を個人で刊行し始めている。創刊号は限定二五部で、内容は「太宰治批評スクラップ」、「参考文献目録」、「太宰治書誌」などからなっていた。山内の研究によって、基礎的な文献の発見や書誌研究が急速に整備され、年譜が充実していった。その成果は第十次（初出版）『太宰治全集』（筑摩書房、一九八九〜九二）などに活かされ、また『太宰治著述総覧』（東京堂出版、一九九七）や『太宰治の年譜』（大修館書店、二〇一二）といった著作に結実することとなった。

また、一九六〇年代は三好行雄『作品論の試み』（至文堂、一九六七）などが刊行され、作家を論じるためにその作品を恣意的に利用するのではなく、まずは個々の作品を精緻に読んでいくことを目指す「作品論」が提唱された時代でもあった。太宰研究においても、鳥居邦朗、東郷克美、渡部芳紀といった若い研究者たちによって個々の作品の読みが深められていく。彼らの研究は、東郷・渡部編『作品論　太宰治』（双文社出版、一九七四）、鳥居『太宰治論　作品からのアプローチ』（雁書館、一九八二）、渡部『太宰治　心の王者』（洋々社、一九八四）、東郷『太宰治という物語』（筑摩書房、二〇〇一）などにまとめられていった。

さらに、一九七〇年代から八〇年代にかけては、津島美知子『回想の太宰治』（人文書院、一九七八）と野原一夫『回想太宰治』（新潮社、一九八〇）という二つの魅力的な太宰をめぐる回想記が書かれていることも見逃せないだろう。前者は八三年に講談社文庫に、後者も同じ八三年に新潮文庫に入り、多くの読者に読まれることとなった。そのような基本的な文献が充実することによって、太宰研究はますます盛んになっていったのである。

読書感想文のなかの「人間失格」

先述したように、一九五〇年代後半に採録が始まった太宰作品は、六〇年代以降にはますます多くの教科書に載せられていくようになる。ただし、その場合はいわゆる中期の作品が中心であり、「人間失格」が教科書で取り上げられることはほとんどなかった。だが、「人間失格」は一九五〇年代後半に読書感想文の世界に登場し、六〇年代前半にはいったん姿を消すものの、後半に再び姿を見せ、七〇年代以降に大きな存在感を見せていくことになる。もちろん、「斜陽」や「走れメロス」などが取り上げられることもあるものの、太宰作品のなかでも「人間失格」の多さは圧倒的であり、漱石の「こころ」などと並んで、読書感想文における定番と言っていい作品となっているのである。全国学校図書館協議会が主催する青少年読書感想文全国コンクールの入選作品集『考える読書』を調査した石川巧は、「太宰治の死後その忌まわしい記憶とともに封印されていた『人間失格』は、昭和四〇年代の読者（それも女子生徒を中心とする中・高校生）によって発掘され、いまだその輝きを失っていない」（石川 2009）と述べている。「昭和四〇年代」、すなわち一九六〇年代後半から七〇年代前半の『考える読書』に掲載されている「人間失格」の読書感想文を、いくつか具体的に見てみることにしよう。

第十四回（一九六八年度）の高校二年生（女子）は、次のように述べている。

> 私がこの自己憐憫な小説に魅了されたのも、私自身が葉蔵のもつやましさからの苦悩や、社会に適合する必要性に対する疑惑を持ち、憤りを感じていたからであり、その彼の考えに共感したことによって、作者との連帯感を身近に覚えた。〔…〕

しかしこの精神的苦闘に生き抜いた神様のような葉蔵と比較して私はあまりにも自分が虚無的な怠惰者である事を自覚し、ぞっとするほどの戦慄を覚える。そして順応主義者を批判し反発する私の後ろに今一人の私がいてそういうお前はどうなのか、彼らに異議を申し込む資格があるのか、と反問するのである。〔…〕

私も太宰や葉蔵のようにおのれに厳しく人間的美徳を持った真の人間になりたいと願っている。唯ひとつ彼らに欠けていた、社会やモラルにたち向かうほどの闘争精神をも備えて、たとえそれが破滅の道を歩む道しるべとなっても、自分自身に対してだけは恥ずかしめやまやかしのない誇れる立派な人間として生きて行きたいと思うのである。

ここで筆者は「作者との連帯感」をまず覚え、次に自分と「作者」＝大庭葉蔵との差異に思い至り、最終的には現在の自分とも「作者」＝大庭葉蔵とも異なる第三の立場への止揚を目指すという弁証法的な筋道を辿っている。「人間失格」の読書感想文における一番の特徴として、「ここに私が描かれている」と主張するものが非常に多いということが挙げられるだろう。その場合、主人公の大庭葉蔵と作者太宰とがほとんど重ね合わされていることも特徴的だ。ただ、共感を主張するだけでは読書感想文として成立しないので、最終的には教育的言説ともある程度合致するような論理展開を見せていくこととなる。その意味で、右に挙げたものは「人間失格」の読書感想文として一つの典型と言うことができる。

また、第十八回（一九七二年度）の高校一年生（女子）は、次のように述べている。

作者太宰治は、世間を、人間を、そして自己を悲しいほどに重く厳しい目で捕えている。〔…〕彼自身、こういう世の中だからああしなければならないという結論を持っていたのではなく、とにかく、嘘で固められた人間関係を否定しながらも、自らその中で暮らすより他はないという、また、おそらく自分自身も自分が否定しているその人間であることへのただむなしさのため、腹立たしさのためだけに、人間を暴いたような、自己をたたきのめしたような小説を書いたのであろう。そして、ある時には、彼の純粋な、人間性への祈りにも似た必死の想いが、不可能とも思われる命がけの友情を描き出した『走れメロス』のような作品となって現われたのだ。〔…〕

今まで、純粋だとか、誠実だとかいって葉蔵を表現してきた。しかし、これだけで良いのだろうか。結局、彼は、単なる意志の弱いかわいそうな個人でしかなかったのかもしれない。〔…〕彼の生き方に同感しながらも、強く反発する心が働く。絶対に葉蔵みたいになってはならない。『世間とは個人である』という葉蔵の思想は、わかるような気もするけれど……。

この世の中で人間失格者にならないで生きてゆく生活の知恵。なるべくあどけなく単純に、そしてずるく。私は、これを実行していくのだろうか。ほんとうにこれしかないのだろうか。

ここでは、「作者」と大庭葉蔵とのあいだにある程度の距離が認められているようである。大庭葉蔵とは、「作者」が「人間を暴いたような、自己をたたきのめしたような小説」を書くためにつくりだした登場人物なのであり、両者を単純に同一視することはできない。そして、そのような大庭葉蔵への共感と反発とを筆者は記すのだ。

第十九回（一九七三年度）の高校一年生（女子）になると、「作者」と大庭葉蔵とは完全に区別されるに至る。

この小説を読み進めながら、私は彼（＝大庭葉蔵）の不真面目な生き方を批判したくなった。あまりにも作りものすぎるという感じをいだいたからだ。しかし、この作者は、私たちにこの男についておおいに批判させ、その上で私たちにはこんな誤った生き方をしてほしくない、人生をたいせつにしてほしいと言いたいがために、こんな遠回りをしたのではなかったろうかと、途中から私の考えが変わってきた。

人間が完全に人間で無くなった時、それを〝人間失格〟という。このことばは彼だけに使われることではないだろう。これからの私にとって、特に苦労知らずの私にはいろんなことがあるだろう。でも、それから逃げていたのでは彼の二の舞になってしまう。

あの感動を知るためにも前向きに進みたい。自分で生きがいのある生活を送るのはとてもすばらしいことではないか。私はとても大きな発見をしたような気でいる。

このように一九七〇年代の読書感想文のなかに、「作者」と主人公とのあいだに距離が導入されるものが現れているのは、この時期の国語を教える教師たちの指導方針をある程度窺わせるものでもあるだろう。それは文学研究における「作品論」の志向とも合致するものだ。

言うまでもないが、読書感想文には教師の指導が直接あるいは間接に介在している。もしかしたら作品の選定にあたっても、教師の意向が少なからず働いていたかもしれない。そして生徒たちは、教師や青少年読書感想文全国コンクールの選考委員たちの期待の地平に沿うようなものを書こうとしたのだろう。ただ、たとえそうだとしても、生徒たちがその作品に何も感じなかったのであれば、コンクールに入選するような読書感想文は書けなかったに違いない。また、一九七〇年代以降に「人間失格」の読書感想文が増加しているということは、国語教育の現場において、教科書にはほぼ掲載されることのない「人間失格」が確固とした位置を占めるようになったということをも示しているように思われる。

再び毎日新聞社の読書世論調査を参照すると、「よいと思った本」という質問項目において、一九七三年に「人間失格」が十五位（七人）に入っている。一九四九年に「斜陽」が十一位に入って以来、約二十年ぶりに太宰作品が上位二十位のうちに登場したのである。その後

「人間失格」は七五年には十二位（十人）、七七年には十四位（九人）、七八年には二十三位（四人）、七九年には十五位（七人）と、安定して登場していくようになる。また「好きな著者」という質問項目では、五九年以降は四十位以内、六五年以降は二十位以内に毎年入っているが、六七年には十三位（三十三人）とそれまでの最高位を出しており、七二年には六位（四十人）にまでなっていることが注目されるだろう。六十年代後半の第三次太宰ブームを経て、太宰人気は着実に定着したのであった。

終章　その後の〈太宰治〉

終章は、第三次太宰ブームを経たあとから現在にかけての〈太宰治〉の諸相を取り上げる。一九七三年のオイルショックによって、高度経済成長の時代は終わりを告げたが、この時期には出版の傾向も明らかに変わっていった。文学全集のような大型の出版物は次第に売れなくなり、各社は次々に文庫に参入していった。文学全集や個人全集に強かった筑摩書房が一九七六年に倒産しているのも、そうした時代の動向と無関係ではないだろう。

文学全集は、「円本」と呼ばれていた一九二〇年代や、戦後の五〇年代から六〇年代にかけてもブームとなり、出版社のドル箱となっていた。全何十巻もある文学全集には、各巻に一名か複数名の作家が割り振られ、各作家の代表作が収録されていた。文学全集を全巻揃えれば、日本文学を代表する作品を全て所有することができるわけである。第二部第二章で「文学全集を編むということは、一つの文学史を提示することでもある」と述べたが、文学全集にはそうした体系性が必須であり、かつてはそれが魅力にもなっていた。だが、現在ではそうした体系性は忌避され、「文学史」という概念を意識して読書する者もほとんどいなくなったようだ。

また、個人全集もこの頃から売れなくなっていく。個人全集は「作者」という概念に対する欲望がなければ成立しなかったものだ。読者の愛情が作品レベルに留まらず、「作者」へと向けられるとき、断簡零墨まで含めたその作家の全ての痕跡を収集したいという欲望が発生する。失敗作であっても、プライベートな手紙であっても、はてはノートや単なるメモに至るまで、その「作者」のものであれば全て所有したいという欲望によって個人全と思われる。

集は成立している。だが、そうした「作者」という概念は次第に希薄になっていったのだ

『太宰治全集』も例外ではない。一九七〇年代以降、刊行のペースは次第に遅くなり、一九九八年に刊行開始された第十一次『太宰治全集』が最後の全集となっている。もちろん、各文庫においては太宰の著作はまだ売れ続けているのであり、受容のスタイルが変わってきたということなのであろう。

そうしたなかで〈太宰治〉もまた変化していく。かつては思想性・倫理性が高く評価されてきたのだが、一九八〇年代以降になると、サブカルチャーに通じるエンターテインメント性やポストモダンに通じる前衛的な手法が注目されるようになっていく。第三次太宰ブームの後、太宰人気は落ち着きを見せていくものの、時代の変化に合わせて、〈太宰治〉の多彩な側面が見直されてきたのだ。

二〇〇〇年代に入ってからは、文庫本の表紙が様変わりするなど、〈太宰治〉を包むパッケージも変わっていった。映画化やマンガ化が多数行なわれ、またケータイ小説やライトノベルといった文脈と接続されることによって、新たな読者を獲得している。かつての「無頼派の旗手」といったイメージはすっかり影を潜めたと言っていいだろう。

それでは、かつてとは様変わりした〈太宰治〉の諸相について、これから見ていくこととしよう。

『太宰治全集』の変遷

まず、第三次太宰ブーム以降に刊行された『太宰治全集』について確認しておこう。先述したように、一九六七年に第五次『太宰治全集』が刊行開始されたが、それは第一次全集を改訂・増補したものだった。書簡は六七八通とかなり増え、それが収められた第十二巻は新版二段組となった。定価は五八〇円である。

一九七一年、第六次『太宰治全集』の刊行が始まった。第五次と内容は同じで「筑摩全集類聚」としての刊行である。ただし、定価は八五〇円とやや高くなった。

同年には講談社文庫が創刊されており、以後各社で文庫の創刊ラッシュが続き、「第三次文庫戦争」と呼ばれる熾烈な争いが繰り広げられることとなる。そうした出版界の動向には、一九七三年にオイルショックが起こり、高度経済成長の時代が本格的に終わりを告げたことも関係している。紙不足の深刻化から書籍の定価が前年度に比べて三〇～四〇％高くなり、出版界はまた苦難の時期を迎えていくのである。

一九七五年に刊行が始まった第七次『太宰治全集』は定価が三七〇〇～四六〇〇円と、第六次の四倍以上となった。この全集は「新訂版」とされ、本文校訂をやり直し、巻末に本文の異同を掲げている。それによって、本文の変遷が一目でわかるようになったわけである。同じような試みとしては荒正人が編纂した『漱石文学全集』（集英社、一九七〇～七四）があり、また『校本宮沢賢治全集』（筑摩書房、一九七三～七七）では賢治の残した膨大な草稿の変遷を示すという試みもすでに行なわれていた。

各巻の「解題」を担当した関井光男は「この全集がターニング・ポイントとなったのは、太宰の著作の本文を検討してテクストの変遷を示したことであるが、太宰の生前の読者ではなく全集によって輩出された読者が全集を推し進めたことにある」（関井 1999）と述べている。この第七次から編集担当者も野原一夫から一九六一年入社の瀬尾政記に交代し、相馬正一や山内祥史といった第二次太宰ブーム以降に研究を開始した若い研究者たちの協力を得ながら全集の編集が行なわれた。

瀬尾はそれまでに『日本文化史』全八巻（一九六五～六六）、『明治文学全集』全九十九巻（一九六五～八九）、『井伏鱒二全集』全十四巻（一九七四～七五）などを担当していた。野原一夫は「瀬尾は太宰治の文学の熱心な読者であったし、資料調査と校訂にかけては私よりよほど練達していた」（野原 1990）と述べている。また、第十二巻（一九七七・一二）に収録された「著作年表」を担当した山内祥史は、次のように回想している。


「著作年表」の形式や記載事項などの決定までには、瀬尾政記氏と協議し検討すること、十数回に及んだ。「著作年表」作成用の特別の原稿用紙も作ってくれた。このとき私は、瀬尾政記氏から多くのことを学んだ。句読点のひとつ傍線のひとつもおろそかにせず、すみずみまで目くばりをして正確を期する、そのきびしさを教えられた。これで誤りはあるまいと思って原稿を渡すのだが、瀬尾政記氏は、つぎに来たとき、ひとつかふたつか誤りを指摘するので私は驚いた。私は緊張し続けて「著作年表」を作成した。あとで知ったのだが、瀬尾政記氏は社内で懸賞を出して多くの人々の協力を得、私の原稿の誤りを探し出していたという。その話を聞いたとき、瀬尾政記氏が私に隠して実行していた秘密を知った想いだったが、その執念にはやはり敬服せざるを得ない、と思った。（山内）

この全集で「田舎者」（「海豹通信」一九三三・一二）、「人物に就いて」（「東奥日報」一九三六・一二）、「私の著作集」（「日本学芸新聞」一九四一・七・一〇）などの随筆が初めて収録され、また太宰、安吾、織田作による座談会「歓楽極まりて哀情多し」（「読物春秋」一九四九・一）も収録された。書簡の収録数は第六次の六七八通から七二四通となった。

第八次『太宰治全集』（一九七八〜七九）は第七次と同じ内容の「筑摩全集類聚」として刊行され、価格が約半分の二〇〇〇円となった。書簡の収録数は二〇通増えて、七四四通となっている。刊行途中の一九七八年七月、筑摩書房は業績不振のため倒産し、会社更生法の適用を申請した。希望退職者が募集され、大幅な賃金カットも決定した。取締役だった野原一夫は責任を取って退社し、以後、著述業で活躍することとなる。また、太宰治賞も同年を最後に、いったん途絶えている。復活するのは二十年後のことであるが、それについてはまた後で触れることになるだろう。

その後の筑摩書房は、保全管財人となった元岩波書店編集者で出版界の重鎮だった布川角左衛門のもと、再建の道を歩むことになる。一九八五年には、ちくま文庫が創刊された。他社の文庫に比べて、部数は少なめで値段が高めという路線を狙い、成功する（永江 2011）。その一つとして刊行されたのが第九次『太宰治全集』（一九八八〜八九）であり、内容は第七次をもととしている。ただし、書簡や習作などは入っていないので全十巻で、仮名遣いも新仮名に直された。ちくま文庫は個人全集が多く入っているというのも特色の一つとなっており、他に『宮沢賢治全集』（一九八五〜八六）、『芥川龍之介全集』（一九八六〜八九）、『夏目漱石全集』（一九八七〜八八）などがすでに入っていた。

第十次『太宰治全集』（一九八九〜九二）は山内祥史が中心となって編纂し、初刊本ではなく初出の本文を底本とし、しかも発表順ではなく（推定）執筆順に作品を配列するという玄人好みの全集となった。太宰関係の資料を遍く蒐集したために住んでいたマンションの部屋が資料で埋まり、他に住居を求めなければならなかったという逸話をもつ山内がいなければ到底実現できなかった全集だろう。担当編集者だった瀬尾政記が山内に各巻ごとに詳細な解題を依頼すると、山内は第一巻だけで五〇〇枚以上の原稿を書いてきた。さすがにそのままでは掲載できないので、一〇〇枚ほどに縮めてくれるように瀬尾は頼みなおさなければならなかった。その瀬尾は刊行開始前の一九八八年四月、下咽頭癌のために死去した。五三歳だった。

この全集で「作者の言分　十月創作評に応へて」(「時事新報」一九三五・九・三〇)、「春夫と旅行できなかった話」(「西北新報」一九三七・一)といった随筆、あるいは黒木舜平名義で発表された探偵小説「断崖の錯覚」(「文化公論」一九三四・四)などの他、「太宰治先生訪問記」(「大映ファン」一九四八・五)などの会見談を初めて収録しており、書簡の収録数は七九一通となった。また、別巻には山内による詳細な著作年表、書誌、年譜、参考文献の他、津島家に関する資料や、太宰がつけていた「創作年表」なども収められている。

また、この全集が刊行中だった一九九一年五月、筑摩書房の更生計画がようやく終結した。会社更生法を申請してから十三年が経っていた。

没後五十周年にあわせて刊行された第十一次『太宰治全集』(一九九八〜九九)は、もう少し一般読者向けの全集となり、全十二巻の予定で開始されたが、最終的に全十三巻に変更された。編纂に携わった安藤宏は、その事情を次のように説明している。

> 全十二巻の予定で刊行が開始された今回の全集は、企画の途中で歓迎すべき〝誤算〟が生じ、きわめて魅力的な一巻があらたに付け加えられることになった。津島家のご厚意により、草稿を中心とする貴重な新資料の掲出が可能になったのである。(安藤 1999)

「人間失格」、「如是我聞」、「斜陽」、「グッド・バイ」の草稿や、構想メモ、晩年の手帳に至るまでの資料が第十三巻に収録されている。第一章で触れた『太宰治全集』目次案や『井伏鱒二選集』目次案などもこの全集に初めて収録されたものだ。一九九七年に津島美知子が亡くなったことから、多くの太宰関係の資料が世に出ることとなったのである。

他にも、「女生徒」の原典である有明淑の日記が『資料集　第一輯』（青森県立図書館青森県近代文学館、二〇〇〇）として、「パンドラの匣」の原典である木村庄助の日記が『木村庄助日誌』（編集工房ノア、二〇〇五）として刊行されている。これらが公になることによって、オリジナルな物語をつくりだすというよりは原典を自在にリライトしていくことに力を発揮する太宰の才能にあらためて注目が集まることとなった。

全集から文庫へ

次に第三次太宰ブーム以降の文庫の刊行状況を見ておこう。

まず、岩波文庫には一九六八年に『ヴィヨンの妻・桜桃』と『富嶽百景・走れメロス』が入っている。それまでのものと合わせて計四点が入ったことになる。

角川文庫は一九七〇年に『東京八景』のタイトルを『走れメロス』に改めている。その時点で角川文庫には計九点が入っているのであって、新潮文庫の計六点を圧倒しているのだ。

奥野健男の『太宰治論』も角川文庫に入っており、この時点での太宰治と縁の深い文庫といえば、まずは角川文庫が想起されたのではないだろうか。

「いざなぎ景気」が終わりを告げたのは一九七〇年だが、その翌年に講談社文庫が創刊された。以降、七三年に中公文庫、七四年に文春文庫、そして七七年に集英社文庫と各社が参入し、文庫市場の競争は激しさを増していった。一九三〇年代の岩波文庫、春陽堂文庫などによる第一次文庫戦争、一九五〇年代の新潮文庫、角川文庫などによる第二次文庫戦争に続いて、第三次文庫戦争と呼ばれる。

その中で、講談社文庫は一九七一年に『斜陽』、『人間失格』、七二年に『ヴィヨンの妻・桜桃』、『晩年』、『走れメロス・女生徒・富嶽百景』、七三年に『津軽』、『虚構の彷徨、ダス・ゲマイネ』、七五年に『お伽草紙・新釈諸国噺』と矢継ぎ早に太宰作品を刊行していった。

それに刺激されたのか、一九五四年の『富嶽百景』（六七年に『走れメロス』に改題）を最後にしばらく太宰の著作を刊行していなかった新潮文庫も、一九七〇年代に怒涛のように太宰作品を刊行するのである。一九七二年に『二十世紀旗手』、『お伽草紙』、『グッド・バイ』、七三年に『惜別』、『パンドラの匣』、七四年に『きりぎりす』、『新ハムレット』といった具合だ。これで、角川文庫を上回る計十三点が新潮文庫に入ったことになる。

そして新潮文庫の勢いは八〇年代に入ってからも衰えなかった。八〇年に『もの思う葦』、八二年に『津軽通信』、『新樹の言葉』、八三年に『ろまん燈籠』が刊行され、新潮文庫に入っ

太宰治全集発行部数（筑摩書房　第九次～第十一次）

シリーズ名	巻数	初版部数	累計部数	累計刷数
太宰治全集（第九次・1988）	1	20,000	37,200	12
太宰治全集	2	20,000	31,600	9
太宰治全集	3	20,000	29,100	9
太宰治全集	4	18,000	23,900	6
太宰治全集	5	15,000	21,300	6
太宰治全集	6	15,000	23,100	7
太宰治全集	7	15,000	24,400	8
太宰治全集	8	13,000	20,600	8
太宰治全集	9	13,000	28,100	11
太宰治全集	10	13,000	23,100	8
初出　太宰治全集（第十次・1989）	1	-	-	-
初出　太宰治全集	2	2,800	-	-
初出　太宰治全集	3	2,500	-	-
初出　太宰治全集	4	2,500	-	-
初出　太宰治全集	5	2,500	-	-
初出　太宰治全集	6	2,200	-	-
初出　太宰治全集	7	2,000	-	-
初出　太宰治全集	8	2,000	-	-
初出　太宰治全集	9	2,000	-	-
初出　太宰治全集	10	2,000	-	-
初出　太宰治全集	11	2,000	-	-
初出　太宰治全集	12	2,000	-	-
初出　太宰治全集	別巻	2,000	-	-
太宰治全集（第十一次・1998）	1	2,300	3,140	3
太宰治全集	2	2,000	3,850	4
太宰治全集	3	1,800	3,350	4
太宰治全集	4	2,500	3,300	3
太宰治全集	5	2,400	3,240	3
太宰治全集	6	2,400	3,240	3
太宰治全集	7	2,400	3,200	3
太宰治全集	8	2,300	3,140	3
太宰治全集	9	2,300	3,100	3
太宰治全集	10	2,300	3,150	3
太宰治全集	11	2,300	3,100	3
太宰治全集	12	2,300	3,070	3
太宰治全集	13	2,500	3,300	3

情報提供筑摩書房。- は不明。第九次はちくま文庫

た太宰作品は計十七点となったのである。『ろまん燈籠』の「解説」で奥野健男が「新潮文庫版太宰治全集が完結したと言ってよいだろう」と述べているように、書簡や習作など一部の作品を除くほとんど全ての太宰作品が新潮文庫で読めるようになった。

角川文庫は、一九七五年に角川春樹が父・源義の跡を継いで角川書店の社長となってからはエンタメ路線にシフトしたこともあり、七〇年代以降は太宰作品を刊行していない。八四年に奥野の『太宰治論』が新潮文庫に入ったこともあり、七〇年代から八〇年代にかけて太宰治と縁の深い文庫の位置が、角川文庫から新潮文庫に完全に移ったと言えるだろう。

また、文庫といえばちくま文庫においても、八八年に『太宰治全集』が刊行されたことも見逃せない。八〇年代以降においては、新潮文庫とちくま文庫において、太宰のほとんど全ての作品が読めるようになったのである。そして、それとともに『太宰治全集』はかつてのようには売れなくなっていった。第十次や第十一次の『太宰治全集』は初版二〇〇〇部台で、増刷がかかっても三〇〇〇部台である。文庫版の第九次『太宰治全集』は初版一～二万部で、それぞれ増刷されているが、いちばん売れている第一巻も四万部には届いていない。もはやかつての勢いは感じられないのである。

もちろん、『太宰治全集』だけではない。文学全集も一九七〇年代を境として、ほとんど刊行されることはなくなった。かつては出版社の経営が苦しいときの起死回生策として活用されてきた文学全集も、もはやそんなに売れる商品ではなくなってしまったのである。全集刊行に強みを見せていた筑摩書房が一九七八年に倒産したのも、そうした動向と無関係ではない。一九八八年に刊行開始された『ちくま文学の森』全十六巻は、作家ごとではなく、「美しい恋の物語」や「変身ものがたり」といったテーマごとに編纂され、旧来の文学全集とは異なるアンソロジーのあり方を示した。旧来の文学全集が一つの文学史、あるいは体系を志向していたのに対して、『ちくま文学の森』は読者が気になるテーマを自由に選び取ることを前提としていたと言えるだろう。

個人全集や文学全集ではなく、文庫やアンソロジーなどで気になる作品だけを読む読書へと、受容のあり方が変わってきたのだ。それは、「作者」や「文学史」という概念が効力を低下させていったということでもあるに違いない。それに伴って、〈太宰治〉もまた多様な解釈へと開かれていくこととなる。

サブカルチャー？　ポストモダン？

「読売新聞」（一九七六・九・一六夕刊）に掲載されている「富士と月見草と太宰治の天下茶屋を再建／ファンの要望にこたえ来年夏／ゆかりの〝部屋〟再現」という記事は、「太宰治が小説「富嶽百景」の取材と構想を練ったところとして知られる山梨県御坂峠の「天下茶屋」が約十年ぶりによみがえることになった」ことを伝えている。山の中腹に新御坂トンネルができた結果、天下茶屋がある旧御坂トンネル付近が閑散としたために、一九六七年に天下茶屋はいったん閉鎖されていたのだった。が、近年、全国の太宰ファンから復活してほしいと電話などがたびたび来ることから、復活を決意したのだという。

また、「太宰治ゆかりの「天下茶屋」を十年ぶりに再建する外川政雄さん／〝月見草の峠に再び〟」（「読売新聞」一九七六・九・二二）には、「それでも太宰を卒業論文に選んだ女子学生などが年間五十人ほどは訪れるという」などとされており、再建が決定する前から少なくない数の太宰ファンが訪れる場所となっていたことがわかる。

一九七〇年代においても、相変わらず熱心な読者が少なくなかったことがこのようなエピソードからもわかるが、第三次太宰ブーム以降においては、太宰ファンの中心は若い女性に変わっていた。

一九八〇年六月二一日付の「朝日新聞」夕刊は「墓前に集う若い女性／桜桃忌／星霜移り…ことし太宰治33回忌」という記事を掲げている。リードには「太宰治の人と文学をしのぶ「桜桃忌」が十九日、全国から三百人の文学ファンを集め、東京三鷹市の禅林寺で行われた。〔…〕かつては亀井勝一郎、檀一雄ら故人と親交の厚かった文士が集まり、思い出の酒をくみかわした集いも、世話人が次々と他界して、主役は女性中心のヤングに変わった」とある。

桜桃忌の盛況ぶりはその後も毎年のように報道されるが、一九八五年に男女雇用機会均等法が制定されたこともあり、女性の進学先が多様化していくなかで、そのような太宰人気も変化を見せていくことになる。

やはり毎日新聞社の読書世論調査を確認しておくと、七六年の十位を最後に十位以内に入ることはなくなり、その後は太宰人気にも陰りが出ていたことが確認できる。八二年（二十二位）、八四年（二十二位）、八五年（二十六位）、八八年（二十六位）と、二十位以内に入らない年も目立つようになるのだ。

そしてそんな時代に、〈太宰治〉をめぐって、従来とは異なる受容のあり方が見られるようになっていく。たとえば小林信彦は、次のように述べている。


今日、太宰治といえば↓「斜陽」「人間失格」↓「暗い」↓文学した人――という連想パターンがあって、これが一般的な肖像になるのだろう。ベストセラーになったとか、文庫が読まれていることからも、〈「人間失格」の作家〉のイメージは否定できまい。

しかしながら、ぼくは、初めから、中期の（作家が結婚し、精神がとりあえず安定した時期の）「富嶽百景」や「駆込み訴え」、とりわけ、空襲のさなかに書かれた「お伽草紙」が好きであり、現在でも、考えは変わっていない。滑稽、かるみ、というこの作家のプラスの札が躍動しているのは「お伽草紙」のようなホラ話の世界なのではないか。ここでいうホラ話とは、極端な誇張によって真実を語るというほどの意味だが、「お伽草紙」の翌年（昭和二十一年）の「親友交歓」くらいまでは、そうしたゆとりがあったとおぼしい。

（小林 1989）

教科書にあっては中期の作品が主に採録されていたとは言え、一般的に太宰治といえば、後期の作品が連想されるのが一般的だったろう。実際、新潮文庫や角川文庫においても、太宰作品のなかで売れているのは『人間失格』と『斜陽』の二作品であった。だが、小林はそのような受容のあり方に異議を唱え、「滑稽、かるみ」あるいは「ホラ話」の作家として太宰を捉えなおしているのだ。小林は次のように文章を結んでいる。

ある文芸誌の編集長が、ぼくに、太宰治は、あの、いかにも〈苦悩の旗手〉めいた写真と、後年にすぐれた評論家が説得力のある太宰論を書かなかったことで、イメージが狂っているが、虚心に読めば、はばが広く、奥深い作家ですな、と語ったことがある。ぼくの答えは記すまでもない。

同じ頃、吉本隆明は太宰治に関するシンポジウムにおいて、「如是我聞」における太宰の志賀直哉への批判は、要は「ちっともサービスしていないじゃないか」ということだったとして、次のように述べている。

それで、いまでもその問題はとても切実なんです。誰か具体的に挙げられるといいんですが。例えば大江健三郎の小説はサービスのない小説なんですよ。だけど、例えば村上春樹の小説はサービスしている小説だと思います。もっと、例えば、村上龍はもっとサービスしていると思います。それはまた、沢山読まれるか、読まれないかっていうこととも関連するわけですし、また批評の問題とも関連するわけです。

太宰治の言っていたことは、いまでも切実ですし、ある意味では、その当時よりももっと切実なんです。サービスする必要があるかっていう〝居直り〟とそれからサービスしなきゃだめだ、だけどあんまりサービスするとサブカルチャーのエンタテイメントになっちゃうぞ、という言い方まで広範に拡がっています。志賀直哉にくってかかった戦後すぐの時代よりもっと切実に太宰治がサービスっていっていること、つまり、フィクションにしなきゃ自分さえ提出しないっていうこと、お話の文体を基調にして小説を書いてる表現の問題のこと、サービスしないっていう文体の小説はどうなのかっていうことは切実に問われていると思います。(吉本 1988)

「文学」と「サブカルチャー」の境界が問われていた一九八〇年代後半において、太宰は「切実」な現在的問題を抱えた作家として捉えなおされる。もちろん、その際には太宰作品のなかの「滑稽、かるみ」あるいは「ホラ話」の側面が重視されることになるだろう。倫理性や思想性が重視され、既成秩序に反逆する「無頼派」、あるいは「苦悩の旗手」とされていた頃の作家イメージからは、明らかに変化していると言っていい。

また、八〇年代後半以降から九〇年代にかけては太宰作品の虚構性、実験性にも注目が集まった。

高橋源一郎と吉本隆明の対談「なぜ太宰治は死なないのか」（「新潮」一九八八・九）を見てみよう。吉本から「現存するところで太宰治に一番近い」と言われた高橋は、太宰の小説について「いわゆるオーソドックスな小説とはずれているけれども、モダンな小説の後に書かれるおのとして一番オーソドックスじゃないか。だから、太宰は今読んでも非常に面白いんです」と述べている。つまり、太宰をポストモダンの作家として捉えなおしているのである。

その高橋は、九〇年代に入って太宰の諸作品を意識した『ゴーストバスターズ　冒険小説』（講談社、一九九七）を発表した。同作を「「斜陽」にも対抗し得る作品」（いとう 1997）として絶賛したいとうせいこうは、別の場所では太宰を「様々な語り手の実験」を試みる「コンセプトマシーン」だと述べる。

そもそも、小説にとって語り手の問題は解き得ないアポリアである。「三田村はキングをe3に動かした。澤田がナイトを出してくると読んだからである」と書かれた文において、誰がそれを報告しているのか、誰が三田村の意図を知り得るのかは説明できないからである。このような小説において、「語り手の中性化」（柄谷行人）は必然的な技術になるのだが、おそらく太宰はこの〝テクスト上の虚偽〟を許しておけなかったのだと思う。

そう考える僕には、太宰が自意識的な嘘にさいなまれていたとする神話はまったく意味をなさない。むしろ太宰は近代小説が解決法を持たないこの〝テクスト上の虚偽〟をこそ指弾し、自らの小説において語り手を定位／消去し続けようとしたのである。

安上がりな無頼イメージや表面的なマゾヒズム感に憧れて太宰の名を出す作家たちを見る度に、僕は悲憤慷慨する。それは太宰を小説の歴史から消去することになるからだ。

（いとう 1998）

いとうは自身も太宰作品を意識して書いた『波の上の甲虫』（求龍堂、一九九五）を発表しているが、九〇年代には太宰の愛読者であることを公言する作家がずいぶん増えたことも特徴だと言えるだろう。たとえば、一九九六年下半期の芥川賞を受賞した辻仁成と柳美里がともに好きな作家として太宰治を挙げたことは話題となり、長い間「隠れ太宰ファン」だった久世光彦がカミングアウトするきっかけともなった。

また、戦後五十周年にあたる一九九五年には加藤典洋が「敗戦後論」（「群像」一九九五・一）で敗戦によって生じたとする「ねじれ」を問題とし、話題となったが、その続編の「戦後後論」（「群像」一九九六・八）で「太宰の文学だけは、戦前と戦後のあいだの水門が開かれても、ぴくりとも水が動かない」として太宰を積極的に評価した。この加藤の主張は多くの戸惑いと反発を生んだが、それだけに太宰研究においては戦中／戦後の問題に関する議論が活発化したとも言えるだろう。長野隆編『太宰治その終戦を挟む思想の転位』（双文社出版、一九九九）などが刊行され、太宰の戦中／戦後の連続性と非連続性を注意深く探ることの必要性が再確認されたのである。検閲の問題なども、この流れのなかであらためて注目されることとなった。

没後五十周年の太宰ブーム

没後五十周年にあたる一九九八年には、「新潮」、「ユリイカ」、「国文学　解釈と鑑賞」などの雑誌が太宰について特集を組んでいる。なかでも力が入っていたのが「新潮」で、冒頭には「太宰治アルバム」として太宰の写真はもちろんのこと、初公開となった遺書や「人間失格」などの草稿の写真まで掲載しており、他に安藤宏「『人間失格』草稿が明かす創作過程」、「井伏鱒二・太宰治　往復書簡」などが掲載されている。先述したように、一九九七年に津島美知子が亡くなったこともあり、それまで秘蔵されていた資料が一挙に公開されたのである。新資料の発見は新聞などでも大きく報道された。また、刊行中だった第十一次『太宰治全集』

にも急遽、第十三巻が追加され、そこに新資料が多く収録されることとなった。

同年にはテレビでも太宰を取り上げた番組がいくつか放映された。たとえば、教育テレビでは六月十四日から「シリーズ私の太宰治」が三日にわたって放映されている。一日目は太宰の娘である太田治子が自身の母である太田静子など太宰を愛した女たちについて語り、二日目（六月十六日）は太宰のオマージュ小説である『謎の母』（朝日新聞社、一九九八）を刊行したばかりの久世光彦が水原紫苑や町田康と対談し、三日目は井上ひさしが太宰の明るさについて語った。私は当時高校三年生だったが、特に二日目の内容はよく覚えている。久世が、自分は太宰ファンであるのを公言することが恥かしく、長い間「隠れ太宰ファン」だったと言ったことに不思議な思いを抱いたり、太宰の「女生徒」にある「眼鏡は、お化け。」という一節などを取り上げながら、太宰はそういうふうに一言で切り取る力がすごい、ということを水原が言った際には、なるほど、と思ったりしたものだった。

「東京新聞」一九九八年六月十九日夕刊には「太宰治しのび50回目の桜桃忌／不安の時代／人気は／斜陽ならず」という記事が掲載されており、「太宰が眠る東京都三鷹市の禅林寺には、朝早くから多くの〝太宰ファン〟が墓参に訪れた。不安の時代を象徴する作家は、先行きの不透明な今、衰えぬ人気を見せている」などと伝えている。同じ記事に新潮文庫の太宰作品の発行部数が記載されているが、『人間失格』が五三二万六〇〇〇部、『斜陽』が三二六万五〇〇〇部、『走れメロス』が一六三万一〇〇〇部、『晩年』が一四四万五九〇〇部、『津軽』が一二三万八五〇〇部であり、その他も含めて計十七点の発行総部数は一八二九万部となっている。仮に五十年で割ると、太宰の著書は新潮文庫だけで毎年三六万部以上売れている計算になる。

また、「50回目の桜桃忌／「太宰ブーム」再燃／文学賞復活、記念館開設、全集刊行など」（「読売新聞」一九九八・六・一九夕刊）は、「十九日は作家・太宰治をしのぶ「桜桃忌」。墓所の東

太宰治作品の発行部数（新潮文庫）

タイトル	印刷回数	発行部数
晩年	102刷	1,445,900
斜陽	97刷	3,265,000
ヴィヨンの妻	91刷	981,000
津軽	90刷	1,238,500
人間失格	137刷	5,326,000
走れメロス	61刷	1,631,000
お伽草紙	54刷	669,000
グッド・バイ	54刷	689,000
二十世紀旗手	40刷	419,000
惜　別	30刷	339,000
パンドラの匣	47刷	538,000
新ハムレット	32刷	314,000
きりぎりす	49刷	568,000
もの思う葦	37刷	315,000
津軽通信	17刷	164,000
新樹の言葉	22刷	200,000
ろまん燈籠	20刷	188,000
計		18,290,400

「東京新聞」1998年6月19日夕刊

京・三鷹市下連雀の禅林寺には、朝から多くのファンが訪れた。没後五十周年の今年は、文壇に「太宰治賞」が二十年ぶりに復活、評論も相次ぎ出版されるなど「太宰ブーム」が再燃の兆しを見せている。最後の九年間を過ごした同市、生まれ故郷の青森県金木町などゆかりの地でも、記念館開設など太宰にちなんだ事業が進んでいる」と伝えている。

太宰の生家は長い間、旅館として営業されていたのだが、金木町がそれを買い取り、太宰が暮らしていた当時の姿に復元したうえで一九九八年に金木町太宰治記念館「斜陽館」として公開した。また、隣接地には観光物産館や津軽三味線資料館などがつくられ、〈太宰治〉を核として地域の活性化が図られることとなった。当初の見込みは年間五万人だったようだが、実際にはオープン二か月で早くも二万人を突破、その後も毎年約十万人が訪れる人気スポットとなった。ちなみに、太宰が疎開した際に住んでいた生家の離れも二〇〇六年から「太宰治疎開の家」として一般公開されており、やはり好評を博している。

太宰治賞は一九七八年の筑摩書房の倒産により一時途絶えていたが、一九九八年に筑摩書房と三鷹市との共催で復活することが発表された。復活は三鷹市からの要望によるものだったようだ。復活後の受賞作に、津村喜久子『君は永遠にそいつらより若い』（二〇〇五年、受賞時の表題は「マンイーター」）、今村夏子『こちらあみ子』（二〇一〇年、受賞時の表題は「あたらしい娘」）、岩城けい『さようなら、オレンジ』（二〇一三年）などがある。

太宰の娘である津島佑子が『火の山――山猿記』（講談社）を刊行したのも一九九八年のこ

とだった。それは母親の実家である石原家の人々をモデルとした小説であり、谷崎潤一郎賞および野間文芸賞を受賞している。二〇〇六年には同作を原案とした朝の連続テレビ小説『純情きらり』（脚本・浅野妙子）が放映された。いわゆる朝ドラの定型を崩す作り方をしていたためか（なにせヒロインの夢がころころ変わり、何も成し遂げられない）視聴率は振るわなかったようだが、ヒロイン・桜子を宮崎あおい、その姉・笛子（津島美知子がモデル）を寺島しのぶが好演しており、私は楽しく観ていた。ちなみに、笛子の夫（太宰治がモデル）は西島秀俊が演じており、それもなかなかの好演だった。

様変わりするパッケージング

二〇〇七年、集英社文庫の『人間失格』は小畑健の作画によるイラストを表紙とする新装版を刊行した。小畑といえば当時「ＤＥＡＴＨ　ＮＯＴＥ」（「週刊少年ジャンプ」二〇〇三〜〇六）の作画で有名であり、表紙の人物も明らかにその主人公である夜神月を思わせる。だが、もちろん『人間失格』の表紙なのだから、そこに描かれているのはその主人公である大庭葉蔵以外ではない。「人間失格」の冒頭は、三葉の写真の説明で始まるのだが、その二葉目は次のように説明される。

第二葉の写真の顔は、〔…〕高等学校時代の写真か、大学時代の写真か、はっきりしないけれども、とにかく、おそろしく美貌の学生である。しかし、これもまた、不思議にも、生きている人間の感じはしなかった。学生服を着て、胸のポケットから白いハンケチを覗かせ、籐椅子に腰かけて足を組み、そうして、やはり、笑っている。〔…〕それこそ、鳥のようではなく、羽毛のように軽く、ただ白紙一枚、そうして、笑っている。つまり、一から十まで造り物の感じなのである。キザと言っても足りない。軽薄と言っても足りない。ニヤケと言っても足りない。おしゃれと言っても、もちろん足りない。しかも、よく見ていると、やはりこの美貌の学生にも、どこか怪談じみた気味悪いものが感ぜられて来るのである。私はこれまで、こんな不思議な美貌の青年を見た事が、いちども無かった。（『人間失格』）

この二葉目の写真をイラストにしたものが集英社文庫版の『人間失格』の表紙となったのだ。そして、それは「DEATH　NOTE」の主人公とも重ねられるようなものとして描かれているのである。この表紙は、担当編集者が「デスノートと太宰の破滅的な雰囲気は通じるものがある」（「太宰治新風景　没後60年」、「読売新聞」二〇〇八・六・一七）と感じたことから企画されたものだというが、新装版を刊行して一年間で二一万部の発行部数となった。一九九〇年に集英社文庫版の『人間失格』が刊行されてから表紙を変えるまでの一六年間で三七万部だったのだから、大ヒットと言えるだろう。

それを受けて角川文庫は、期間限定で太宰作品の表紙を松山ケンイチの写真に変更した。松山は映画『DEATH　NOTE』で夜神月のライバルであるLを演じた俳優であり、やはり「人間失格」と「DEATH　NOTE」とが結びつけられたのである。

これまで見てきたように、「人間失格」あるいは太宰治は「弱さ」あるいは「純粋さ」と結びつけられてきた。だが、「DEATH　NOTE」の夜神月は、学校では優等生を演じているが、その裏ではデスノートを使って犯罪者を粛清していく人物である。自らの「正しさ」を信じているナルシスティックな人物であり、「純粋さ」はともかくとしても、「弱さ」とは無縁のように見える。そのライバルであるLも天才的な頭脳を持ったナルシスティックな人物であり、やはり「弱さ」とは結びつきそうもない。「人間失格」の大庭葉蔵がそのような月やLと重ねられて読まれることで、従来とは違う読まれ方をしていったのではないだろうか。

同じ二〇〇七年には、「まんがで読破」シリーズ（イースト・プレス）が刊行開始されている。第一弾は、『こころ』、『破戒』、そして『人間失格』だった。松本和也は、「まんがで読破」シリーズの『人間失格』が「すぐれた本文読解にもとづく作画となって」いると高く評価している。

『人間失格』の主題の一つは「人間」だと思われるのだけれど、漫画版では、主人公・大庭葉蔵以外の人物の顔がすべて、のっぺらぼうになっているのだ。これは、大庭葉蔵にとって自分以外の「人間」がどのようにみえていたのかを、端的に示したものとなっている。他人はすべて、不可解で理解不能な「人間」という限りにおいて自分以外の存在に差異はない、ということになり、そのことがのっぺらぼうとして一様に表現されているのだ。（松本 2009b）

翌二〇〇八年には、ゴマブックスから当時流行していたケータイ小説に模した形式で『こころ』と『人間失格』が刊行されている。横書きで版が組まれ、文字は薄い緑色、表紙には当時人気だった「赤い糸」というケータイ小説の映画化作品で主演を務めた南沢奈央の写真が使われている。前年の二〇〇七年四月からゴマブックスの携帯サイト「おりおん☆」に掲載された小説六十作品のうち、最も人気が高かったのが「こころ」と「人間失格」であり、その二作がケータイ小説そのままのような形式で刊行されることになったのだった。

それは、ケータイ小説をよく読んでいる層に「人間失格」を発見させようという試みだったとも言えるだろう。速水健朗は、次のようにケータイ小説の特徴を説明している。

ケータイ小説においての障壁とは社会ではなく、もっと個人の内面の問題なのだ。具体的には、携帯メールという「つながる」ことが前提とされるメディアによってもたらされる、恋人間の「コミュニケーションの檻」がそれである。〔…〕濃密になることを回避して、「つながること」だけを重視するという現代の若者のコミュニケーションにおいては、コミュニケーション自体が過度な緊張をもたらすものになる。また、携帯メールから束縛やデートDV（恋人間の暴力）といった行為につながっていく場合もある。そうった「コミュニケーションの檻」が二人の恋愛の障壁となり、物語を生んでいるのだ。

（速水 2008）

そして速水は「ケータイ小説と『人間失格』がよく似ているのは、表面的な不幸のインフレスパイラルの構造の部分よりも、むしろ、こうした「コミュニケーションの檻」に苦しむ主人公像の部分である」と指摘するのだ。第一部第一章で触れたように「道化の華」など前期の作品の中にもそうした「コミュニケーションの檻」に似た状況は書かれていたのであり、太宰作品のそうした側面がこの時期にあらためて注目されたのだった。

そこでは、もはや太宰治という「作者」を抜きにして作品が受容されていく回路も開かれたのではないだろうか。「人間失格」などの太宰作品を読んで面白いと思っても、それが「太宰治という物語」へと向かっていくような回路は、現在ではだいぶ希薄になっているように思われる。それは近代文学において特権的に立ち上げられていた「作者」という概念の希薄化とも連動しているだろう。

斎藤理生は、『人間失格』（ゴマブックス）に普通の目次とは別に、「「人間失格の名セリフ・名シーン」という特殊な〈目次〉が用意されている」ことに注目している。それは、小説の言葉を抜き書きして、その言葉が出てくるページ数を示したものなのだが、斎藤は次のように指摘する。

こうした〈目次〉には、予告編のような効果も期待できよう。しかしそれ以上に、はじめから終わりへと向かう物語の線的構造を破壊する役目を果たしている。末尾のマダムの発言さえ引いているこの〈目次〉は、冒頭から順序に従って読むために参照するものではありえない。印象的な語句や文章の羅列の中から、気に入った一節を拾い出し、その前後だけを味わうような読書のためのものである。（斎藤 2010）

また、大塚英治が『更新期の文学』（春秋社、二〇〇五）で太宰を「戦時下のライトノベルズ作家」と呼んだように、太宰作品とライトノベルとの共通性もいくつか指摘されるようになった。実際、西尾維新『クビシメロマンチスト　人間失格・零崎人識』（講談社ノベルス、二〇〇二）、野村美月『〝文学少女〟と死にたがりの道化』（ファミ通文庫、二〇〇六）など、太宰作品をモチーフとするライトノベルが目につくのは、両者の親近性の高さをある程度示しているのではないだろうか。

もっとも、〈太宰治〉というイメージを利用した作品ということでいえば、無論ライトノベルに留まるわけではない。小説では山田宗樹『嫌われ松子の一生』（幻冬舎、二〇〇三）、マンガでは久米田康治『さよなら絶望先生』（講談社、二〇〇五〜一二）などを挙げることができるだろう。

変わったところでは、二〇〇八年に刊行された『直筆で読む「人間失格」』（集英社新書ヴィジュアル版）というものもある。「人間失格」の原稿を写真版で収録したものだ。それによって読者は原稿用紙に書かれた太宰の書き込みや修正なども容易に知ることができ、小説が生成する現場というものに思いを馳せることも可能となった。

定番の新潮文庫も二〇〇〇年代に入ったあたりから、それまでの黒を基調とした表紙を明るいイラストのものに変えていった。二〇〇〇年代には太宰治を包むパッケージは様変わりしたと言ってよい。「増刷には明るい太宰がよく似合う」（「読売新聞」二〇〇九・六・一九）という記事は、「若い世代に向けて、集英社文庫は26日、人気コミック「テニスの王子様」で知られる許斐剛さんの躍動感あふれるイラストを使った「走れメロス」を刊行する。角川文庫は太宰作品10冊の表紙を、ユーモラスなスナップショットで人気の若手写真家・梅佳代さんが撮影した写真に一新。「帯には「元気で行こう。絶望するな。では、失敬。」という「津軽」の結びの一節を使い、「苦悩の青春作家」という暗いイメージを一変させる」と伝えている。〈太宰治〉というイメージ自体も現在ではだいぶ変化したように思われる。

生誕百周年から現在へ

二〇〇九年は太宰の生誕百周年にあたる年であり、再び〈太宰治〉が話題となった。同年一月一日付「朝日新聞」には新潮社の全面広告「太宰治　松本清張　生誕100年」という全面広告が載っており、そこに新潮文庫の太宰作品の発行部数がやはり記載されている。『人間失格』が六一五万部、『斜陽』が三五六万部、『走れメロス』が一八三万部、『晩年』が一五九万部、『津軽』が一三六万部であり、その他も含めて計十七点の発行総部数は二〇四〇万部となっている。

つまり、先ほど挙げた「東京新聞」一九九八年六月十九日夕刊の記事に掲載されていた発行部数と比べてみると、約十年のあいだに新潮文庫の太宰作品は二〇〇万部以上が売れていることがわかるのである。没後五十年以上が経っても、いまだに毎年二〇万部以上が売れていることになる。『人間失格』は新潮文庫の累計発行部数で一九九八年の時点では第一位であり、二〇〇九年には漱石の『こころ』に抜かれて第二位となったものの、二〇一四年一二月に新潮文庫が発表した「21世紀になってからの新潮文庫発行部数ランキング」でも第八位に入っており（『こころ』は第六位）、現役作家の作品と伍しながら、二一世紀においてもベストセラーであり続けているのだ。

また、新潮文庫では二〇〇九年に太宰の習作を集めた『地図』が刊行され、同文庫の太宰作品は計十八点となった。作家としてデビューする前の作品がまとめて文庫という形で読める作家というのも珍しいのではないか。

同年には他にも太宰の関連本が多数出版されている。斎藤孝『若いうちに読みたい太宰治』（ちくまプリマー新書）、長部日出雄『富士には月見草　太宰治100の名言・名場面』（新潮文庫）、『太宰治選集Ⅰ〜Ⅲ』（柏艪社）、太田光編『人間失格ではない太宰治』（新潮社）、森見登美彦編『奇想と微笑』（光文社文庫）などだ。「苦悩の旗手」といったイメージとは違う、多彩な〈太宰治〉が提示されるようになってきたことが、これらのラインナップからもわかるだろう。

さらに、二〇〇九年は『斜陽』（監督・秋原正俊）、『ヴィヨンの妻　桜桃とタンポポ』（監督・根岸吉太郎）、『パンドラの匣』（監督・富永昌敬）という太宰原作の映画が三本も公開されたことも話題となった。少し前の二〇〇六年に『富嶽百景　遥かなる場所』（監督・秋原正俊）も公開されていたが、もともと太宰は映画化作品はきわめて少ない作家だったと言えるだろう。二〇〇〇年代になるまでは、「佳日」が原作の『四つの結婚』（一九四四）、「パンドラの匣」が原作の『看護婦の日記』（一九四七）、「グッドバイ」が原作の『グッドバイ』（一九四九）、先述した「葉桜と魔笛」が原作の『真白き富士の嶺』（一九六三）、いちおう「走れメロス」が原作ということになっている三船敏郎主演の『奇巌城の冒険』（一九六六）の五本しかなかったのである。これは師である井伏鱒二と比べても、質・量ともにきわめて乏しいと言う他ない。ちなみに井伏原作の映画は、『多甚古村』（一九四〇）、『南風交響楽』（一九四〇）、『簪』（一九四一）、

『秀子の車掌さん』（一九四一）、『本日休診』（一九五二）、『集金旅行』（一九五七）、『駅前旅館』（一九五八）、『貸間あり』（一九五九）、『珍品堂主人』（一九六〇）、『引越やつれ』（一九六一）、『風流温泉　番頭日記』（一九六二）、『黒い雨』（一九八九）の計十二本である。

すでに述べたように『真白き富士の嶺』は、もともとは「斜陽」を映画化しようとしたところ、主演の吉永小百合の年齢を考慮して「葉桜と魔笛」に落ち着いたという経緯がある。そのような種々な要因が絡んでいるのだろうが、一つには太宰作品が視覚性を重視していないということが関係しているのではないだろうか。太宰は自分が書いた文章を音読することが好きだったというし、口述筆記で書かれた作品も少なくない。太宰作品においては視覚性よりも聴覚性のほうが重視されているのであり、奥野健男が「潜在二人称的」（奥野 1965）とする独特な語りも、そのあたりに秘密がありそうだ。

二〇〇九年に公開された三本のなかで最も話題となったのは『ヴィヨンの妻』だろう。ヒロインを松たか子、その夫を浅野忠信が演じ、モントリオール世界映画祭で最優秀監督賞を受賞した。また『パンドラの匣』は、「乳と卵」で芥川賞を受賞したばかりの川上未映子がヒロインを演じるということで話題となった。翌二〇一〇年には生田斗真主演の『人間失格』（監督・荒戸源次郎）も公開されており、量的には太宰原作の映画化作品は増えてきたものの、質的にはいまだに貧しい状態が続いていると言わざるをえないと思われる。

二〇〇九年には、太宰治検定も始まっている。太宰の親戚である津島克正の企画により始まったもので、太宰に関する様々な知識を問う検定試験である。一年目は青森県の五所川原会場で二二五人、東京の三鷹会場で一八五人の計四〇七人が受験し、合格率は九四・五％とかなり高かった。その後も受験者数は初年度ほど多くはないものの、現在に至るまで続けられている。二〇一〇年度からは津軽編初級、津軽編上級、富嶽百景編の三コースに分かれ、二〇一四年度からはお伽草紙編が始まっているようだ。

生家がある五所川原市金木町では一九六八年から毎年桜桃忌が催されていたが、一九九九年からは遺族の意向もあり、名称を「生誕祭」と改めていた。二〇〇九年には「生誕百年記念祭」が大々的に開催され、それに合わせて太宰治の銅像が芦野公園に建立された。また、青森県は太宰の生誕百周年を、二〇一〇年の東北新幹線新青森駅の開業に弾みをつける観光客誘致の一環として位置づけ、太宰をモチーフにしたお土産品の開発を支援した。その結果生まれたのが、いか墨せんべいの「生まれて墨ませんべい」やクッキーの「津軽」などである。それぞれのパッケージも、謝っている太宰のイラストが描かれていたり、「津軽」の初刊本を模していたりと、なかなか楽しい。他に文学散歩の企画なども始まり、年間十万人の観光客が訪れる「斜陽館」を中心として、ますます〈太宰治〉が地域振興の切り札として利用されるようになってきたと言えるだろう。

晩年の住居があった三鷹市も負けてはいない。没後六十周年にあたる二〇〇八年に「太宰治文学サロン」を開設した。そこでは、太宰関連の資料を展示しており、みたか観光ガイド協会のガイドがその資料を解説したり、太宰ゆかりの地へ案内したりするようにもなっている。桜桃忌がある六月一九日だけではなく、年間を通して〈太宰治〉にアクセスできる環境が整えられたのである。また、三鷹市の三鷹ネットワーク大学では、やはり二〇〇八年に「太宰治を読む百夜百冊」という講座が開講し、研究者や作家など多彩な講師が太宰について講演した。(ちなみに、私もその一人として検閲の問題について話したことがある。)二〇一三年にいったん終了したが、二〇一五年から「太宰治を読む百夜百冊　その2」が始まっている。

『人間失格』のマンガ化作品も生誕百周年を境に一挙に増加した。古谷兎丸『人間失格』全三巻(新潮社、二〇〇九～一一)、比古地朔弥『人間失格』(学習研究社、二〇〇九)、二ノ瀬泰徳『人間失格　壊』(秋田書店、二〇一〇)などが挙げられる。

また、太宰治や太宰作品をモチーフとした作品もいくつか刊行されていることも見逃せない。たとえば、多くの読者を獲得している三上延『ビブリア古書堂の事件手帖』(メディアワークス文庫、二〇一一～)の第一巻では太宰の『晩年』(砂子屋書房)の初版本などをめぐって事件が展開し、第六巻でも再び太宰の本がモチーフとなっていた。また、北村薫『太宰治の辞書』(新潮社、二〇一五)は「円紫さんと私」シリーズの第六作で、シリーズ当初は大学二年生だった「私」もすでにベテランの編集者となり、太宰治の「女生徒」をめぐる謎を探索することになる。

毎日新聞社の読書世論調査は近年「好きな著者」という質問項目を設けていないが、読売新聞社が行なっている読書週間世論調査において「好きな作家」という項目が一九九二年以降設けられているので、それを確認しておこう。毎年行なわれているわけではなく、九三年から九五年までは上位十位までしか公開されていないなど若干の問題はあるが、参考程度にはなるだろう。太宰が初めて上位二十位以内に登場するのは一九九八年であり（二十位）、以後は一九九九年に十九位、二〇〇〇年に三十二位、二〇〇三年に十九位、二〇〇六年に十二位、二〇〇九年に六位、二〇一〇年に十一位、二〇一一年に十三位、二〇一二年に十一位、二〇一三年に十五位、二〇一四年に十四位、二〇一五年に十九位と推移している。没後五十周年の一九九八年に浮上し、生誕百周年の二〇〇九年に最高位となっているという、ある意味大変わかりやすい結果となっているわけだ。以後はゆるやかに下降しているが、二十位以内には位置し続けており、〈太宰治〉は変化しつつも、現在においてもなお多くの読者に支持されていると言っていいと思われる。

おわりに

それでは、これまで見てきた〈太宰治〉の受容史を整理しておこう。

太宰は戦後、「斜陽」などで徐々に人気は出てきていたものの、本格的なブームを迎えるのは死後のことであった。その前までの太宰の愛読者は、当時のエリートであった旧制高校生や大学生が中心であり、彼らはきわめて少数ではあったが、熱狂的に太宰を支持していた。

一九四八年に起きた第一次太宰ブームは、戦争未亡人との情死というスキャンダラスな面に注目が集まり、太宰治の名前は広く拡散されたものの、本当の意味での愛読者はまだそれほどの数はいなかったというのが実状だろう。だからこそ、そのブームは一過性のものだと思われていたのだ。もちろん『晩年』など初期作品にひかれるコアな読者はいたものの、多くの読者においては『斜陽』や『人間失格』は買っても、できるだけ多くの太宰作品を読まなければいけないという欲望が駆動されるまでには至らなかった。八雲書店版『太宰治全集』が中絶した一因も、その辺りにあるだろう。

一九五五年以降の第二次太宰ブームを牽引したのは「戦中派」の世代だった。戦時中もしくは戦後に太宰治にハマった彼らが、戦後十年を経て、生活にそれなりの余裕が出てきていたこともあり、筑摩書房版・第一次『太宰治全集』の主要な購読者となったのである。ちょうどそれは日本社会が変貌していく時期とも重なっており、第二次太宰ブームには「戦後」への郷愁といったものが多分に含まれていたはずだ。だが、八雲書店版『太宰治全集』がゾッキ本となって廉価で流通していたことや、新潮文庫や角川文庫で太宰の著作が刊行されていたことから、「戦中派」の下の層にも太宰の愛読者は確実に広がりを見せつつあったことも見逃せない。その後、『太宰治全集』が筑摩書房から何度も刊行されていくなかで、太宰治についての言説が増殖していき、太宰の愛読者数も急増していったのである。特に中学校や高校の国語教科書に太宰作品が採録されるようになったのは太宰の読者を増やすきっかけとして大きかっただろう。一九五〇年代後半から六〇年代にかけて、桜桃忌にも多くの若者が参加するようになり、急速にその性格を変えていくこととなる。

そして一九六〇年代後半の第三次太宰ブームでは、太宰人気は一層の盛り上がりを見せたのだった。高度経済成長が本格化していき、もはや大学生がエリートではなくなった時期に、閉塞感や空虚感を抱えた若者たちが〈太宰治〉へとひかれていったのだ。この第三次太宰ブームの中核を担っていたのは、若い女性たちだった。一九八五年に男女雇用機会均等法が制定されて以降は、女性もさまざまな学部へと進学していくようになり、太宰人気も落ち着きを見せていく。

戦前にはマイナーな作家だった太宰は、高度経済成長の時代において漱石に迫るような人気を得るようになった。そこには、さまざまな歴史的偶然が介在していたと言えるだろう。もし太宰が一九四八年の時点で死んでいなかったら？　死んでいたとしても戦争未亡人と情死するというスキャンダラスな事件という形ではなかったら？——その場合には、第一次太宰ブームは起こっていなかっただろうし、他の「無頼派」作家たちと同じような受容のされ方しかしなかったに違いない。いや、六〇年代後半の「無頼派」ブームも第一次太宰ブームがなければ起こらなかったと考えられるので、安吾、織田作ともども太宰は一般的には忘れられた作家として文学愛好者に好まれる地味な作家となっていたかもしれない。あるいは、筑摩書房が一九五五年の時点で『太宰治全集』を出していなければ？　出していたとしても刊行がもう数年早かったら？——第二次太宰ブームは起きていなかっただろうし、その場合には『太宰治全集』が繰り返し刊行されるということもなかったはずだ。そうすると、大学の卒業論文で太宰が取り上げられる数もずっと少なくなっていただろうし、作品が教科書に掲載されることもなかったかもしれない。六〇年代後半に太宰人気が一層の盛り上がりを見せたのは、そもそも太宰作品にアクセスしやすい状況が出来上がっていたということが大きいので、全共闘世代の若者たちも他の作家へと目が向いただろう。だから、〈太宰治〉が人気作家になったのは、彼の作品が優れているからというよりも、そうした歴史的偶然の集積の結果であると言ったほうがいいのである。

とは言え、それが太宰ではない他の作家だったら、これほどの人気にはやはりならなかったのではないか、という反論も当然可能だろう。時代が移り変わっていくごとに、〈太宰治〉が持っているさまざまな側面がクローズアップされ、そのイメージも変化していった。

第一次ブームの際にはスキャンダラスな作家として毀誉褒貶入り混じった形でさまざまに論じられ、第二次ブームでは、第一次ブームのスキャンダラスなイメージが倫理的、思想的に読み変えられ、既成秩序へ反逆した「無頼派」として、あるいは「苦悩の旗手」として祭り上げられるようになる。もともとはきわめて少数のエリート層に向けて書かれていたはずの言葉も、第三次ブームの際には、もはや大衆化し、エリートとは言いがたくなった高校生や大学生に受容されていくなかで、異なるコンテクストと接続し、新たな意味を獲得することになったはずだ。

さらに第三次ブームを通過した一九八〇年代以降には、太宰の明るくユーモラスな側面や言語の実験を果敢に行なっていた側面にも光が当てられるようになった。また、没後五十周年の一九九八年から生誕百周年の二〇〇八年にかけては、再び〈太宰治〉は大きな注目を集めるようになり、それを包むパッケージングも様変わりすることになった。もはや、既成秩序への反逆者というような「無頼派」というイメージで太宰治を捉えている者は少数になったのではないだろうか。そのように時代ごとに新たな側面が見出されていったのは、それだけ太宰治が多彩な側面を持ち合わせていたからだったに違いない。

さて、これから〈太宰治〉は、どのように変化していくのだろうか。第三次太宰ブーム以降、また受容のあり方は大きく変わった。全ての作品を網羅的に収集したいという欲望は薄れ、自分が気になる作品だけを楽しむ方向へと読者の欲望はシフトしているようだ。〈太宰治〉は好きでも、それが全集を読むということにはつながっていかないのである。

歴史に必然はない。偶然の出来事が折り重なっていくなかで、たまたまこのようになってしまったのが現在である。戦前において、太宰がメジャーな作家になることを予測できた者など、ほとんどいなかっただろう。数十年後には、また〈太宰治〉は私たちの思いもよらない姿を見せてくれるのかもしれない。それを楽しみにしつつ、ひとまず筆を擱くこととしよう――。

太宰治全集・文庫等の刊行年表

	全集	文庫等	主要な関連書籍
一九四七年 一二月		『晩年』（新潮文庫）	
一九四八年 四月	『太宰治全集』（八雲書店、～一九四九年一二月）※未完		
九月			山崎富栄『愛は死と共に』（石狩書房）
一〇月			太田静子『斜陽日記』（石狩書房） 福田恆存『太宰と芥川』（新潮社） 田中英光編『太宰治』（文潮社）
一一月			福田恆存編『太宰治研究』（津人書房）
一九四九年 一二月			檀一雄『小説太宰治』（六興出版社）
一九五〇年 八月		『斜陽』（角川文庫）	
一〇月		『人間失格　桜桃』（角川文庫）	
一一月		『斜陽』（新潮文庫）	
一二月		『ヴィヨンの妻』（新潮文庫）	

一九五一年	八月		『津軽』（新潮文庫）	
一九五二年	三月	『太宰治全集』（創藝社、～一九五五年一一月）※近代文庫		
	八月			小山清編『太宰治の手紙』（木馬社）
	一〇月		『人間失格』（新潮文庫）	
一九五三年	一二月		『晩年』（角川文庫）	
一九五四年	四月		『富嶽百景』（新潮文庫、のち『走れメロス』に改題）	
	一〇月		『女生徒』（角川文庫）	
一九五五年	七月		『ろまん燈籠』（角川文庫）	
	一〇月	第一次『太宰治全集』（筑摩書房、～一九五六年九月）		
	一二月		『東京八景』（角川文庫、のち『走れメロス』に改題）	
一九五六年	二月			奥野健男『太宰治論』（近代生活社）
	六月			小山清編『太宰治研究』（筑摩書房）
	一〇月			亀井勝一郎編『太宰治研究』（新潮社）
	一二月			『文藝　臨時増刊　太宰治読本』（河出書房）

一九五七年	一月		『津軽』（角川文庫）	
	五月		『富嶽百景　走れメロス』（岩波文庫）	
			『ヴィヨンの妻　桜桃』（岩波文庫）	
	一〇月	第二次『太宰治全集』（筑摩書房、〜一九五八年九月）※普及版		
	一二月		『もの思う葦　如是我聞』（角川文庫）	
一九五八年	五月			佐古純一郎『太宰治におけるデカダンスの倫理』（現代文芸社）
	九月			三枝康高『太宰治とその生涯』（現代社）
一九五九年	三月	第三次『太宰治全集』（筑摩書房、〜一九六〇年八月）※新装版		
一九六一年	一月			別所直樹『郷愁の太宰治』（白虹社）
	一〇月			菊田義孝『太宰治と罪の問題』（修道社）
一九六二年	二月			小野正文『太宰治をどう読むか』（弘文堂）
	三月	第四次『太宰治全集』（筑摩書房、〜一九六三年三月）		
	五月		亀井勝一郎編『愛と苦悩の手紙』（角川文庫）	
	一〇月			山岸外史『人間太宰治』（筑摩書房）

一九六四年	八月			亀井勝一郎『無頼派の祈り』（審美社）
一九六七年	三月			太田治子『手記』（新潮社）
	四月	第五次『太宰治全集』（筑摩書房、〜一九六八年四月）		
	六月			杉森久英『苦悩の旗手太宰治』（文藝春秋）
	九月			長篠康一郎『山崎富栄の生涯』（大光社）
一九六八年	三月			相馬正一『若き日の太宰治』（筑摩書房） 山崎富栄『愛は死と共に』（虎見書房）※新訂版
一九六九年	三月			堤重久『太宰治との七年間』（筑摩書房）
一九七一年	三月	第六次『太宰治全集』（筑摩書房、〜一九七二年三月）※筑摩全集類聚		
	七月		『人間失格』（講談社文庫）	
	一〇月		『斜陽』（講談社文庫）	
一九七二年	二月		『走れメロス　女生徒　富嶽百景』（講談社文庫）	
	三月		『お伽草紙』（新潮文庫）	
	六月		『ヴィヨンの妻　桜桃』（講談社文庫）	
	七月		『グッド・バイ』（新潮文庫）	

年	月	全集	作品	研究・回想
	九月		『晩年』（講談社文庫）	
	一二月		『二十世紀旗手』（新潮文庫）	
一九七三年	一月		『津軽』（講談社文庫）	
	五月		『惜別』（新潮文庫）	
	九月		『虚構の彷徨　ダス・ゲマイネ』（講談社文庫）	
	一〇月		『パンドラの匣』（新潮文庫）	
一九七四年	三月		『新ハムレット』（新潮文庫）	
	六月			東郷克美・渡部芳紀編『作品論太宰治』（双文社出版）
	九月		『きりぎりす』（新潮文庫）	
一九七五年	六月	第七次『太宰治全集』（筑摩書房、～一九七七年一一月）※新訂版	『お伽草紙　新釈諸国噺』（講談社文庫）	
一九七六年	二月			饗庭孝男『太宰治論』（講談社）
一九七八年	五月			津島美知子『回想の太宰治』（人文書院）
	六月	第八次『太宰治全集』（筑摩書房、～一九七九年五月）※筑摩全集類聚		
一九八〇年	五月			野原一夫『回想太宰治』（新潮社）
	九月		『もの思う葦』（新潮文庫）	

一九八一年	五月			長篠康一郎『太宰治七里ヶ浜心中』（広論社）
	六月			桂英澄『桜桃忌の三十三年』（未来工房）
一九八二年	一月		『津軽通信』（新潮文庫）	
	五月			相馬正一『評伝太宰治』（筑摩書房、～一九八五年七月）
	七月		『新樹の言葉』（新潮文庫）	
	九月			鳥居邦朗『太宰治論』（雁書館）
一九八三年	二月		『ろまん燈籠』（新潮文庫）	
一九八四年	五月			渡部芳紀『太宰治心の王者』（洋々社）
一九八六年	五月			矢代静一『含羞の人』（河出書房新社）
	六月			石上玄一郎『太宰治と私』（集英社）
一九八八年	五月		『斜陽』（岩波文庫） 『人間失格　グッド・バイ』（岩波文庫）	
	八月	第九次『太宰治全集』（筑摩書房、～一九八九年六月）※ちくま文庫		
	九月		巖谷大四編『さよならを言うまえに』（河出文庫）	
	一〇月			『吉本隆明［太宰治］を語る』（大和書房）
一九八九年	三月			小林信彦『小説世界のロビンソン』（新潮社）

	五月		『走れメロス』（講談社青い鳥文庫）	
	六月	第十次『太宰治全集』（筑摩書房、〜一九九二年四月）※初出版		
	一月			井伏鱒二『太宰治』（筑摩書房）
一九九〇年	一月		『人間失格』（集英社文庫）	
一九九四年	五月			東郷克美編『太宰治事典』（学燈社）
一九九五年	一月			神谷忠孝・安藤宏編『太宰治全作品研究事典』（勉誠社）
一九九七年	八月			加藤典洋『敗戦後論』（講談社）
	九月			山内祥史『太宰治著述総覧』（東京堂出版）
一九九八年	五月	第十一次『太宰治全集』（筑摩書房、〜一九九九年五月）		細谷博『太宰治』（岩波新書）
	六月		『グッド・バイ』（角川文庫、のち『ヴィヨンの妻』に改題）	津島佑子『火の山』（講談社）
一九九九年	五月		『走れメロス　おしゃれ童子』（集英社文庫）	
	六月		『斜陽』（集英社文庫）	
	七月			長野隆編『太宰治その終戦を挟む思想の転位』（双文社出版）
二〇〇〇年	七月		『人間失格　桜桃　グッド・バイ』（小学館文庫）	

一〇月		『斜陽　人間失格　桜桃　走れメロス』（文春文庫）	
一一月			猪瀬直樹『ピカレスク』（小学館）
二〇〇一年　三月			東郷克美『太宰治という物語』（筑摩書房）
二〇〇二年　三月			長部日出雄『桜桃とキリスト』（文藝春秋） 梶原悌子『玉川上水情死行』（作品社）
一〇月			安藤宏『太宰治　弱さを演じるということ』（ちくま新書）
二〇〇四年　八月		『津軽』（岩波文庫）	
九月		『お伽草紙　新釈諸国噺』（岩波文庫）	
二〇〇六年　七月			田中和生『新約太宰治』（講談社）
二〇〇八年　八月		『人間失格』（ゴマブックス、ケータイ名作文学）	
一一月		『直筆で読む「人間失格」』（集英社ヴィジュアル新書）	
二〇〇九年　三月			松本和也『昭和十年前後の太宰治〈青年〉・メディア・テクスト』（ひつじ書房）
四月		太田光編『人間失格ではない太宰治』（新潮社）	

	五月		『地図』（新潮文庫） 長部日出雄編『富士には月見草』（新潮文庫） 『ヴィヨンの妻　人間失格』（文春文庫） 『斜陽　パンドラの匣』（文春文庫）	斎藤孝『若いうちに読みたい太宰治』（ちくまプリマー新書） 筑摩書房編集部編『女が読む太宰治』（ちくまプリマー新書）
	六月			安藤宏編『展望太宰治』（ぎょうせい） 斎藤理生・松本和也編『新世紀太宰治』（双文社出版）
	九月			太田治子『明るい方へ』（朝日新聞出版）
	一〇月			松本侑子『恋の蛍』（光文社）
	一一月		森見登美彦編『奇想と微笑』（光文社文庫）	
二〇一〇年	二月		『走れメロス』（角川つばさ文庫）	
二〇一一年	四月		『桜桃』（ハルキ文庫）	
二〇一二年	四月		『走れメロス』（ハルキ文庫）	
	五月			斎藤理生『太宰治の小説の〈笑い〉』（双文社出版）
	一二月			山内祥史『太宰治の年譜』（大修館書店）
二〇一四年	一〇月		『グッド・バイ』（ハルキ文庫）	

あとがき

ものごころついたときにはすでに父の姿は家庭のなかになく、したがって私が父について知っていることはきわめて少ないし、そのきわめて少ない情報が事実であるのかどうか確認するすべも私にはないのだが、作家を目指した父が家庭も職場も捨てて出奔したことと、父の好きな作家の一人が太宰治だったこと、その二つくらいは事実と考えてもいいのではないかと思う。

私は中学生になって太宰の作品を読むようになると、ほどなくその世界に夢中になった。無邪気な私は「ろまん燈籠」という太宰の作品を母に薦めた。母はそれを読み、そこに描かれている世界が意外なほどに明るいことに驚いたと語った。面白かった、と言ったそのときの母の複雑な気持ちを思いやるような大人びた子どもでは残念ながら私はなかったようだ。母の言葉を聞いた私はただ、嬉しかった。

私が高校三年生の年が、ちょうど太宰の没後五十周年にあたっており、いろいろな雑誌が太宰特集を組んでいた。受験勉強のあいまに私はそれらを読んでいたのだが、そのうちの一つに「すばる」があった。それに掲載された太宰についての座談会では、次のような会話が繰り広げられていた。

井上　日本人はそうして、戦前、戦中、戦後と、目の前の幸福を求めて生きてきたわけです。〔…〕「家庭円満、おしるこ万歳」ですべて許されるのか。それは、戦争中だって全部そうです。「家庭のエゴ」には、僕にも多少の批判があります。しかし、離婚歴のある僕には、「家庭を壊しておいて、勝手なことを言っているんじゃない」という声も聞こえてきますが、太宰作品を読んでいると「おれはちょっと家庭の幸福を追い過ぎではないか」という気もしてきます。

野原　僕も、太宰には影響を受けたな。個人的な話だけど最初の女房とは離婚した（笑）。

（井上・長部・小森・野原 1998）

当時の私は、こうやって笑いながら語られる「男」たちの会話を平静な気持ちで聞くことができなかったらしい。らしい、というのは当時の気持ちを現在の私はよく思い出せなくなっているからで、右のような会話になぜそんなに腹を立てていたのか本当のところはよくわからなくなってしまっている。こいつらは太宰のことなんて何もわかってやしない——たしか当時の私はそのように思っていたのだったが、あるいはそれも典型的な太宰ファンの症状であったのかもしれない。

それはともかく、その時期に太宰について語られたそれなりの量の文章を読みながら、私は太宰の作品そのものというよりは、むしろ彼の作品に魅せられた人々のほうへと興味が向いていったのだった。

「隠れ太宰ファン」だったという久世光彦の言葉は、たしかＮＨＫの番組で聞いたのだったと思う。太宰死後の熱狂というものを経験していない者にはわからない、というようなことを久世は言っていて、私は太宰ブームというものを初めて意識したのだった。いや、というより、遅れてきた者にとっての「わからなさ」というものに私は囚われたのだった。太宰と読者との関係、それが他の作家の場合とは違う、ということは事実だとしても、今の読者と、太宰が亡くなった頃の読者とでは、その在り様は違うのではないか。あるいは、〈太宰治〉というイメージそのものも、両者のあいだではかなりの懸隔があるのではないか。

もちろん当時の私はそんなことを具体的に考えていたわけではなく、ただ漠然と太宰ファンとされる人々が書いた文章を読んでいたに過ぎない。それらの疑問が具体的な形を持ち始めたのは、大学院の修士課程に在籍していた頃に受講した宗像和重先生の授業がきっかけだった。

それは全集についての授業で、私は『太宰治全集』について発表したのだった。今から思えば実に拙いものであったが、先生はそれなりに面白がってくださったようだ（先生が卒業論文を太宰治で書かれたということも私はその時に初めて知った）。私はこういう研究もできるのだと思い、いつか〈太宰治〉と読者との関係についての本をまとめようと決心したのだった。と言っても、生来の怠惰な気質と、博士論文は太宰の師である井伏鱒二を対象としたこともあり、こうやって形になるまでにはそれから十年以上の月日が経ってしまった。以下の諸論がそのあいだに細々と書いていたものである。

・「『太宰治全集』の成立――検閲と本文」(「インテリジェンス」八号、二〇〇七・四)
・「「太宰治」の読者たち――戦後における受容の変遷を中心に」(斎藤理生・松本和也編『新世紀太宰治』双文社出版、二〇〇九)
・「賛辞と皮肉のあいだ――太宰治「井伏鱒二選集後記」」(「太宰治研究」二二、二〇一四・六)
・「〈太宰治〉と共産主義者たち――戦後における受容の変遷を中心に」(「インテリジェンス」一五号、二〇一五・三)
・「「第三の新人」と高度経済成長下の〈文学〉――戦中派・太宰治・純文学論争」(「昭和文学研究」七二集、二〇一六・三)

これらはそれぞれ再構成され、本書に取り入れられている。校正しながら、これまでの自身の怠惰を呪わざるをえなかったが、今となっては開き直るしかない。これが私の精一杯だ。これが私の実力なのだ。

本書が成立するには、多くの人の協力が介在していることは言うまでもない。特に、いろいろなお力添えをいただいた担当編集者の森脇尊志氏と、お忙しいなか、タイトなスケジュールでカバーイラストを描いてくださった久米田康治先生に、心より感謝の言葉を捧げます。

本書の校正中に子どもが生まれ、私自身が父親となった。あいかわらずいい夫にもいい父親にもなれそうにないが、なんとか前向きに生きていられるのはあなたたちのおかげです。本当にありがとう。

二〇一六年五月

滝口明祥

※ 本書は、二〇一六年度大東文化大学特別研究費の補助を受けて刊行された。

宗像和重（2004）『投書家時代の森鷗外』岩波書店
村上兵衛（1956）「戦中派はこう考える」「中央公論」6 月号
村松喬（1967）『大学は揺れる』毎日新聞社
矢口進也（1985）『漱石全集物語』青英舎
矢代静一（1985）『旗手たちの青春――あの頃の加藤道夫・三島由紀夫・芥川比呂志』新潮社
矢代静一（1986）『含羞の人――私の太宰治』河出書房新社
矢代静一（1988）『鏡の中の青春』新潮社
安岡章太郎（1966）「解説」『現代の文学 26 太宰治集』河出書房新社、後に「いたこの文体」と改題
安岡章太郎（1984）『僕の昭和史』講談社、～ 1988
安岡章太郎（2000）『戦後文学放浪記』岩波新書
山中明（1961）『戦後学生運動史』青木書店
山内祥史（1997）『太宰治著述総覧』東京堂出版
山内祥史（1999）「「著作年表」「年譜」作成の回想」『太宰治全集 13　月報 13』筑摩書房
山内祥史（2012）『太宰治の年譜』大修館書店
山崎富栄（1968）『愛は死とともに――太宰治との愛の遺稿集』虎見書房
山本武利（1996）『占領期メディア分析』法政大学出版局
山本芳明（2013）『カネと文学――日本近代文学の経済史』新潮社
吉村昭（1992）『私の文学漂流』新潮社
吉行淳之介（1971）『私の文学放浪』冬樹社
吉本隆明（1959a）『芸術的抵抗と挫折』未来社
吉本隆明（1959b）「断層の現実認識を」「読売新聞」11 月 6 日
吉本隆明（1962）『擬制の終焉』現代思潮社
吉本隆明（1988）『吉本隆明［太宰治］を語る』大和書房
吉本隆明（1998）「あの頃二人は」「群像」2 月号
若松伸哉（2011）「再生の季節――太宰治「富嶽百景」と表現主体の再生」「日本近代文学」84 集
渡邉恒雄（2000）『渡邉恒雄回顧録』中央公論新社
和田芳恵（1970）『筑摩書房の三十年』筑摩書房

中村真一郎（1950）「藝術的抵抗派」荒正人編『昭和文学十二講』改造社
中村稔（1976）「三島氏の思い出」「ユリイカ」10月号
中村稔（2004）『私の昭和史』青土社
中村稔（2008）『私の昭和史　戦後篇』青土社
中谷いずみ（2013）『その「民衆」とは誰なのか』青弓社
野原一夫（1980）『回想太宰治』新潮社
野原一夫（1982）『含羞の人――回想の古田晁』文藝春秋
野原一夫（1989）「〝憑かれたひと〟――『初出　太宰治全集』に寄せて」「ちくま」7月号
野原一夫（1990）『肺ガン病棟からの生還』新潮社
野平ふさ子（1998）「没後五十年「太宰治」の男っ振り」「新潮45」6月号
野平房子（2006）「家に帰らないので女かと思って会社を訪ねたら働いていたのよ」「「週刊新潮」別冊「創刊号」完全復刻版」
橋川文三・吉本隆明（1975）「太宰治とその時代」「ユリイカ」4月号
服部訓和（2007）「「若い日本の会」と青年の（不）自由――江藤淳と大江健三郎」「稿本近代文学」32集
服部達（1968）『われらにとって美は存在するか』審美社
花田俊典（1993）「太宰治の戦時下のスタンス」「文学論輯」38号
林忠彦（1988）『文士の時代』朝日新聞社
速水健朗（2008）「ケータイ小説として再発見される『人間失格』」「ユリイカ」9月号
平野謙（1960）「解説」『新鋭文学叢書4　安岡章太郎集』筑摩書房
平野謙（1961）「『群像』十五周年によせて」「朝日新聞」9月13日
保地勇二郎（1956）「「トカトントン」と私」『太宰治全集　第八巻　月報8』筑摩書房
本多秋五（1956）「戦争責任の問題」「群像」10月号
本多秋五（1960）『物語戦後文学史』新潮社
毎日新聞社編（1977）『読書世論調査30年――戦後日本人の心の軌跡』毎日新聞社
増山太助（2000）『戦後期左翼人士群像』柘植書房新社
松本和也（2008）「戦後メディアにおける〈無頼派〉の形成――織田作之助・坂口安吾・太宰治・石川淳」「太宰治スタディーズ」2号
松本和也（2009a）『昭和十年前後の太宰治――〈青年〉・メディア・テクスト』ひつじ書房
松本和也（2009b）『太宰治『人間失格』を読み直す』水声社
松本健一（1982）『太宰治とその時代』第三文明社
松本侑子（2009）『恋の蛍――山崎富栄と太宰治』光文社
三島由紀夫（1955）『小説家の休暇』大日本雄弁会講談社
三島由紀夫（1964）『私の遍歴時代』講談社
水上勉（1983）「「苦悩の年鑑」のころ」『新潮日本文学アルバム19』新潮社

小谷野敦（2015）『江藤淳と大江健三郎』筑摩書房
小山弘建（1958）『戦後日本共産党史』三月書房
斎藤理生（2010）「60年目の『人間失格』――パラテクストからテクストへ」「iichiko」108号
佐々木基一（1962）「「戦後文学」は幻影だった」「群像」8月号
佐々木基一（1966）「非戦後派は何をしたか」「群像」10月号
佐多稲子（1955）『みどりの並木路』新評論社
佐藤泉（2005）「一九六〇年のアクチュアリティ／リアリティ」「現代思想」3月号
佐野幹（2013）『「山月記」はなぜ国民教材となったのか』大修館書店
新潮社編（2005）『新潮社一〇〇年』新潮社
関井光男（1999）「太宰治とテクスト」『太宰治全集13　月報13』筑摩書房
瀬戸内晴美・前田愛（1984）『名作のなかの女たち』角川書店
相馬正一（1961）「デカダンだったが共産主義者ではない／大沢久明氏に問う」「東奥日報」6月22日
相馬正一（1968）『若き日の太宰治』筑摩書房
相馬正一（1982）『評伝太宰治』筑摩書房、～1985
高野悦子（1971）『二十歳の原点』新潮社
武井昭夫（1956）「文学者の戦後責任」『文学者の戦争責任』淡路書房
竹内洋（2005）『丸山眞男の時代――大学・知識人・ジャーナリズム』中央公論新社
竹内好（1957）「太宰治のこと」『太宰治全集　第三巻 月報3』筑摩書房
津島美知子（1953a）「後記」『太宰治全集　第三巻』創藝社
津島美知子（1953b）「後記」『太宰治全集　第十一巻』創藝社
津島美知子（1954）「後記」『太宰治全集　第十巻』創藝社
津島美知子（1978）『回想の太宰治』人文書院
坪内祐三（1998）「太宰治の生々しさ」「ユリイカ」6月号
寺田透（1948）「井伏鱒二論」「批評」3月号
寺田透（1953）「最近の井伏氏」『現代日本文学全集41』筑摩書房
戸石泰一（1956）「青春」小山清編『太宰治研究』筑摩書房
東郷克美（2001）『太宰治という物語』筑摩書房
東郷克美（2002）「受容史1954～1969」「国文学」12月号
十返肇（1956）「「文壇」崩壊論」「中央公論」12月号
鳥居邦朗（1980）「『晩年』論（一）」「武蔵大学人文学会雑誌」12巻2号
永江朗（2011）『筑摩書房それからの四十年』筑摩書房
長篠康一郎（1967）『山崎富栄の生涯――太宰治・その死と真実』大光社
中島健蔵（1952）「戦争・弾圧・抵抗」「文藝」6月号
中野重治（1977）「戦後最初の奇妙な十年間」『中野重治全集　第三巻』筑摩書房
永嶺重敏（2001）『モダン都市の読書空間』日本エディタースクール出版部

奥野健男（1967b）「見世物化した「桜桃忌」」「週刊読売」7月7日号
奥野健男（1975）「科学者として見た〝文学〟世界のイメージ／吉本隆明の中の科学者」「国文学」9月号
奥野健男（1995）「私的な伊藤整抄」伊藤整『日本文壇史7』講談社文芸文庫
奥野健男・武田泰淳・中村真一郎・吉行淳之介・開高健・大江健三郎（1960）「現代文学と太宰治」「文学界」6月号
奥野健男・野田秀樹（1989）「演劇的人間──太宰治」「すばる」6月号
小沢信夫（1998）「外はみぞれ」『太宰治全集4　月報3』筑摩書房
小田切秀雄（1988）『私の見た昭和の思想と文学の五十年』集英社
笠井潔（1998）『探偵小説論Ⅰ　氾濫の形式』東京創元社
梶原悌子（2002）『玉川上水情死行──太宰治の死につきそった女』作品社
桂英澄（1981）『桜桃忌の三十年』未来工房
加藤典洋（1985）『アメリカの影』河出書房新社
加藤典洋（1997）『敗戦後論』講談社
亀井勝一郎（1948）「作家論ノート　太宰治論」「文学界」6月号
川崎和啓（1990）「太宰治におけるコミュニズムと転向」「兵庫教育大学近代文学雑志」1号
川崎和啓（1991）「師弟の訣れ──太宰治の井伏鱒二悪人説」「近代文学試論」29号
川崎賢子（2005）「太宰治の情死報道」山本武利編『叢書　現代のメディアとジャーナリズム5 新聞・雑誌・出版』ミネルヴァ書房
紀田順一郎監修（1996）『新潮社一〇〇年図書総目録』新潮社
木村小夜（2014）「横田俊一と太宰治──「太宰治作品表」とその周辺」『太宰治研究22』和泉書院
木村政樹（2014）「「アクチュアリティ」の時代──純文学論争における平野謙」「日本近代文学」90号
木本至（1985）『雑誌で読む戦後史』新潮社
金志映（2015）「ポスト講話期の日米文化交流と文学空間」「アメリカ太平洋研究」15号
権錫永（2000）「アジア太平洋戦争期における意味をめぐる闘争（1）」「北海道大学文学研究科紀要」102号
久世光彦・町田康（1998）「なぜ太宰にハマるのか」「新潮」7月号
久保田正文（1956）『花火』北辰堂
久野収・鶴見俊輔・藤田省三（1959）『戦後日本の思想』中央公論社
小島政二郎（1970）『妻が娘になる時』中央公論社
小林信彦（1989）『小説世界のロビンソン』新潮社
小林信彦（1998）「お伽草紙」「新潮」7月号
小堀杏奴（1967）「太宰ブーム」「学鐙」9月号

臼井吉見（1955）「無頼派の消滅」「世界」12 月号
臼井吉見（1961）「コッケイ風刺に辛味／太宰がいまもいたら」「朝日新聞」6 月 18 日
臼井吉見（1975）『一つの季節』筑摩書房
梅崎春生・小島信夫・山本健吉（1964）「第三の新人」「群像」3 月号
江藤淳（1959）「太宰治の魅力——ひとつの個人的な回想」『近代文学鑑賞講座 19 太宰治』角川書店
江藤淳（1960）「“声なき者” も起ちあがる」「中央公論」6 月号
江藤淳（1967a）「太宰治再訪」「朝日新聞」6 月 19 日夕刊
江藤淳（1967b）『成熟と喪失』河出書房
扇谷正造・草柳大蔵（1989）「記者が体当たりした「素顔の時代」」『「週刊朝日」の昭和史　第二巻』朝日新聞社
大岡昇平・武田泰淳・山本健吉（1956）「太宰文学を裁断する」「文藝」臨時増刊「太宰治読本」
大沢久明（1961a）「太宰治とコミュニズム」「陸奥新報」6 月 1 ～ 8 日
大沢久明（1961b）「若き太宰研究者に」「東奥日報」6 月 27 日
大沢久明・塩崎要祐・鈴木清（1956）『農民運動の反省』新興出版社
太田三郎（1961）「女子学生は何を読んでいるか」「群像」12 月号
太田治子（1967）『手記』新潮社
太田治子（2009）『明るい方へ——父・太宰治と母・太田静子』朝日新聞出版
大西巨人（1946）「小説展望」「文化展望」5 月号
大西巨人（1948）「太宰治を偲ぶ」「夕刊フクニチ」6 月 17 日
沖浦和光（1949）「太宰治論ノート」「文学」2 月号
小熊英二（2002）『〈民主〉と〈愛国〉——戦後日本のナショナリズムと公共性』新曜社
小熊英二（2009）『1968』新曜社
尾崎一雄（1951）「梅の咲く村にて」「中央公論」4 月号
小澤純（2009）「太宰治の受容と流通——イコンとアイコン」斎藤理生・松本和也編『新世紀太宰治』双文社出版
小沢信男（1998）「外はみぞれ」『太宰治全集 4　月報 3』筑摩書房
長部日出雄（2002）『桜桃とキリスト——もう一つの太宰治伝』文藝春秋
奥野健男（1955）「「無頼派」作家の再評価」「日本読書新聞」11 月 21 日号
奥野健男（1956）『太宰治論』近代生活社
奥野健男（1957）「解説」石原慎太郎『太陽の季節』新潮社
奥野健男（1958）「太宰治文学の魅力」「朝日新聞」6 月 9 日
奥野健男（1965）「太宰治再説」「文学界」8 ～ 9 月号
奥野健男（1967a）「太宰治　その虚像と実像——二つの実名劇を見て」「朝日新聞」5 月 27 日夕刊

参考文献一覧

青森県近代文学館編（2000）『資料集　第一輯（有明淑の日記）』青森県近代文学館
青森県近代文学館編（2001）『資料集　第二輯（太宰治・晩年の執筆メモ）』青森県近代文学館
青森文学会・弘前文学会編（1968）『太宰治文学批判集』審美社
浅見淵（1968）『昭和文壇側面史』講談社
安東仁兵衛（1995）『戦後日本共産党私記』文藝春秋
安藤宏（1989）「太宰治・戦中から戦後へ」「国語と国文学」6月号
安藤宏（1999）「太宰治新資料について」『太宰治全集9　月報8』筑摩書房
阿武泉（2008a）『教科書掲載作品13000』日外アソシエーツ
阿武泉（2008b）「高等学校国語科教科書における文学教材の傾向」「国文学」9月号
荒正人（1956）「無頼派の文学」「知性」5月号
石井耕・石井牧・平賀美穂・石井樹（2010）「できるかぎりよき本　前編——石井立の仕事と戦後の文学」「北海学園大学学園論集」145号
石川巧（2009）「太宰治の読まれ方」斎藤理生・松本和也編『新世紀太宰治』双文社出版
石原慎太郎（1996）『弟』幻冬舎
石原千秋（2013）『『こころ』で読みなおす漱石文学』朝日新聞出版
磯田光一（1963a）「安岡章太郎論——戦中派の羞恥について」「近代文学」1月号
磯田光一（1963b）「太宰治論の転換」「文学界」7月号
磯田光一（1983）『戦後史の空間』新潮社
伊藤整（1961）「「純」文学は存在し得るか」「群像」11月号
いとうせいこう（1997）「赤の会議室」「読売新聞」8月18日
いとうせいこう（1998）「コンセプトマシーンD」「ユリイカ」6月号
井上ひさし・長部日出雄・小森陽一・野原一夫（1998）「太宰治——メタフィクションの劇場人」「すばる」7月号
猪瀬直樹（2000）『ピカレスク——太宰治伝』小学館
井伏鱒二（1974）「古田晁」『回想の古田晁』筑摩書房
井原あや（2012）「奇妙な二役——太宰治「葉桜と魔笛」と映画「真白き富士の嶺」」「太宰治スタディーズ」4号
井原あや（2015）『〈スキャンダラスな女〉を欲望する』青弓社
上田三四二（1967）「「三十年作家」の自己確立」「群像」2月号
上野千鶴子（1993）「『成熟と喪失』から三十年」江藤淳『成熟と喪失』講談社
魚住昭（2000）『渡邉恒雄　メディアと権力』講談社
臼井吉見（1948）「あとがき」太宰治『人間失格』筑摩書房

人名索引

【著者紹介】

滝口明祥（たきぐち　あきひろ）

〈略歴〉1980年広島県呉市生まれ。学習院大学大学院人文科学研究科博士後期課程単位取得退学。博士（日本語日本文学）。早稲田大学国文学会（窪田空穂）賞受賞。学習院大学助教を経て現在、大東文化大学専任講師。

〈主な著書・論文〉『井伏鱒二と「ちぐはぐ」な近代』（新曜社、2012）、「滑稽な〈男〉たちの物語―太宰治『パンドラの匣』」（「太宰治スタディーズ」5号、2014・6）、「「風俗」と「喜劇」が結びつくとき―井伏鱒二と戦後喜劇映画」（「文学」15巻6号、2014・11）、「ツーリズムのなかの「富嶽百景」―太宰治と山梨」（「文学・語学」211号、2014・12）

未発選書　第26巻

太宰治ブームの系譜

A Look at Osamu Dazai's Posthumous Popularity

Akihiro Takiguchi

発行　2016年6月3日　初版1刷

定価　3400円＋税

発行者　松本功

印刷所　日之出印刷株式会社

製本所　株式会社 星共社

発行所　株式会社 ひつじ書房

〒112-0011 東京都文京区千石 2-1-2 大和ビル 2F

Tel.03-5319-4916　Fax.03-5319-4917

郵便振替 00120-8-142852

toiawase@hituzi.co.jp　http://www.hituzi.co.jp/

ISBN978-4-89476-815-4